JERRY SPINELLI

Traduit de l'anglais (États-Unis) par :
Luc Rigoureau

Signé Stargirl

Tribal Flammarion

Titre original :
Love, Stargirl

87, quai Panhard-et-Levassor – 75647 Paris Cedex 13
ISBN : 978-2-0812-1085-1

À l'heure où j'écris ce livre, nous avons seize petits-enfants.
Ce livre est dédié à chacun d'entre eux :
Amanda
Will
Jill
Ashley
Dan
Ryan
Zachary
Courtney
Rachel
Natalie
Michael
Sarah
Kathy
Leah
Angel
Lana

1er JANVIER

Cher Léo,

J'adore les commencements. Si j'étais chargée d'établir les calendriers, tous les jours seraient un 1er janvier.

Et quelle meilleure façon de fêter le jour de l'an qu'en commençant à écrire une lettre à mon ancien (et futur ?) petit ami ?

J'ai découvert quelque chose, aujourd'hui. Quelque chose de spécial. Bizarrement, je l'ai sous les yeux depuis que nous avons déménagé ici, l'année dernière, mais je ne l'ai vu pour la première fois, réellement, qu'aujourd'hui. Il s'agit d'un champ. Un bon vieux champ en friche. Il n'y a pas une maison à la ronde, si ce n'est un petit bungalow en stuc blanc sur la droite. Ce terrain est situé à un kilomètre et demi de la ville, à une minute à vélo de chez moi. Il est perché sur une colline – sur le sommet plat d'une colline ayant la forme d'une poêle à frire à l'envers. Autrefois, les gens venaient y ramasser leurs propres fraises ; n'y poussent à présent que des cailloux et de mauvaises herbes.

Il se trouve de l'autre côté de la nationale 113, sur laquelle ma rue (Rapps Dam Road) vient buter en cul-de-sac. Je suis passée devant à bicyclette des centaines de fois mais, j'ignore pourquoi, aujourd'hui, je me suis arrêtée. Je l'ai regardé. J'ai posé mon vélo, je suis entrée dedans. Les rares herbes folles de l'hiver étaient aussi emmêlées que mes cheveux le matin. Le sol gelé était hérissé de mottes dures comme des pierres. Et le ciel tout gris. J'ai avancé jusqu'au milieu du champ puis me suis immobilisée.

Longtemps.

Comment t'expliquer ? Seule, au sommet de cette butte, au cœur de ce terrain « vide » (ha ! note bien cela, Léo : rien n'est jamais vide), j'ai eu la sensation que l'univers rayonnait à partir de moi, comme si j'étais sur le X qui marquerait le centre du cosmos. Jusqu'alors, j'avais procédé à mes méditations quotidiennes dans des tas d'endroits différents aux alentours de la ville ;

encore jamais ici. Du coup, je l'ai fait. Je me suis assise par terre, remarquant à peine le sol froid. Mains sur mes cuisses, paumes ouvertes pour accueillir le monde, j'ai fermé les yeux et je me suis dissoute à l'extérieur de mon corps. Maintenant, j'appelle cela me laver l'esprit.

Quand j'ai repris conscience, un soupçon d'or caressait mes paupières. Je les ai ouvertes. Le soleil filtrait à travers les nuages. Il balayait les cimes des arbres, à l'ouest. Refermant les yeux, je me suis laissé envahir par cet or.

La nuit tombait lorsque je me suis relevée. Tout en me dirigeant vers mon vélo, j'ai compris que je venais de découvrir un lieu enchanté.

2 JANVIER

Oh, Léo ! Je suis triste. Je pleure. Je pleurais beaucoup, petite. Si j'écrasais un insecte, j'éclatais en sanglots. C'est drôle, j'étais tellement occupée à pleurer sur tout que je ne versais jamais une larme sur mon sort. Là, je pleure sur moi.

Sur toi.

Sur nous.

Et je souris à travers mes larmes. Tu te rappelles, la première fois que je t'ai rencontré ? À la cantine ? Je m'approchais de ta table. Tes yeux... ils ont failli m'arrêter net. Ils étaient exorbités. Je ne crois pas que cela tenait uniquement au spectacle que j'offrais – longue robe blanche de grand-mère, ukulélé sortant de mon sac à bandoulière avec un tournesol peint dessus ; il y avait autre chose dans ton regard. De la terreur. Tu savais ce qui se profilait. Tu te doutais que j'allais chanter pour quelqu'un et tu étais terrorisé à l'idée que ça tombe sur toi. Tu as vite détourné la tête, j'ai poursuivi mon chemin jusqu'à ce que je déniche Alan Ferko, je lui ai chanté « Joyeux anniversaire ». Mais j'ai senti tes prunelles vrillées sur moi durant toute cette pantomime, Léo. Oh oui ! Sans interruption. Et, à chaque mot que je fredonnais pour Alan Ferko, je pensais : « Un jour, je chanterai pour ce garçon aux yeux terrifiés. » Je n'ai jamais chanté pour toi, Léo. Jamais vraiment. Toi, entre tous. C'est mon plus grand regret... Tu vois, je suis de nouveau triste.

10 JANVIER

Comme je te l'ai écrit la semaine dernière, je lave mon esprit absolument partout. Dans la mesure où le but – l'idéal – est de me gommer de l'espace et du temps où je me trouve, je suis d'avis que je ne devrais pas m'autoriser à trop m'attacher à un endroit, quel qu'il soit, y compris la Colline enchantée, puisque c'est ainsi que je la surnomme à présent ; de même, mieux vaut éviter de m'en tenir à une heure particulière du jour ou de la nuit.

Voilà pourquoi, ce matin, je suis partie à bicyclette à la recherche d'un nouveau lieu de méditation. Cannelle avait décidé de faire du stop et s'était blotti dans ma poche. Je passais devant un cimetière quand un éclat de couleur a attiré mon attention. Il s'agissait d'un homme, assis sur une chaise, devant une tombe. Enfin, je crois que c'était un homme, car il était complètement emmitouflé à cause du froid. L'éclat de couleur provenait d'une écharpe à carreaux rouges et jaunes nouée autour de son cou. Il semblait parler.

Peu après, je suis arrivée dans un parc appelé Bemus, pas très loin de ma maison. J'ai grimpé sur une table de pique-nique et me suis installée dans ma position méditative. (Mise au point... J'ai repris mes cours à domicile sous l'égide de ma mère. Ha ! Je me demande bien pourquoi... mon expérience au lycée de Mica a été si merveilleuse ! Ha ! ha ! ha ! Bref, je suis astreinte à des matières obligatoires – maths, littérature, etc. Et je m'y tiens. Sauf que je ne m'arrête pas là. Je m'intéresse à d'autres domaines également. Non officiels. Genre : principes de la pâmoison. Vie sous les cailloux. Apprendre à siffler en s'amusant. Elfes et trolls. Nous avons baptisé cela notre cursus de l'ombre. [N'en dis surtout rien aux autorités académiques de l'État de... houps ! J'ai failli te révéler où je vivais.] Ma matière préférée, c'est : éléments de la vacuité. C'est ici qu'intervient le lavage de l'esprit. Je m'efface complètement. [Tu te souviens de la leçon n° 1 que je t'ai donnée dans le désert ?] Ce qui, quand on y réfléchit un peu, n'est pas du tout rien. Je m'explique : lorsque je m'y applique et que je parviens à me gommer entièrement, je suis tout. Tout, sauf moi-même. Je m'évapore comme l'eau s'évapore dans l'univers. Je ne suis plus Stargirl. Je suis arbre. Vent. Terre.)

OK. Désolée pour la digression (et l'abus de parenthèses)... Donc, j'étais assise en tailleur sur une table de pique-nique, yeux fermés et l'esprit en plein cycle de lavage (tout en enrichissant mon dossier scolaire par-dessus le marché !), quand j'ai soudain senti quelque chose sur ma paupière. Sûrement un insecte, ai-je songé, en évacuant aussitôt cette pensée, fondant ainsi dans tout le reste l'intrus posé sur ma paupière. Or voici que la chose a bougé, glissant de ma paupière à mon nez puis à mes lèvres.

– Dootsie ! a alors lancé une voix de femme, ère.

À cet instant :

– Bonjour ! Moi, c'est Dootsie. Je suis un nètrumin. Qu'est-ce que tu fais ?

J'ai ouvert les yeux. Une fillette était assise en tailleur devant moi. Une dame approchait à grands pas, l'air contrit.

– Je suis navrée, s'est-elle excusée. Ma fille a tendance à se sauver. Je suis vraiment désolée.

– Ce n'est pas grave, ai-je répondu.

J'étais un peu hébétée, comme au réveil.

– Je méditais, ai-je ajouté à l'intention de la gosse. Je n'étais rien.

Dootsie a froncé les sourcils. Le soleil rehaussait ses cheveux bouclés de mèches couleur rouille. Tendant la main, elle m'a de nouveau touchée.

– T'es pas rien, a-t-elle rigolé.

Elle a planté son doigt dans mon genou.

– T'es juste là.

– Pour moi, c'était rien. Ce n'est pas facile à expliquer.

Encore une fois, elle s'est concentrée. Tout à coup, sa bouche et ses yeux se sont ouverts en grand.

– Tu faisais semblant ! s'est-elle exclamée.

– En quelque sorte, ai-je acquiescé.

Elle m'a contemplée.

– T'es magichienne ?

– Non.

– Moi, je suis magichienne ! a-t-elle décrété, aux anges.

– Vraiment ?

– Oui. Hein, maman ?

– Un véritable Robert-Houdin en jupons, a gentiment confirmé cette dernière.

Dootsie est descendue de la table.

– Je sais me rendre inmizible, m'a-t-elle annoncé. Regarde !

Elle a fermé les yeux, fort, a chuchoté quelques mots que je n'ai pas saisis, s'est mise au garde-à-vous et a tourné sur elle-même à trois reprises. Puis elle a murmuré derechef, et un sourire s'est lentement dessiné sur son petit visage rondouillard. J'ai regardé autour de moi.

– Où es-tu ? ai-je demandé.

– Ici ! a-t-elle ri. Tu m'entends mais tu me vois pas.

J'ai agité les mains devant moi.

– Hou-hou ! Dootsie ? Hou-hou ! Où es-tu ?

Elle a paru stupéfaite.

– Elle... elle m'entend même pas, maman ! a-t-elle soufflé.

La mère m'a adressé un clin d'œil.

– Dootsie... dis quelque chose à la jeune fille pour qu'elle sache que tu es là.

Brusquement, les yeux de Dootsie se sont carrément exorbités.

– Une souris ! a-t-elle piaillé.

Et elle a sautillé jusqu'à moi, extrêmement visible soudain. Cannelle venait aux nouvelles, sans doute intrigué par la conversation. Il sortait sa tête de ma poche. Avant que j'aie pu réagir, il était entre les mains de la gamine.

– Ce n'est pas une souris, ai-je précisé. C'est un rat.

Elle a frotté sa joue contre le poil de Cannelle.

– Colle ton nez contre le sien.

Elle a obtempéré. La langue minuscule de Cannelle a embrassé le bout de son nez, et elle a couiné de joie. Pendant que ces deux-là se câlinaient, sa mère m'a tendu la main.

– Laura Pringle, s'est-elle présentée.

– Stargirl Caraway.

– Stargirl ! a pépié Dootsie. C'est ton vrai nom ?

– Bien sûr.

– Tu es arrivée récemment ici ? a demandé Mme Pringle.

– Cet été. Nous vivons juste à côté. Rapps Dam Road.

– Dans la maison aux volets marron ?

– Oui.

– Mon frère et sa femme, tonton Fred et tatie Claire pour Dootsie, y ont habité. Ma fille connaît ta maison comme la sienne.

Dootsie a soulevé Cannelle.

– Maman ! a-t-elle gémi. Elle a un rat et un prénom super et elle s'assoit sur les tables. Je veux être elle !

Comme Cannelle s'agitait, je le lui ai repris.

– Hé, ça tombe bien ! ai-je dit. J'avais justement envie d'être toi, Dootsie. Il n'existe pas de prénom plus chouette que le tien. En plus, tu sais te rendre invisible. Tu es tellement cool. Est-ce que tu prends un cachet de coolitude tous les matins ?

Elle m'a dévisagée avec gravité avant de secouer la tête.

– Alors, tu es cool de nature, j'imagine, hein ?

– Faut croire, a-t-elle opiné.

– Tu sais quoi ? Moi, je n'ai jamais été cool, alors que j'ai toujours rêvé de l'être. Si on échangeait ? Tu serais Stargirl, et moi, Dootsie.

Elle a contemplé les arbres, s'est tripoté la lèvre.

– Pas maintenant, a-t-elle fini par décréter. Je veux être Dootsie encore un peu. Jusqu'à mes dix ans, a-t-elle ajouté après avoir réfléchi.

– D'accord. Quand tu auras dix ans, on échangera.

– Marché conclu.

Nous nous sommes serré la main pour sceller notre pacte. Puis Mme Pringle a annoncé qu'il était temps de me laisser tranquille, et elles sont parties.

– Je veux un rat ! pleurnichait Dootsie, tandis qu'elles s'éloignaient.

15 JANVIER

Je fais des sorties scolaires. À l'instar de tout le monde, après tout. Je suis une élève comme les autres, n'est-ce pas ? À dire vrai, je passe beaucoup de temps en sorties scolaires. Ma mère m'expédie pour la journée dans un quartier de la ville afin de rédiger par la suite un devoir sur les expériences que j'ai vécues là-bas. J'y reste dix minutes ou dix heures – tout dépend du temps qu'il me faut pour écrire un poème. J'emporte mon cahier de brouillon et le compose sur-le-champ.

Aujourd'hui, ça a été un véritable défi. Ma destination était « le tas de pierres ». (Ma mère glisse sous la porte de ma chambre une carte où est mentionné le but de ma visite.) Par ces mots, elle voulait dire la vieille cimenterie désaffectée. Il ne reste que les squelettes branlants vert sombre des bâtiments et trois empilements de pierres presque aussi hauts que moi. La rumeur m'a appris qu'ils étaient encore plus grands, autrefois. Mais les gens volent des pierres pour leurs jardins, les enfants les jettent. En tout cas, voici ce que ça donne :

SORTIE SCOLAIRE :
À JAMAIS AUX TAS DE PIERRES

Combien de temps suis-je restée ici ?
Pas une pendule en vue. Bah ! Disons toujours.
Les tas de pierres et moi.
Passer devant
un tas de pierres est une chose.
C'en est une autre d'être assise en compagnie
de l'un d'eux
à jamais.
Essaye, et tu commenceras à
prendre conscience des choses que tu croyais
pourtant
connaître,
tels le silence
l'immobilité
l'éparpillement.
À présent
(à jamais a-t-il un à présent ?)
j'entends quelque chose – des bruits de pas –
non, pas des pas –
des slurps de graviers qui dégringolent –
des slurps de pas –
et le voici qui arrive –
caban marine, bonnet de laine
vert mousse orné d'un pompon vert mousse
guilleret,
lent, lourd –
s'il était l'un des sept nains,

il serait Dormeur –
dodu, poussif, barbu –
un visage en pâte à pain aux moustaches poivre et sel –
qui s'approche de moi à pas lents et lourds,
me voit – me voit-il seulement ? –
il y a un silence et une immobilité de tas de pierres
dans ses yeux –
et dit, croasse : « Tu me cherches ? » –
avant de poursuivre son chemin lent et lourd
sans attendre ma réponse.
J'ai envie de lui crier : Hé ! Attendez !
mais il s'éloigne,
m'offrant son dos maintenant
lent et lourd... lent et lourd...
le pompon vert sautillant
sautillant sautillant...

16 JANVIER

Des coups à la porte d'entrée m'ont réveillée. Mon réveil annonçait six heures et quart du matin. J'ai enfilé mon peignoir et suis descendue au rez-de-chaussée. Mon père était parti depuis longtemps au boulot. Ma mère est apparue sur le seuil de leur chambre.

– Qui ça peut être, à une heure aussi indue ?

J'ai ouvert. L'espace d'une seconde, je n'ai distingué que les maisons d'en face. Puis j'ai baissé les yeux. C'était Dootsie.

– Où est Quenelle ?

– C'est la petite fille dont je t'ai parlé, ai-je crié à ma mère. Dootsie.

Je l'ai fait entrer. Sous son manteau, elle était en pyjama. Ses pantoufles étaient des Peggy la Cochonne.

– Où est Quenelle ?

– Cannelle dort. Comme tu devrais dormir.

Ma mère nous a rejointes, a regardé les chaussons de la gamine.

– Où sont tes parents, Dootsie ? a-t-elle demandé.

– T'es la maman de Stargirl ? a répliqué l'autre.

– Oui.

– T'es Starwoman ?

Nous avons éclaté de rire. La sonnette a retenti. C'était Mme Pringle, échevelée.

– Excusez-moi. Dootsie a disparu. Est-ce qu'elle...

Puis elle a regardé derrière moi.

– Dootsie ! Dieu soit loué !

Elle a pris sa fille dans ses bras, nous a raconté que cela faisait des jours et des jours que la petite lui rebattait les oreilles avec Cannelle. Quand, ce matin, elle avait trouvé le lit vide, elle avait immédiatement pensé à l'ancienne maison de son frère, Fred.

Dootsie a tiré la manche de sa mère.

– J'veux des gaufres !

Cinq minutes plus tard, Mme Pringle, Dootsie, Cannelle et moi étions installés à la table de la salle à manger pendant que ma mère préparait de la pâte à gaufre dans la cuisine.

– C'est de pire en pire, a soupiré Mme Pringle.

– Je suis de pire en pire, a confirmé Dootsie, qui jouait avec Cannelle.

Elle le dressait sur ses pattes arrière et l'obligeait à danser.

– Ça a commencé quand elle a réussi à escalader son parc, a poursuivi sa mère. Puis elle s'est perdue au centre commercial, à la plage.

Elle a frissonné à ces souvenirs.

– Et maintenant, a-t-elle conclu en regardant sa fille (elle a secoué la tête, a eu un sourire qui était composé de quatre cinquièmes d'amour et d'un cinquième d'exaspération), elle a découvert comment déverrouiller la porte de la maison.

– Pleure-t-elle quand elle s'égare ? ai-je demandé.

– Jamais.

– Donc, elle ne considère pas qu'elle se perd.

– Pour ce qui la concerne, elle ne s'est jamais perdue. Elle considère qu'elle a trente-cinq ans.

Dootsie s'était évadée dans son propre monde. Soulevant Cannelle, elle l'a fait swinguer.

– Youpi !

Elle a posé son nez contre le sien, a rigolé quand il a grimpé sur son épaule et a fourré son museau dans son oreille avant de se poser sur sa tête. Tout à coup, elle s'est mise à brailler :

– Attends ! Moi ! Moi !

Se propulsant vers la cuisine, elle a envoyé valser Cannelle sur mes genoux. Ma mère l'a hissée au-dessus de la poêle, où elle a versé la pâte.

– Au secours ! a murmuré Mme Pringle en levant les yeux au ciel.

19 JANVIER

Mon chariot du bonheur est presque vide, Léo. Plus que cinq cailloux. Question bonheur, je fonctionne à seulement vingt-cinq pour cent de mes capacités. Tu te rappelles la première fois que je t'ai montré mon chariot ? Combien de galets contenait-il, alors ? Dix-sept ! Ensuite, j'en ai rajouté un, tu te souviens ? Je ne te l'ai jamais avoué mais, avant de me coucher ce soir-là, après que nous avons échangé notre premier baiser, sur le trottoir devant chez moi, j'ai mis les deux dernières pierres. Vingt en tout. Le nirvana. Comme jamais auparavant. Le chariot est resté plein jusqu'à ce que je peigne ce drap et que je l'accroche sur le panneau d'affichage du lycée pour que tout le monde le voie...

STARGIRL
AIME
LÉO

Est-ce là ma faute, Léo ? Ai-je exagéré ? T'ai-je à ce point effrayé ? J'ai l'impression que, depuis, je n'ai cessé de retirer des galets de mon chariot. Maintenant, j'en suis réduite à cinq, je me sens mal, et j'ignore comment aller mieux.

Voilà pourquoi, aujourd'hui, j'ai séché. Ma mère me fait suffisamment confiance pour m'y autoriser de temps à autre. (D'ailleurs, nous avons mis au point un cours qui s'appelle « école buissonnière », mais il ne compte pas dans mon dossier scolaire.) Bref, j'ai enfourché mon vélo et j'ai pédalé. Pédalé, pédalé... Maintenant que j'y songe, j'avais pris la direction de l'ouest. L'Arizona ? Quoi qu'il en soit, à un moment, j'ai entendu un bruit. J'ai levé les yeux. Une oie du Canada traversait la grisaille du ciel en cacardant. C'était la première fois que je voyais une bernache seule. Elles volent toujours en groupe, ou du moins en couple. Ce volatile-là avait-il été distancé ? Avait-il juste égaré sa compagne, qu'il appelait ainsi à cor et à cri ? Était-elle morte ? Avait-elle fui vers l'Arizona avec un autre mâle ? Cette voix solitaire cacardant dans le ciel... Le son le plus triste qu'il m'a jamais été donné d'entendre.

C'est alors que j'ai repensé à l'homme engoncé dans son écharpe à carreaux rouges et jaunes. J'ai fait demi-tour. Sans m'en rendre compte, je m'étais beaucoup éloignée de la ville. J'ai roulé jusqu'au cimetière. Il était là, au même endroit, assis sur une chaise pliante en aluminium à la toile vert et blanc. Cette fois, je suis entrée. Son menton reposait sur sa poitrine. Il somnolait. Ses traits étaient cachés par son écharpe aux couleurs pétantes. Une gamelle pour casse-croûte d'autrefois, noire et ovoïde, était placée dans l'herbe, sous le fauteuil.

Je n'ai pas voulu m'approcher trop près de lui. Je suis descendue de ma bicyclette, que j'ai poussée jusqu'à me retrouver derrière son dos. Il y avait deux noms, sur la stèle : Grace et Charles. Sous son nom à elle, deux dates ; sous son nom à lui, une date de naissance, un tiret, puis rien. La mort restait à venir. Plus bas encore : *Unis dans l'éternité.*

Grace. C'est la seconde date qui m'a surprise. Elle était morte quatre ans auparavant. Pourtant, il continuait à venir. Grace. Je crois que c'est elle qui lui a offert l'écharpe. Je crois qu'elle le surnommait Charlie. « Grace. » J'ai chuchoté son prénom.

Je m'en suis allée le plus discrètement possible.

27 JANVIER

Aujourd'hui, je garde Dootsie. Ses parents m'ont confié qu'ils avaient « besoin d'air ».

Dootsie vit sur Ringgold Street, tout près à vélo, mais un long trajet pour une fillette, par un jour froid, à six heures du matin. (Je n'en reviens toujours pas qu'elle se soit sauvée de chez elle comme ça.) Lorsque je suis arrivée chez les Pringle, elle était invisible. Quand elle se tient raide comme un piquet, le visage plissé et les yeux serrés, c'est qu'elle joue à disparaître. Elle était dans un coin de la salle à manger.

– Eh bien, ai-je dit à sa mère, il semble que Dootsie soit partie. Je n'ai personne à garder. Tant pis, Cannelle et moi n'avons plus qu'à rentrer à la maison. Au revoir !

Je tournais les talons, quand elle a hurlé en se précipitant vers moi :

– Non ! Ici, je suis ici ! Je suis juste inmizible ! Quenelle !

Je suis restée, les Pringle sont sortis, Dootsie a joué avec Cannelle, puis nous avons peint sa chambre. Elle la badigeonne presque quotidiennement. Elle a le droit de dessiner partout où elle veut – sur les murs, les portes, les meubles – sauf sur les fenêtres. Pense : ballon rempli de couleurs à cinquante centimes qui explose et éclabousse la pièce. Pense : extraterrestres écrabouillés. Pense : paradis pour gosses. Ne pense pas : chambre de petite princesse avec lit à baldaquin, rubans et froufrous roses. Je me suis retrouvée, pinceau en main, à laisser libre cours au cinglé barbouilleur de chambre qui sommeille en chacun de nous.

Puis nous avons parlé de toi.

Dootsie : T'as un amoureux ?

Moi : Je ne sais pas. Autrefois, oui.

Dootsie : Comment il s'appelle ?

Moi : Léo.

Dootsie : Léo est un nètrumin ?

Moi : Nous sommes tous des nètrumins.

Dootsie : Tu l'aimes ?

Moi : Je crois, oui.

Dootsie : Et lui, il t'aime ?

Moi : Il m'a aimée. Puis il a cessé. Je pense qu'il m'aimera de nouveau.

Dootsie : Quand ?

Moi : Un jour.

Dootsie : Où il est ?

Moi : En Arizona. Loin d'ici.

Dootsie : Pourquoi ?

Moi : Pourquoi quoi ?

Dootsie : Pourquoi il est loin ?

Moi : Il va au lycée, là-bas. Moi, j'ai déménagé ici, en Pennsylvanie (Houps ! Voilà, maintenant tu es au courant. Nous nous sommes installés dans l'État où tu es né. Je ne m'étendrai pas plus sur le sujet.)

Dootsie : Il t'a fait un bisou ?

Moi : Oui.

Dootsie : Et à Quenelle aussi ?

Moi : Oui.

Dootsie : Je veux plus causer de lui.

Nous avons donc abordé d'autres sujets tout en continuant à peinturlurer allégrement. Puis, elle a décrété :

– On va voir Betty Lou.

– Qui est Betty Lou ?

– La voisine. Elle a peur du dehors. Elle est diborcée.

Voilà qui paraissait intéressant. J'ai laissé un mot aux Pringle, des fois qu'ils rentreraient tôt, et nous sommes allées sonner à côté. Le battant a eu l'air de s'ouvrir tout seul. Je n'ai vu personne, pourtant une voix nous a invitées à entrer.

– Elle est derrière la porte, m'a expliqué Dootsie en s'engouffrant dans la maison. Viens !

J'ai obéi. Le battant s'est refermé, et j'ai découvert un être en robe de chambre mauve et chaussettes épaisses rouge vif qui lui servaient de pantoufles. Dootsie m'a désignée.

– C'est mon amie Stargirl. Elle a fait un bisou à un garçon qui s'appelle Léo.

La créature m'a serré la main, a souri.

– Betty Lou Fern, s'est-elle présentée.

Dootsie a tendu une main impérieuse. Betty Lou la lui a également serrée.

– T'a-t-elle expliqué que j'avais peur de sortir ? s'est-elle ensuite enquise.

– Juste après qu'elle m'a dit que vous étiez la voisine.

Elle a ri. Un éclat de rire énorme, audacieux.

– Elle le raconte à tout le monde. Toute la ville est au courant de mon agoraphobie. C'est sot, non ? Venez dans la cuisine. Je vais nous préparer un... Aaaaaaahhhhhh !

Brusquement, Betty Lou s'est retrouvée perchée sur une chaise de la salle à manger

– Un rat ! a-t-elle hurlé.

Cannelle sortait la tête de la manche du manteau de Dootsie.

– C'est rien que Quenelle, l'a-t-elle rassurée.

Prenant Cannelle, elle l'a offert à Betty Lou. Qui a braillé encore plus fort. J'ai repris la bestiole.

– Cannelle est mon rat domestique, ai-je clarifié en le fourrant dans ma propre poche. Il est apprivoisé et très amical.

– Il n'empêche, ça reste un rat ! Il y a un rat dans ma maison.

Betty Lou était tellement terrorisée qu'elle crachait le mot « rat ». Elle a grimpé sur la table. Le sommet de ses cheveux noirs grisonnants ébouriffés s'écrasait contre le plafond. Elle tremblait de tout son corps.

– Je suis désolée, me suis-je excusée. Mieux vaut que nous partions.

– Non ! a protesté Dootsie d'un seul cri perçant. Descends de là, Betty Lou, a-t-elle ensuite grondé, l'index dressé. Tout de suite !

– Je ne peux pas.

Brusquement, une nouvelle vague de terreur a submergé la voisine.

– Arrête ! a-t-elle lancé en se couvrant le visage.

J'ai regardé Dootsie. Elle avait roulé les yeux dans ses orbites jusqu'à ce que les prunelles disparaissent, ne laissant voir que le blanc. Assez affreux.

– Tu descends ? a-t-elle dit.

– Tu promets de garder cette bête hors de ma vue ?

– Oui.

– Tu promets que sa queue ne me touchera pas ?

– Oui.

– Remets tes yeux.

– D'accord.

Dootsie a repris son aspect normal.

– A y est.

Betty Lou est descendue de son perchoir et nous a préparé du chocolat chaud. Elle a aussi sorti des beignets du congélateur et les a réchauffés au micro-ondes.

– J'ai toujours quelque chose de bon sous la main pour Dootsie, m'a-t-elle expliqué. C'est la meilleure manière de l'attirer ici. Dans la mesure où j'ai peur de sortir, il faut bien que je trouve une façon pour obliger les autres à me rendre visite.

– Je suis sa plus bonne visiteuse ! a pépié Dootsie.

– C'est vrai, a ri Betty Lou. Elle vient me voir presque tous les jours.

– Et j'ai un beignet à chaque coup !

Betty Lou a acquiescé.

– Une fois par semaine, je m'en fais livrer une dizaine par la boutique de Margie.

Elle a mordu dans le sien, qui était fourré à la crème.

– Miam ! Margie affirme que ce sont les meilleurs du monde. Elle a raison.

– Il y a beaucoup de gens qui souffrent d'agoraphobie ? lui ai-je demandé.

– Plus que tu ne crois.

Elle a jeté un coup d'œil en direction du salon. J'avais retiré mon manteau et l'avais laissé dans la véranda. Cannelle ne risquait pas d'avoir froid, dans la poche.

– Les rongeurs ne sont-ils pas capables de s'aplatir complètement ? a-t-elle continué. Tu ne penses pas qu'il risque de se glisser sous la porte d'entrée ?

– Il n'arriverait pas à s'aplatir autant. Vous ne courez aucun danger.

– Le mot « agoraphobie » vient du grec.

– Ça veut dire la peur du supermarché ! est intervenue Dootsie.

Betty Lou a ri tout en passant ses doigts dans les cheveux de la fillette.

– Tu n'es pas tombée loin. Quand tu m'auras entendue te le répéter quelques fois, tu ne te tromperas plus. C'est la peur de l'agora, la place du marché, où siégeait le peuple. Le diagnostic personnel de Dootsie, c'est que...

Elle a hoché le menton vers sa voisine.

– C'est le bazar dans la tête à Betty Lou ! a crié la gamine.

Cette dernière a hurlé de rire. Pour quelqu'un d'aussi farouche, elle paraissait étonnamment joyeuse.

– Le mot lui est sorti de la bouche un jour. C'est le bazar ! Je ne m'en remets pas, depuis. Ça m'amuse toujours autant.

– Vous n'avez pas seulement peur de la place du marché ? l'ai-je relancée.

– Non. De tous les endroits. De tout ce qui se trouve au-delà de ma porte. Idiot, hein ? Je passe mon temps à me seriner qu'il n'y a rien à craindre. Il suffit de regarder les autres qui vont et viennent, tous ces nètrumins, comme dit Dootsie. Il ne leur arrive rien. Malheureusement, je ne parviens pas à me convaincre.

J'ai essayé de m'imaginer craignant l'extérieur. En vain.

– Ça dure depuis longtemps ?

– Neuf ans. Ça a débuté par un beau jour de printemps, en mai. Le 19 mai. Les oiseaux chantaient, les fleurs embaumaient, l'air était doux. J'avais enfilé mes gants de jardin, car je comptais planter des tomates. J'en avais trois plants dans des barquettes en plastique vert. Des cœurs-de-bœuf. J'ai voulu ouvrir la porte de derrière, mais la poignée était coincée. Je ne suis pas arrivée à la tourner, même à deux mains. Elle a fini par céder, mais... je ne sais pas, c'est comme si un déclic s'était produit. Comme si cette poignée bloquée m'indiquait que, peut-être, je n'avais pas tellement envie de sortir. À cet instant, le téléphone a sonné, et j'ai enlevé mes gants pour répondre. C'était ma vieille amie Hildegard. Nos conversations durent toujours des heures.

Lorsque j'ai enfin raccroché, j'avais deux messages en attente. Je m'en suis occupée, puis est venue l'heure du déjeuner, puis celle de mes feuilletons. Bref, ce n'est que le lendemain matin que j'ai remarqué les trois barquettes en plastique encore sur le plan de travail de la cuisine. Alors, quelque part au fond de moi, j'ai compris que je ne tenais pas vraiment à...

Elle s'est interrompue pour fixer le plan de travail. Son regard était perdu dans le lointain, cependant. J'ai eu l'impression que Dootsie et moi avions cessé de respirer.

– ... à les planter, a repris Betty Lou. Je suis restée là, près de la porte de derrière, les yeux vrillés sur la poignée, longtemps, très longtemps, et puis, je me suis brusquement décidée, je l'ai tournée, la porte s'est ouverte, et moi... je suis restée figée sur place, incapable de bouger. L'air frais qui soufflait me semblait menaçant. Le monde, au-delà de... de cet encadrement rectangulaire, c'était trop. Trop vaste, dangereux. J'aimerais pouvoir te dire que j'ai vaillamment lutté pour franchir ce seuil et sortir dans le jardin. Mais je ne me suis pas battue. J'ai tout de suite deviné que je ne le ferais pas. J'ai refermé cette porte, je ne l'ai pas rouverte depuis. Je n'entrebâille plus que celle de devant, pour laisser passer mes visiteurs.

– Elle va même pas jusqu'à la boîte aux lettres ! a précisé Dootsie.

– Non, même pas ça, a acquiescé Betty Lou. Dootsie m'apporte mon courrier. Elle grimpe sur une chaise de la véranda pour le relever. Quant à l'épicerie, je me fais livrer.

– Et les beignets aussi, a piaillé Dootsie.

– Les beignets aussi, oui. Une fille appelée Alvina qui travaille chez Margie me les livre tous les lundis.

– Je déteste Alvina, a grogné la petite.

– Sois gentille, l'a morigénée Betty Lou.

– Elle est pas marrante, Alvina.

– C'est vrai, a reconnu Betty Lou en s'esclaffant. Mais elle apporte tes beignets, non ? Elle les dépose dans la véranda, et Dootsie les prend en même temps que le courrier.

– Sacré système ! ai-je marmonné.

– Oui, a admis Betty Lou avec un sourire triste. On appelle ça faire avec. Il y a autre chose, également... je ne l'ai pas encore dit à Dootsie mais, l'autre jour, pendant une dizaine de secondes, j'ai presque eu peur de sortir de ma chambre. Dieu du ciel ! Effrayée par ma propre maison ! C'est de pire en pire.

– Hé ! a protesté Dootsie. C'est moi qui suis de pire en pire. C'est maman qui l'a dit.

– La petite t'a-t-elle aussi révélé que j'ai divorcé ? m'a demandé Betty Lou.

– J'en ai peur.

– Son vieux mari, elle l'appelle Nez-en-Patate ! a hurlé la gamine.

– Monsieur Nez-en-Patate, l'a corrigée sa voisine.

Ça nous a fait toutes rire. Nous avons d'ailleurs beaucoup ri, jusqu'à ce que M. Pringle vienne chercher sa fille. Sur le trajet du retour, je n'ai cessé de penser à deux personnes en particulier – la dame dans sa maison qui ne veut pas sortir, et le monsieur au cimetière qui ne veut pas rentrer.

6 FÉVRIER

Neige.

Des monceaux de neige. J'en ai jusqu'aux genoux. Dootsie jusqu'aux oreilles. Nous avons fabriqué un bonhomme de neige. J'ai sorti Cannelle de ma poche pour le lui montrer. Je l'ai posé sur mon épaule. J'ai éternué. Mon éternuement l'a fait tomber. Nous avons regardé par terre. Rien, sinon un trou dans la neige. Cannelle ! Quatre mains creusant frénétiquement. Nous l'avons rattrapé. Il était gelé. Il frissonnait. Sa queue était toute bleue. Nous avons soufflé notre haleine sur lui pour le réchauffer, nous l'avons frotté, embrassé.

Quand il nous a rendu nos baisers, nous avons compris qu'il était tiré d'affaire, même si sa petite langue était glacée.

14 FÉVRIER

18 FÉVRIER

Sais-tu quel jour nous sommes, Léo ? Le jour du premier baiser. Quatre jours après la

Saint-Valentin. Il y a un an ce soir. Devant chez moi. Mon chariot du bonheur était plein. J'étais tellement gavée de bonheur qu'il n'y avait plus de place pour rien.

Aujourd'hui, j'ai retiré un galet. Plus que quatre.

22 FÉVRIER

Sortie scolaire : la boutique de Margie.

Elle est située sur Bridge Street, entre la pizzeria et l'agence de voyages. L'enseigne proclame : « Meilleurs beignets du monde ! »

J'y suis allée pour déjeuner. J'ai pris un beignet à l'ancienne et un saupoudré de cacao. Il y a quatre places au comptoir, et une petite table. Je me suis installée à cette dernière et j'ai regardé les clients aller et venir. Margie m'a assuré qu'elle n'avait rien contre, qu'elle était heureuse d'avoir de la compagnie. Margie est ronde comme ses beignets à la crème, et elle a une énorme masse de cheveux teints en blond. Et elle est bavarde. Elle a taillé une bavette avec toux ceux qui sont entrés dans son magasin. Avec moi, elle n'a pas arrêté. À deux heures de l'après-midi, je savais qu'elle laisse repousser les poils de ses aisselles l'hiver, que les haricots ne lui donnent pas de vents mais que les pois chiches, si, et que ce qu'elle préfère par-dessus tout, c'est qu'on lui masse les pieds.

J'ai été surprise par le nombre de gens qui déjeunent de beignets. Les quatre tabourets du comptoir n'ont pas désempli. Margie accommode les beignets comme personne. Tu as envie d'une soupe au poulet ? Très bien, ouvre-toi une boîte de conserve. En revanche, tu as envie d'une soupe aux beignets ? Tu l'auras chez Margie et nulle part ailleurs. Elle prépare aussi un gâteau de beignets, un beignetwitch, et elle affirme que la tarte aux beignets « est à l'étude ».

J'avais commencé à écrire mon poème, intitulé *Soupe aux beignets*, quand j'ai entendu un grand bruit sourd. La porte s'est ouverte à la volée, et une fillette a déboulé au milieu de la boutique. Elle s'est tapie, haletante, devant la porte, et a hurlé, rouge comme une tomate, à l'adresse des trois garçons qui se tenaient sur le trottoir :

– Nanana nanère !

Et les trois autres de riposter aussi sec :

– Mocheté !

– T'es morte, ma vieille !

– Tout le monde te hait !

Margie est intervenue en moulinant des bras.

– Fichez-moi le camp !

Les garnements ont déguerpi.

Il se trouve que la gamine travaille ici. Pas officiellement. Elle est trop jeune. Onze ans. Margie la paye en beignets. Elle vient après l'école, balaye, époussette, lave la vaisselle, sort les poubelles, embête Sam, le pâtissier, dans l'arrière-boutique.

À un moment, elle a balayé dans ma direction. Elle s'est arrêtée, m'a toisée.

– Vous mangez pas ?

– Pas pour l'instant.

– Alors, faut partir. Vous pouvez pas rester assise ici. C'est les clochards qui font ça. Vous devez consommer. On est une affaire, ici, par l'Armée du salut.

– Je ne suis pas une clocharde.

– Alors, consommez !

Du coup, je me suis racheté un beignet saupoudré de cacao. Histoire d'avoir la paix. Elle s'est éloignée avec son balai, mais est revenue au bout d'une minute, me tutoyant.

– Qu'est-ce que t'écris ?

– Un poème.

– Sur quoi ?

– Les beignets. Ou toi, peut-être.

– C'est ça, a-t-elle ricané.

Cannelle aurait adoré se nicher dans ses courts cheveux en broussaille. Elle portait un T-shirt rayé bleu et rouge, et un nounours en plastique jaune autour du cou, accroché à un lacet noir.

– Comment tu t'appelles ? a-t-elle demandé.

– Stargirl.

– De quoi ? Qu'est-ce que c'est que ce nom ?

– Celui que je me suis donné.

– Personne se donne de nom, a-t-elle maugréé. Ça se fait pas.

– Moi si.

Elle me contemplait, ahurie, le balai immobile.

– Et toi, quel est ton prénom ?

– Je le déteste.

– Je ne le détesterai pas, moi.

– Alvina.

– Joli ! C'est différent, un peu ancien.

– Ouais, comme un beignet.

– Alvina... Serais-tu la jeune personne qui livre Betty Lou Fern toutes les semaines ?

– Et alors ? Ça te pose un problème ?

– Du calme ! Je posais juste la question.

Elle a montré mon cahier du doigt.

– Ce poème, il parle vraiment de moi ?

– Possible, ai-je répondu. Je n'en suis pas encore sûre. J'attends de voir si tu es ou non intéressante, ai-je ajouté en la regardant en biais. L'es-tu ?

– Je suis ennuyeuse.

J'ai éclaté de rire.

– Personne n'est ennuyeux.

– Je suis nulle.

– Tu ne m'as pas l'air nulle, à moi.

– Je suis moche.
– Non. N'écoute pas ces garçons.
– Je déteste les garçons.

Relevant son balai, elle l'a tenu comme une mitraillette. Elle a reculé. Un sourire maussade sur les lèvres, elle a promené son arme fictive autour d'elle en lâchant une salve de mots :

– Je te les tuerais tous, moi. Je te les alignerais et je te les flinguerais. Tous. Par milliers. Par millions !

– Il te faudrait beaucoup de munitions pour ça.

– Je les déteste, a-t-elle répété avant de se remettre à balayer le sol.

J'ai griffonné quelques vers pendant un moment. Lorsque j'ai relevé la tête, j'étais seule dans le magasin. Les autres s'étaient rassemblés dans l'arrière-boutique. Alors...

SORTIE SCOLAIRE :
MASSACRES CHEZ MARGIE
La porte s'ouvre lentement.
Les garçons entrent, sans bruit,
furtifs, souriants.
Ils me regardent, interrogateurs.
Vas-tu tout gâcher ?
Mes yeux répondent : Je suis le poète.
J'écris la scène. Vous
la vivez.
L'un d'eux porte son doigt à ses lèvres : Chut !

Je change d'avis : « Non ! »
Trop tard –
rapides comme le sont les garçons, ils filent
derrière le comptoir, ramassent des brassées
de beignets, des brassées,
poussent des cris ravis de garçons ravis,
Margie qui surgit – « hé ! hé ! » –
les garçons qui fuient, les beignets qui tombent –
un garçon qui s'arrête à la porte, qui se retourne, qui lâche
un beignet à la fraise par terre, qui lève le genou
jusqu'à son torse, qui hurle : « Ouais ! », qui abat son pied,
la fraise qui gicle jusqu'au
comptoir.

« N'essaye pas de sauver quoi que ce soit »,
dit Margie.
« Jette-les. »
Alvina balaie avec beaucoup de soin
les beignets perdus,
les met en tas.
Elle façonne, dessine le tas
avec son balai.
Elle regarde les garçons qui,
dans la rue, se moquent, rient,
engloutissent et recrachent les beignets.
Le balai se fracasse par terre.

Elle saute, à pieds joints
sur le tas de beignets.
Et saute,
et saute,
écrasant les beignets
comme elle sautait dans les flaques,
petite,
saute,
et saute,
et saute, tandis que les garçons se pétrifient à présent, sous l'effet de la surprise, leurs bouches ouvertes
pleines de beignets à demi mâchés.

28 FÉVRIER

Il a neigé, hier. Aujourd'hui, le monde est blanc. J'ai mis mes bottes et j'ai marché jusqu'à la Colline enchantée. Elle était pure, immaculée, telle une feuille de papier vierge. J'ai avancé d'un pas dans le champ, me suis brusquement arrêtée.

Qu'étais-je en train de faire ?

Cette blancheur immaculée qui resplendissait au soleil était l'un des plus beaux spectacles qu'il m'avait été donné de contempler. Qui étais-je pour oser le souiller ? Neige. La Terre dit : « Tenez, un cadeau pour vous. » Et nous, comment réagissons-nous ? En la pelletant. En la chassant. En la grattant. En la damant. En l'écartant de notre chemin. En la repoussant le long de nos caniveaux. Y a-t-il plus laid, plus triste qu'un tas de neige vieux de dix jours ? On n'appelle même plus ça de la neige. On appelle ça de la bouillasse.

Était-ce ce qui était en train de nous arriver, Léo ? Je préférerais ne jamais te revoir plutôt que permettre que cela arrive. Nous avons été si frais, tel un champ de neige éblouissant. Promettons-nous mutuellement que, si nous nous retrouvons un jour, nous ne damerons ni ne repousserons notre neige nouvellement tombée. Que nous ne deviendrons pas de la bouillasse. Que nous resterons pareils à ce terrain et fondrons ensemble selon la seule bonne volonté du soleil.

J'ai reculé en prenant soin de marcher dans mes empreintes et je suis partie.

3 MARS

J'ai vu la première fleur de l'année, aujourd'hui. Un crocus qui saillait de sous un buisson, comme s'il disait : « Bonjour ! Je suis là ! » Une gouttelette de joie et d'espoir mauve. J'en ai pleuré. L'an dernier à la même époque, j'étais ce crocus, je saillais, je m'épanouissais sous l'effet de l'amour et de la joie que tu m'inspirais ; que nous m'inspirions.

Malheureusement, j'étais en compagnie de Dootsie. Ça n'a pas arrangé mes affaires.

– Pourquoi tu pleures ?

Je me suis forcée à sourire.

– Ce sont des larmes de joie. La première fleur.

Elle m'a examinée avec sérieux, a secoué la tête.

– Cesse tes sonnettes !

J'ai mis une seconde à comprendre – sornettes ! –, puis, malgré moi, j'ai éclaté de rire.

– D'où sors-tu ça ?

– De mon père. Il dit ça quand je lui mens. Je mens beaucoup.

– Je ne te mens pas, moi.

– Cesse tes sonnettes !

– Bon, d'accord, je mens.

De nouveau, elle m'a inspectée de près. Ses yeux étaient humides.

– C'est ton amoureux, hein ? Tu pleures à cause de lui.

– Non.

– Cesse tes sonnettes !

Elle a tapé du pied. Furieuse.

– Il t'a laissée tomber ! a-t-elle crié.

J'ai secoué la tête, incapable de parler.

– Si ! Il t'a laissée tomber !

Son petit visage s'est plissé, elle s'est jetée dans mes bras et s'est agrippée à moi comme à une bouée.

Lorsque je suis rentrée à la maison, j'ai retiré un galet de mon chariot. Plus que trois.

6 MARS

Les gens d'Arizona qui me manquent le plus

1. Toi

2. Archie

Pour toi, Archie est le vieux « chasseur d'ossements », retraité de l'enseignement qui s'est installé à Mica. Il parle à son cactus chéri, Señor Saguaro, et il t'invite avec d'autres adolescents dans sa véranda, où il fume la pipe et préside aux réunions des Chevaliers du Fossile. Pour moi aussi, il est tout cela – je porte encore mon pendentif de notre confrérie – tout en étant bien plus. Tu sais, ma mère ne l'a pas recruté pour l'aider à me faire cours à domicile. Il a proposé ses services tout seul. C'est lui qui a inventé le cursus de l'ombre. Rien de ce que j'ai appris avec lui ne m'a été utile quand l'Inspection d'académie de l'État d'Arizona est venue me tester. Il me posait plus de questions qu'il ne me donnait de réponses. Il me donnait l'impression d'être chez moi – ni dans sa maison ni dans la mienne, mais dans le vaste monde. Il est comme un membre de la famille, à mes yeux.

3. Dori Dilson

Certains des élèves du lycée de Mica se sont retournés contre moi. D'autres se sont détournés de moi. Dori a été la seule à ne faire ni l'un ni l'autre.

10 MARS

Chaque jour apporte un nouveau souvenir de ce que nous avons fait il y a un an. C'est un défilé d'anniversaires malheureux.

11 MARS

La nuit dernière, j'ai rêvé que je méditais dans la cour derrière chez Archie, sous les bras tendus de Señor Saguaro. Soudain, une chouette du désert a surgi de la bouche du cactus, qui s'est adressé à moi :

– Cesse tes sonnettes !

– Attends un peu que je te dénonce à Archie, ai-je répliqué.

– Qu'il cesse, lui-aussi, ses sonnettes ! a renchéri le Señor.

Sur ce, il m'a craché dessus. Quelque chose a frappé ma joue. Ça m'a piqué, j'ai poussé un cri. Je l'ai retiré, c'était une épine de cactus.

– Voilà qui n'est pas très gentil, ai-je dit.

– Pff !

Il a craché une deuxième et douloureuse épine dans mon cou. Je l'ai également ôtée. Puis une autre, encore une autre.

– Pff ! Pff ! Pff ! Pff !

J'étais transpercée d'aiguillons et, pour un dont je me débarrassais, deux autres me touchaient, sauf que ce n'était plus des épines de cactus mais de minuscules fléchettes aux empennes rouges. J'en étais hérissée ; plus vite je les enlevais, plus vite elles m'assaillaient. Je n'arrivais même pas à atteindre celles qui me poignardaient le milieu du dos...

Je me suis réveillée en sueur, tout le corps me picotait. J'ai enfilé mon survêtement, mon manteau. Pas de chaussures. Je suis descendue sur la pointe des pieds, suis sortie de la maison, me suis rendue à vélo sur la Colline enchantée. Je me suis placée en son centre. Le sol était froid et bosselé sous la plante nue de mes pieds. J'ai aimé cette sensation. La dure et authentique immédiateté de cette sensation.

J'avais l'impression d'être seule sur la planète, de dériver au sein du cosmos. J'ai tendu mes deux mains vers la nuit. Je n'ai pas eu de réponse. Ou alors, je ne l'ai pas entendue.

12 MARS

Chère Stargirl,

Tu es une grande fille, à présent. Alors, arrête de jouer les bébés. Crois-tu que tu sois la seule à avoir perdu ton amoureux ? Un de perdu, dix de retrouvés, comme on dit ! Si tu tiens tant à parler de perte, regarde un peu autour de toi. Vois toutes les pertes qui t'environnent. Prends l'homme à l'écharpe rouge et jaune – il a perdu Grace. Sa femme bien-aimée. Je te parie qu'ils ont été mariés pendant plus de cinquante ans. Toi, tu as eu à peine cinquante jours avec Léo. Et tu as le culot d'être triste, au regard du chagrin de cet homme ?

Prends Betty Lou. Elle a perdu confiance en elle au point de ne plus pouvoir quitter sa maison. Mais toi, as-tu seulement pris le temps d'apprécier le simple fait d'être capable d'ouvrir ta porte et de sortir ?

Prends Alvina la balayeuse. Elle se déteste et, visiblement, des tas de gens partagent son avis. Tout ce qu'elle est en train de perdre, c'est son enfance, son avenir, une masse de personnes qui ne seront jamais ses amies. Ça te plairait d'échanger ta place avec elle ?

Ah, n'oublions pas non plus le type qui traîne des pieds du côté de l'ancienne cimenterie. Le pompon vert mousse. Que t'a-t-il dit, déjà ? « Tu me cherches ? » Il semble ne pas avoir perdu grand-chose, celui-là, n'est-ce pas ? Juste... lui-même !

Regarde-toi, pleurnichant comme un gros bébé à cause d'un môme immature d'Arizona qui n'a même pas été fichu de comprendre le trésor qu'on lui offrait, qui a tenté de te transformer en quelqu'un d'autre, qui t'a tourné le dos et t'a jetée aux chiens, qui t'a volé ton cœur et ne t'a même pas invitée au bal de l'Ocotillo. Qu'est-ce que tu ne piges pas, dans ce message ? Toc ! toc ! Il y a quelqu'un là-dedans ? Tu as toute la vie devant toi, or tu ne fais que regarder derrière toi. Grandis, ma fille ! Il y a des choses qu'on n'enseigne pas dans les cours à domicile.

Ton toi officiel,
Susan Caraway.

13 MARS

Elle a raison, bien sûr. Chacun de ses mots sonne vrai.

Ce n'est pas toute la vérité, cependant. Elle ne mentionne pas la façon dont tu m'as regardée, à la cantine, ce premier jour. Ni celle dont tu as rougi quand ton meilleur copain, Kevin, a demandé : « Pourquoi lui ? », et que je t'ai tiré l'oreille en répondant : « Parce qu'il est mignon. » Elle n'évoque pas non plus ta gentillesse envers mon rat, alors qu'il te terrifiait. Ni ta fierté lorsque j'ai gagné le concours d'éloquence à Phœnix. Enfin, elle oublie de préciser combien nous étions faits l'un pour l'autre, à un point qui m'échappe. (As-tu une explication, toi ?)

D'accord, tu n'es pas parfait. Mais qui l'est ?

Alors, certes, Susan a raison. Sauf que mon cœur se fiche de la raison. Mon cœur ne demande jamais : « Pourquoi ? » Juste : « Qui ? »

14 MARS

Aujourd'hui, pour la deuxième fois, je suis entrée dans le cimetière. La nuit tombait. Le nètrumin n'était pas là. J'ai erré le long des allées sinueuses. Clair de lune et pierres tombales. J'ai eu une vision. J'étais dans le cimetière de mon propre passé. Sous chaque stèle reposait un souvenir, un jour défunt. Ci-gît le jour dans le désert enchanté. Ci-gît le jour où nous avons suivi cette femme au centre commercial et inventé sa vie. Ci-gît le jour où nos petits doigts se sont noués pour la première fois, le signal secret de l'amour unissant Stargirl et Léo.

Toutes les nuits, je m'allonge dans une nécropole de souvenirs. Le clair de lune tisse un suaire autour de moi.

15 MARS

Mon chariot du bonheur en est à deux galets.

16 MARS

Je te hais !

17 MARS

Tu me manques !

18 MARS

Je te hais !

19 MARS

Je t'aime !

20 MARS

Je te hais !

21 MARS

LÉO !

22 MARS

Regarde un peu ce que tu as fait. À cause de toi, j'ai loupé le début du printemps. Il a eu lieu hier, mais j'étais tellement occupée à broyer du noir à ton propos que je ne m'en suis même pas rendu compte. Je n'en serais d'ailleurs pas plus consciente si, aujourd'hui, je n'avais reçu une lettre d'Archie. Il me demande si j'ai vu le soleil se lever le 21 mars. Lui et moi avions l'habitude de nous rendre dans le désert pour contempler le lever du soleil en quatre occasions bien particulières : l'équinoxe du printemps (21 mars), le solstice d'été (21 juin), l'équinoxe d'automne (22 septembre) et le solstice d'hiver (21 décembre). Nous versions du thé vert dans des gobelets en plastique et trinquions à chaque nouvelle saison.

Hier, le soleil se trouvait juste au-dessus de l'équateur. Le jour est devenu nuit, l'hiver printemps. À chaque rotation de la Terre désormais, le jour distance la nuit de quelques minutes supplémentaires. L'univers va son train. Pourquoi faut-il que je m'en étonne ?

23 MARS

Hier soir, mon père m'a ordonné de me coucher tôt, sans plus d'explications. Je ne lui ai pas posé de question, mais j'ai compris. Ça n'a pas raté. Il m'a réveillée à deux heures du matin et, trente minutes plus tard, nous petit-déjeunions de beignets collants et de café au bouiboui de Ridgeview. Je n'ai pas été dupe de ce qu'il tentait de faire. Ayant remarqué mon humeur sombre, il s'efforçait de me requinquer. D'après lui, la solution à tout problème existentielle, c'est de livrer du lait.

Te voilà perdu, hein ?

Oui, mon père est laitier, maintenant. Quinze années à jouer les ingénieurs en chef chez Mica-Tronics l'avaient épuisé. Pour autant, il n'était pas prêt à démissionner. Ma mère l'y a obligé après lui avoir demandé ce qu'il aimerait vraiment faire. Avec un grand sourire, il a répondu qu'il avait toujours rêvé d'être livreur de lait.

C'est ainsi que nous avons chargé le camion à l'entrepôt et que nous sommes partis pour la tournée du vendredi. Au moment où nous bifurquions au niveau de l'épicerie *Wawa,* les phares ont soudain illuminé un visage. Dans une poubelle. Les yeux écarquillés par la surprise. Ça n'a duré que quelques secondes.

– Tu as vu ça ? m'a dit mon père.

– Oui.

Les traits entraperçus étaient encore gravés sur mes rétines, comme l'éblouissement écarlate qu'y laisse le soleil quand je l'ai contemplé en face.

La tournée du vendredi est consacrée au sud du comté. Banlieues récentes. Fermes. Maisons isolées situées le long de routes de campagne sinueuses. Pas de réverbères. Pas de circulation. Juste l'obscurité, nos phares et le brimbalement des bouteilles en verre dans leurs casiers, à l'arrière du camion.

Les clients nous laissent des notes scotchées à leur porte ou roulées et maintenues par un élastique dans les boîtes à lait métalliques posées sur leur perron. Certains passent la même commande toutes les semaines, certains en changent. Des parents autorisent leurs enfants à écrire la lettre au laitier. Genre :

Cher laitier,
Je voudrais s'il te plaît
3,5 litres de lait écrémé,
1 litre de lait chocolaté,
2 fromages blancs,
1 douzaine d'œufs.
Ma chatte Minouchette adore ton lait!
Bisous,
Cory

Ayant déjà accompagné mon père dans sa tournée du vendredi, j'étais plus particulièrement intéressée par une adresse. Un de nos premiers arrêts : 214, White Horse Road. La maison des Huffelmeyer. C'est un vieux couple. Ils prennent un litre de babeurre et un litre de lait chocolaté par semaine. Seulement, mon père ne dépose pas leur commande sur leur perron – il les porte à l'intérieur. Vois-tu, les Huffelmeyer se souviennent du bon vieux temps, lorsque les dangers étaient moindres et qu'ils ne verrouillaient jamais leur porte, de telle sorte que le laitier puisse mettre leurs produits au réfrigérateur. Au 214, White Horse Road, on vit encore comme dans les années 1940. On y entre comme dans un moulin. Papa allume une petite lampe à abat-jour frangé, de façon à y voir quelque chose. Nous tâchons d'être le plus silencieux possible. Pendant que mon père va dans la cuisine, je regarde les photos. J'aime contempler ces photos de famille. Il doit y en avoir une bonne centaine réparties entre le salon et la salle à manger. On passe des clichés en noir et blanc – les jeunes mariés, lui en uniforme de la Seconde Guerre mondiale, elle en robe à fleurs et chapeau à large bord, se donnant le bras devant une grande roue de fête foraine – à ceux en couleurs – le couple désormais âgé entouré de ses enfants, petits-enfants et ce qui ressemble à des arrière-petits-enfants.

D'aucuns trouveront angoissant d'entrer sur la pointe des pieds dans une maison étrangère à quatre heures du matin. Ça ne l'est pas, Léo. C'est merveilleux, au contraire. Ça relève du partage. Les Huffelmeyer nous disent : « Bienvenue chez nous, regardez où vous voulez. Apprenez à connaître ceux que nous sommes. Nous dormons à l'étage. Sentez-vous libres de vous promener au milieu de nos rêves et de nos souvenirs. Nous vous faisons confiance. Et n'oubliez pas de remporter les bouteilles vides. »

Une heure plus tard, nous avons déposé leur fromage blanc et leur jus d'orange hebdomadaires dans la cuisine des Dent, qui sont encore plus âgés que les Huffelmeyer. Puis mon père s'est dirigé vers l'est au ciel gris argent. Une nouvelle journée commençait. Nous nous étions à peine adressé la parole depuis le début de la tournée. Nous avons commencé à discuter, une conversation heurtée, sténographiée, constamment interrompue par le fracas du panier à bouteilles lorsque mon père se dépêchait de livrer un énième client.

Papa : Alors ?

Moi : Alors.

Papa : Humeur noire ces derniers temps ?

Moi : Grise, plutôt.

Papa : Deux cailloux, j'ai vu.

Moi : Tu l'as remarqué.

Papa : Léo Borlock ?

Moi : Léo Borlock.

Papa : Encore ?

Moi : Encore.

Papa : Il en vaut la peine ?

Moi : Sais pas. Je crois.

Papa (sa main sur la mienne) : Sache au moins une chose.

Moi : Laquelle ?

Papa : Je suis là.

Moi (souriant) : Je sais.

Papa : Ta mère aussi.

Moi : Je sais.

Quand nous avons repris le chemin de la maison, les enfants envahissaient les cours des écoles pour la récréation du matin.

24 MARS

Le reste de la journée s'est déroulé plutôt bien. J'ai bricolé à la maison. J'ai rendu visite à Betty Lou avec Dootsie. Puis, dès que je me suis retrouvée seule, à l'heure de me coucher, tout est revenu.

J'ai encore rêvé de Señor Saguaro. Cette fois, il ne m'a pas bombardée d'épines. Il n'a pas parlé. Je ne distinguais même pas sa bouche. Je me suis alors rendu compte qu'il me tournait le dos. Je l'ai contourné, mais sa bouche a filé de l'autre côté. Ça a duré ainsi tout le temps : dès que j'essayais de regarder ses lèvres, celles-ci fuyaient. Bientôt, je me suis mise à courir en rond autour du vieux cactus, m'efforçant de rattraper sa bouche, consciente qu'il ne m'adresserait pas la parole avant que je n'y sois parvenue.

Je suis en train de disparaître, Léo. Comme le tour de passe-passe de Dootsie, sauf que moi, c'est vrai. Qui est-on lorsqu'on a perdu un être cher ? Est-il possible de perdre un être cher sans se perdre soi-même ? Je tends la main vers Stargirl, et elle n'est plus là. Je ne suis plus moi.

Je suis allée aux tas de pierres, aujourd'hui. J'avais le pressentiment que l'homme à la démarche lente et lourde y reviendrait, je ne me suis pas trompée. Il portait toujours son bonnet de laine vert mousse à pompon et son caban bleu marine, ses pas émettaient toujours des slurps de graviers. Il s'est arrêté devant moi et m'a dit : « Tu me cherches ? » Puis il s'est éloigné, lent et lourd, sans attendre de réponse. Je lui ai crié : « Je me cherche ! M'as-tu vue ? » Mais il a continué d'avancer, son pompon vert sautillant...

27 MARS

J'ai séché les cours à domicile, aujourd'hui. Je suis restée dans ma chambre toute la journée, à écrire, lire, rêvasser, me souvenir. Ma mère n'a pas protesté, n'a pas posé de questions. J'ai composé trois haïkus, j'ai établi deux listes. Je t'enverrai peut-être les poèmes un jour. Voici la première liste :

CE QUE J'AIME CHEZ LÉO

1. Tu m'as aimée
2. Les taches de rousseur sur mon nez te plaisaient
3. Tu as été gentil avec mon rat
4. Tu aimais Archie
5. Ton sourire timide
6. Tu m'as suivie dans le désert
7. Tu m'as pris la main devant tout le monde
8. Tu m'as préférée à Eux
9. Tu as rempli mon chariot du bonheur

La deuxième :

CE QUE JE N'AIME PAS CHEZ LÉO
1. Tu m'as laissée tomber
2. Tu aimais mieux Susan que Stargirl
3. Le courage t'a manqué d'être toi-même
4. Tu Les as préférés à moi
5. Tu es en train de vider mon chariot du bonheur

29 MARS

Plus qu'un caillou.

30 MARS

Léo ! Épargne-moi un chariot vide !

1er AVRIL

J'avais promis à Dootsie de l'emmener au parc Bemus, aujourd'hui. Nous n'avions pas parcouru cent mètres qu'elle a dit :

– J'les veux !

Elle montrait mes boucles d'oreilles, les petites camionnettes de vente ambulante en argent que mon père avait commandées chez un bijoutier de Tucson. Je les ai enlevées, ai voulu les accrocher à ses oreilles.

– C'est moi qui fais ! a-t-elle protesté.

La seconde d'après, elle les jetait dans une bouche d'égout, levait les mains et criait :

– Poisson d'avril !

Elle était si contente, si fière d'elle que je m'en suis voulu de gâcher son plaisir. Mais tu me connais, Léo, je ne suis pas une actrice-née. Je n'ai pu dissimuler ma stupeur et mon désarroi. Elle les a lus sur mon visage. Ses prunelles se sont écarquillées, son sourire s'est effacé. Elle a tiré sur mon doigt.

– Poisson d'avril ? a-t-elle pépié.

Moi, j'avais les yeux fixés sur cette grille.

– J'ai mal fait ! a-t-elle hurlé avant de fondre en larmes.

Je l'ai prise dans mes bras pour la calmer. Comment expliquer les farces du 1er avril à une gosse de cinq ans ? J'ai essayé de lui démontrer comment ça fonctionne. De lui dire que l'important au bout du compte, c'est que leurs victimes se sentent soulagées et heureuses parce que, finalement, rien de grave ne leur est arrivé. Son expression m'a indiqué qu'elle ne comprenait pas. Cependant, je n'ai pas tardé à constater qu'elle comprenait très bien, au contraire. À sa manière.

Nous avons continué notre promenade jusqu'au parc. En chemin, je nous ai acheté à chacune un sachet de bonbons aux fruits. C'était le premier doux samedi du printemps. L'aire de jeux fourmillait d'enfants qui faisaient de la balançoire, grimpaient sur les cages à écureuil, couraient çà et là dans des gerbes de sable. Dootsie s'est plantée au pied du toboggan. Chaque fois qu'un gamin descendait, elle lui tendait un bonbon en disant : « Poisson d'avril ! » Il n'a pas fallu longtemps pour que tous les gamins fassent la queue devant le toboggan. Quand Dootsie a eu épuisé son paquet, elle a pris le mien.

Quand nous n'avons plus eu de bonbons, nous sommes reparties vers la maison. À chaque personne que nous avons croisée, Dootsie s'est mise à se délester d'elle-même. À la première, elle a donné un caramel qui traînait au fond de sa poche – « Poisson d'avril ! » À la deuxième, elle a tendu un morceau de quartz rose qu'elle avait ramassé quelque part. À la suivante, un pin's qui proclamait : « Pense ». À une autre, un trombone. Chacune avait droit à son « Poisson d'avril ! » accompagné d'un rire. En général, l'heureux bénéficiaire réagissait par un sourire perplexe.

Ses poches vides, Dootsie s'est débarrassée de la bague en plastique rouge offerte dans un paquet de pop-corn. Puis de son bracelet en caoutchouc rose. Quand elle a aperçu un nouveau passant, elle a paniqué, car il ne lui restait plus rien. Elle a voulu me prendre mon collier des Chevaliers du Fossile.

– Non !

À la place, je lui ai donné ma menue monnaie. Elle a distribué les piécettes une par une. J'espérais que nous arriverions chez elle avant de croiser d'autres gens. Ça n'a pas été le cas. Dootsie a offert son dernier centime et, une nouvelle fois, a tenté de s'emparer de mon collier. Je me suis redressée pour l'empêcher de l'atteindre. Elle n'arrêtait pas de sauter en piaillant :

– Donne ! Donne !

J'ai cédé. Il a été aussitôt sacrifié, et la petite a recommencé son cirque :

– Encore, Stargirl ! Encore !

– Je suis vide, Dootsie. Je n'ai plus rien.

Ce qui était un mensonge. Il me restait une chose, une minuscule plume de chouette du désert. Je l'avais repérée, accrochée près du trou où nichait l'oiseau, tout en haut d'un cactus candélabre, près de mon endroit enchanté, dans le désert. J'avais utilisé une tige de yucca pour la déloger. Depuis le jour où j'avais quitté l'Arizona, je la transportais tout le temps sur moi.

Dootsie me faisait les poches. Je l'ai stoppée. La plume en était arrivée à te symboliser. Toi. Nous. Stargirl et Léo. Lui interdire mes poches n'a servi qu'à éveiller ses soupçons. Elle a deviné que je lui cachais quelque chose.

– T'as un truc ! a-t-elle pleurniché.

Avant de se mettre carrément à pleurer. À pleurer parce qu'elle n'avait rien à donner.

Moi aussi, j'avais beaucoup pleuré, ces derniers temps. Je me suis rappelé les paroles d'Archie, celles qu'il t'avait adressées une fois, m'avais-tu confié : « Quand une Stargirl pleure, ce ne sont pas des larmes qui coulent mais de la lumière. »

– Donne ! persistait Dootsie en tirant sur mon manteau.

De la lumière.

Et d'abord, pourquoi avais-je eu de la menue monnaie dans ma poche ? Tu te souviens, Léo ? Je n'avais jamais de pièces sur moi autrefois, car je les jetais toutes sur les trottoirs pour que les gens les trouvent.

Qu'était-il arrivé à Stargirl ?

De la lumière.

Les larmes ne rebondissent pas, contrairement à la lumière.

Je lui ai passé la plume. Elle l'a offerte à un homme qui promenait son chien. « Poisson d'avril ! »

2 AVRIL

Et voilà, je suis moi de nouveau, Léo. Grâce à l'exemple d'une fillette de cinq ans. J'espère que tu ne voudrais pas qu'il en aille autrement. Non que ça ne te flatte pas, hein ? Après tout, une fille qui, à plus de trois mille kilomètres de là, s'effondre à cause de toi, pleure au moindre souvenir de toi, se perd comme elle perd le respect d'elle-même, c'est un trophée qui satisferait l'ego de n'importe quel type, non ?

Tu occupais mon espace. Mais, parce que tu avais déserté mon présent, je ne voyais rien quand je regardais vers le futur. Y a-t-il plus triste ? Et plus bête ?

Eh bien, je te souhaite d'en avoir profité tant que ça a duré. Parce que c'est terminé, maintenant. Certes, tu me manqueras toujours autant. Je continuerai à sourire au souvenir de toi. Je continuerai – oui, je le répète – de t'aimer, mais je ne me perdrai plus pour toi. Je ne saurais t'être fidèle sans m'être fidèle à moi-même d'abord. J'ai récupéré mon avenir. Si nous sommes destinés à nous retrouver, sois heureux d'apprendre que tu auras la véritable « moi », pas une espèce de moitié de moi, pleurnicharde de surcroît.

J'ai donc donné un coup de fouet à mon chariot, l'autre jour. Cinq galets d'un coup ! Six au total.

Le printemps a enfin retenu mon attention. J'ai dit bonjour aux jonquilles.

Et j'ai recommencé à semer ma monnaie.

Quant aux billets de mon argent de poche, je leur ai trouvé un nouvel usage. Le journal local s'appelle le *Morning Lenape*. Les Lenape étaient la tribu indienne du coin. Le canard a une rubrique petites annonces. Trois lignes coûtent quatorze dollars pour trois jours de parution. La plupart des gens y recourent pour avertir d'une brocante, ce genre de trucs.

Voici ma première annonce. Elle sortira lundi, mardi et mercredi prochains

Dootsie Pringle fait
les MEILLEURS poissons d'avril
du monde !

11 AVRIL

Aujourd'hui s'est produit un événement à la fois mystérieux et dérangeant.

Dootsie ayant la grippe, je suis allée la réconforter avec Cannelle. Je venais de quitter la maison des Pringle et m'apprêtais à enfourcher mon vélo quand une voix dans mon dos a lancé :

– Salut !

C'était Alvina. La charmante Alvina. Je me suis arrêtée.

– Salut ! ai-je répondu. As-tu aboyé après quelqu'un, aujourd'hui ?

Elle a ignoré ma question.

– J'ai terminé mon boulot, je rentre.

– Je vois.

Le nounours en plastique autour de son cou avait les bras écartés et arborait un sourire immense, tout le contraire du visage revêche qui le surplombait. Du pouce, Alvina a montré la maison de Betty Lou.

– Elle est de plus en plus loufoque.

– Qui donc ? Mme Fern ?

– Mme Dingo.

Je lui ai demandé ce qui s'était passé.

– J'ai laissé ses beignets dans sa véranda...

– Nous sommes mercredi. Je croyais que tu livrais le lundi.

– Si tu m'interromps, je te dirai rien.

– Désolée.

– Mouais. Bref, j'ai déposé ses beignets lundi. D'habitude, ils n'y sont plus le lendemain. Sauf qu'hier, mardi... (elle s'est tue, m'a toisée, me défiant de la couper de nouveau)... quand je suis repassée, ils étaient toujours là. Et aujourd'hui pareil.

« Évidemment », ai-je songé. Dootsie n'avait pu rentrer les beignets, puisqu'elle était malade. J'aurais dû le faire moi-même. Quelle idiote !

– Alors, a repris Alvina, je viens de sonner chez elle. Elle est venue à la porte mais a refusé de m'ouvrir. « Ouvrez ! que j'ai crié. J'ai vos beignets ! – Je peux pas, qu'elle a répondu, toute tremblante. Je suis dans un de mes mauvais jours. – Continuez comme ça, et c'est une mauvaise semaine entière que je vais vous donner, moi ! » Sauf que je sais pas si elle m'a entendue.

J'ai failli éclater de rire. Alvina a poursuivi :

– « Tu ne pourrais pas les glisser sous la porte ? » qu'elle a couiné, cette folle. « C'est ça, que j'ai braillé. À condition de les écrabouiller avec un rouleau compresseur avant ! » Elle a...

Cette fois, je n'ai pas pu m'en empêcher – je me suis esclaffée. Alvina s'est brusquement tue. Elle a regardé derrière moi, d'abord étonnée, puis vexée, enfin carrément furieuse.

– Hé ! a-t-elle braillé en filant, manquant presque de me renverser au passage.

Je me suis retournée. Un peu plus loin, un garçon se tenait dans la véranda de Betty Lou. Il s'était emparé du sachet blanc contenant les beignets. Il a pris le temps de nous regarder avant de filer à toutes jambes. Alvina lui a donné la chasse dans Ringgold Street, puis tous deux ont disparu dans une ruelle latérale. Les hurlements d'Alvina se sont peu à peu estompés. J'avais repris ma route pour rentrer chez moi quand elle est revenue dans la rue, hors d'haleine. Brandissant un doigt vengeur en direction de la maison de Betty Lou, elle a piaillé :

– Bien fait pour vous, espèce de cinglée !

Elle était tout près de moi, puis elle a soudain reculé de cinq pas.

– Qu'est-ce que c'est que ce truc ? a-t-elle demandé en plissant les yeux.

J'avais sorti Cannelle de ma poche pour le percher sur mon épaule.

– Mon rat. Cannelle.

– T'as un rat comme animal domestique ?

Elle a plissé le nez, comme si elle avait été assaillie par une mauvaise odeur. Le nounours souriait toujours.

– Y a pas mieux, comme animal domestique, ai-je dit. Approche, que je te le présente.

– Tu sais quoi ? a-t-elle rétorqué en me désignant du doigt (et pas Cannelle). Toi aussi, t'es dingo.

Sur ce, elle a traversé la rue et est partie en direction de chez elle. « Cette ville est pleine de dingos ! » l'ai-je entendue grommeler.

J'ai fait le détour par la boutique de Margie pour acheter de nouveaux beignets et les rapporter à Betty Lou. J'ai réussi à la persuader d'entrebâiller suffisamment la porte pour les lui glisser. Nous avons gentiment bavardé, sommes convenues que lorsqu'elle serait dans un de ses mauvais jours, elle accrocherait dorénavant une de ses chaussettes-pantoufles à la fenêtre de la rue. Ainsi, tant Dootsie que moi serons alertées et pourrons lui prodiguer une attention particulière.

Pendant cette discussion, je n'ai pas arrêté de penser au visage du voleur de beignets. C'était le même visage que celui que j'avais aperçu durant la tournée. Dans la poubelle.

19 AVRIL

Soleil levant.

J'y songe depuis la dernière tournée avec mon laitier de père. Depuis la lettre d'Archie. Depuis que je suis retournée à la première page de cette lettre que je t'adresse – qui est en train de devenir La Plus Longue Lettre de l'Histoire du Monde – et que j'en ai relu la première phrase.

Voilà pourquoi j'ai décidé de me laver l'esprit sur la Colline enchantée, une fois par semaine, à l'aube.

Mes parents n'ont pas été ravis-ravis. Ils n'apprécient guère de me savoir dehors alors qu'il fait encore nuit. D'un autre côté, ils aiment mon attachement à ces choses-là. Nous avons donc élaboré un stratagème. Nous avons acheté des talkies-walkies, un pour moi, un pour ma mère, et une torche, pour moi également. Je ferai ça le jeudi. J'ai commencé aujourd'hui.

Ma mère a réussi à se tirer du lit et s'est assise dans la véranda afin de me surveiller pendant que je descendais Rapps Dam Road. C'est à elle qu'est échue la corvée, dans la mesure où mon laitier de père est parti depuis belle lurette à cette heure. Grâce à ma lampe électrique, elle a pu me voir marcher quasiment jusqu'à la nationale 113. J'ai traversé cette dernière et, une minute plus tard, je me trouvais au milieu de la Colline enchantée. Ma première tâche a été d'avertir ma mère par talkie-walkie que tout allait bien. Il faisait encore sombre, mais le ciel s'éclaircissait rapidement. Je me suis assise sur un vieux tapis de bain que j'avais apporté, face à l'est. Puis j'ai fermé les yeux et me suis dissoute dans les éléments. Un peu plus tard, un éclat sur ma rétine m'a indiqué que le soleil s'était levé, qu'il était temps de partir.

Je m'attendais à récupérer ma mère assoupie dans la véranda. Pas du tout, elle était parfaitement réveillée. En souriant, elle m'a serrée contre elle.

– Pourquoi faut-il que je vive avec deux personnes qui quittent la maison au milieu de la nuit ? a-t-elle soupiré.

Nous avons ri puis sommes retournées au lit. Un jour, j'espère que j'aurai autant de bonté que ma mère.

23 AVRIL

Je tiens à donner un beignet à l'homme du cimetière, le Charlie de Grace. J'ai la frousse, cependant. Vais-je passer pour une intruse? (Tu te rends compte? Stargirl ayant peur de déranger!)

24 AVRIL

C'est décidé, je vais le faire. J'ai acheté un beignet chez Margie. Au sucre et à la cannelle. Je le déposerai près de la tombe de Grace ce soir. Ainsi, Charlie le découvrira demain, à son arrivée. Je prendrai bien soin de poser le sachet à côté de la sépulture, pas dessus.

25 AVRIL

Je n'ai pas osé. Je suis une trouillarde

26 AVRIL

Je l'ai fait. (Avec un beignet frais.)

27 AVRIL

Je me suis rendue au cimetière cet après-midi. C'était un jour magnifique et doux, tiède. Charlie portait un pull gris. L'écharpe à carreaux rouges et jaunes était drapée sur le dossier de son pliant.

J'ai fait le tour en gardant mes distances. Je n'ai pas aperçu le sachet blanc. J'en ai déduit qu'il l'avait pris, ce qui m'a ravie. Puis j'ai repéré le sac à quelques tombes de là. Non ouvert apparemment. Planté contre une stèle, comme si l'homme l'y avait expédié avec colère. D'un coup de pied, si ça se trouve.

Je ne suis qu'une fouineuse indiscrète, une curieuse, une fureteuse, une indélicate qui se mêle de ce qui ne la regarde pas.

30 AVRIL

Nouvelle tentative.

1er MAI

Même résultat. Cette fois, il l'a balancé encore plus loin. Faut-il que je renonce ?

4 MAI

Dootsie et moi entremêlons nos auriculaires – notre signe secret d'affection mutuelle. Comme toi et moi le faisions. Je repense avec tristesse à ce que disait Archie à propos des oiseaux dont l'espèce s'est éteinte et dont le chant est peut-être reproduit par les moqueurs [1].

19 MAI

Festival du cornouiller !

Il a commencé lundi, mais aujourd'hui samedi est le grand jour.

Pour commencer, le défilé. Badauds alignés le long de la rue principale, du centre-ville au parc Bemus. Fanfares. Camions de pompiers. Écoles de danse. Équipes de base-ball. Clowns sur des monocycles. Hommes politiques lançant des bonbons depuis des voitures décapotables. La Reine du Cornouiller et sa cour. Son grand maréchal était une présentatrice météo de la télévision locale.

1. Soit *mockingbird* : oiseau d'Amérique (groupe des merles), capable de reproduire le chant de 25 à 30 oiseaux différents, d'où son nom (sc., *mimus polyglottos*). *Toutes les notes sont du traducteur.*

Dootsie s'est ruée sur les friandises, espèce d'immense requin blanc éparpillant un banc de poissons minuscules. Chaque fois qu'un petit de trois ans essayait d'attraper un bonbon, elle le lui arrachait. Elle en a rempli ses poches et sa bouche. Lorsqu'elle s'est fourré un chocolat dans le nez, j'ai décidé que ça suffisait. Je l'ai arrachée au caniveau, lui ai enlevé le chocolat du nez et lui ai mis la main sur l'épaule.

– Dootsie, tu te comportes comme une cochonne et tu embêtes les autres. Tu es en train d'annuler toutes tes bonnes actions du 1er avril.

Elle m'a jeté un sale regard et a déballé un caramel qu'elle a englouti. Elle a également consacré la fin du défilé à distribuer ses bonbons à tous les enfants de trois ans.

Le parc Bemus était bondé. Des éventaires proposaient toutes les sortes de nourriture possibles et imaginables : barbes à papa et chiches-kebabs, gaufres et friands. Et, bien sûr, les beignets de Margie. On pouvait aussi gagner des poissons rouges en lançant des piécettes dans un trou ou apprendre son avenir dans la tente d'une voyante. Il y avait des manèges pour les petits, une maison hantée et un karaoké.

Des hordes d'adolescents grouillaient. Je n'ai jamais autant croisé de lèvres percées et de cheveux en pétard. Dootsie se croyait au zoo. Elle n'arrêtait pas de tirer sur ma manche en chuchotant : « Regarde ! Regarde ! »

Je contemplais un stand de barbes à papa et de pommes caramélisées quand j'ai revu le garçon – celui de la poubelle, celui de la véranda de Betty Lou. Un client venait de payer son achat, et l'employé avait le dos tourné pour chercher de la monnaie, quand le voleur de beignets a foncé sur l'étal, a tendu le bras et chipé une pomme au sucre avant de se carapater.

Je me suis lancée sur ses traces, Dootsie à la remorque, mais nous ne sommes pas allées loin car, à cet instant, un cri affreux a retenti tandis que la foule faisait demi-tour en courant. Des voix d'enfants braillaient : « Une bagarre ! » Cela se passait tout près de nous, devant le stand de hot dogs du Rotary Club. Deux jeunes avaient roulé à terre, et l'un des deux tabassait l'autre, martelant son visage à coups de poing. J'étais pétrifiée. Je ne me souviens pas d'avoir déjà assisté à une rixe. Pour moi, jusqu'à ce moment-là, deux personnes se battant appartenaient au monde des livres ou du cinéma. À l'Histoire. Sauf que l'Histoire ne m'a jamais donné la nausée. Cela n'a duré que quelques secondes, puis deux hommes ont séparé les duellistes, qui n'en ont pas moins continué à vouloir se jeter l'un sur l'autre.

L'un d'eux, celui qui avait eu le dessous, était un garçon. Blond. L'autre, c'était Alvina. Le visage de son adversaire était rouge du sang qui lui coulait du nez. Il en avait même dans ses mèches claires. Je n'en suis pas certaine, mais j'ai cru reconnaître un des trois garnements de la boutique de Margie. Il insultait Alvina en crachant des postillons ensanglantés, et elle le contemplait avec une haine absolue, une haine comme je n'en ai jamais vu sur un visage humain, y compris au lycée de Mica, l'an passé. En brandissant le poing, elle a grondé doucement, en souriant presque, lèvres retroussées sur ses dents :

– J'espère que t'as aimé ça, crétin !

Juste avant que son poing ne se referme, j'ai eu le temps de repérer quelque chose. Un détail nouveau, autrement je l'aurais remarqué avant, j'en suis sûre. Il s'agissait de l'ongle de son petit doigt. Il était différent des autres : long, rose, luisant, là où les autres étaient courts, sales, comme le sont ceux des enfants, sans vernis. Celui-ci était élégant. Puis il a disparu dans la paume refermée.

Les hommes les entraînaient dans deux directions opposées quand Alvina a hurlé :

– Une minute !

Elle a échappé à celui qui la retenait (par le poignet seulement), s'est accroupie et a fouillé le sol jusqu'à ce qu'elle trouve ce qu'elle cherchait. Elle a ramassé l'objet, a craché dessus et l'a frotté avec le bas de son T-shirt avant de le fourrer dans sa poche. C'était son pendentif, son ourson souriant en plastique jaune.

Brusquement, une nouvelle horreur s'est substituée à celle-ci lorsque j'ai repris conscience de la main de Dootsie dans la mienne. J'ai baissé les yeux. Elle avait levé la tête vers moi. Sa lèvre frémissait, et des larmes dégoulinaient sur ses joues.

– Oh, Dootsie ! me suis-je exclamée. Je suis désolée.

Je l'ai prise dans mes bras et me suis enfuie en courant.

Je n'ai ralenti qu'à la sortie du parc. Dootsie sanglotait pour de bon, à présent, son petit corps collé au mien. J'ai voulu la remettre par terre, elle s'est agrippée à moi. J'ai continué d'avancer, je lui ai parlé.

– C'est ma faute, Dootsie. Stargirl est une vilaine fille. Je n'aurais pas dû te laisser assister à cela. Je n'ai pensé qu'à moi, je t'ai oubliée, toi, ma meilleure amie. Je te promets de ne plus jamais t'oublier.

– Juré ? a-t-elle pépié entre deux hoquets.

– Juré craché, ai-je répondu en embrassant ses larmes salées.

Nous n'avons pas tardé à nous asseoir sur les marches de la bibliothèque.

– Alvina est méchante, a-t-elle décrété.

– Ça, elle a la tête près du bonnet.

– C'est quoi ça ?

– Disons qu'elle se fâche facilement.

– Je la déteste.

Je l'ai prise sur mes genoux.

– Il ne faut pas, Dootsie.

– Si. Et je déteste ton amoureux aussi. Parce qu'il t'a laissée tomber.

J'ai ri.

– Lui non plus, tu ne dois pas le détester. On ne devrait jamais détester qui que ce soit.

– J'y peux rien. C'est obligé.

– Non. Si tu commences à détester une ou deux personnes, tu n'arriveras plus a t'arrêter, et bientôt tu détesteras des centaines de personnes.

– Un milliard ?

– Même un milliard, oui. La haine, ça grandit vite et ça a toujours faim.

– Comme Quenelle ?

– Encore plus que lui. Tu la nourris de gens, sans cesse et, plus elle en a, plus elle en veut. Elle n'en a jamais assez. Au bout du compte, elle dévore tout l'amour que tu as dans le cœur (j'ai montré sa poitrine, elle a suivi mon doigt des yeux), et il ne te reste plus qu'un cœur plein de haine.

Elle m'a regardée avec sérieux, a secoué la tête.

– J'aurai pas faim, moi. Je vais juste détester Alvina.

Hum... j'allais devoir réviser mes méthodes en matière de pédagogie.

– Tu sais quoi ? ai-je proposé. Avant de détester Avina, donnons-lui une deuxième chance.

– Pour quoi faire ?

– Parce que je pense qu'elle a un problème.

– Quel problème ?

– Je crois qu'elle est en colère.

– En colère contre quoi ? Le garçon ?

– Aucune idée. Lui, peut-être. Ou autre chose. Ou alors, ce sont des douleurs de croissance.

– C'est quoi des douleurs de croissance ?

– Quelquefois, quand un enfant devient adolescent, son corps le fait souffrir.

– J'en aurai, moi ?

– Juste une toute petite, sans doute.

– Et je battrai un garçon ?

– J'espère bien que non.

Sur ce, je l'ai remise debout, et nous sommes rentrées à la maison.

21 MAI

Aujourd'hui, Dootsie et moi, nous sommes invitées à dîner chez Betty Lou. Nous sommes arrivées en milieu d'après-midi, afin de l'aider à préparer sa fameuse purée aromatisée à l'ail. Plus exactement, afin que Dootsie puisse écraser les pommes de terre.

Betty Lou et moi nous sommes attaquées à la corvée de pluche.

– Comment c'était, le festival du Cornouiller ? a aussitôt demandé Betty Lou. Racontez-moi tout.

– Alvina s'est bagarrée avec un garçon ! a pépié Dootsie.

Betty Lou s'est tournée vers moi. J'ai hoché la tête.

– C'est hélas vrai, ai-je confirmé.

– Elle lui a fait du mal ?

– Il saignait ! a crié Dootsie. Et moi, j'ai pleuré.

– Ça n'a duré qu'une minute, ai-je précisé. On les a séparés.

– Alvina, elle a la tête dans le bonnet, a dit Dootsie.

– Oui, a murmuré Betty Lou avec un sourire triste.

– Moi aussi, plus tard, je veux avoir la tête dans le bonnet, a enchaîné Dootsie.

En s'esclaffant, Betty Lou l'a embrassée.

– Oh, mais tu l'auras, ma chérie, tu l'auras ! Et maintenant, décrivez-moi les événements. À quoi ressemblait la Reine du Cornouiller ? Elle était belle ?

– J'ai eu plein de bonbons ! a précisé Dootsie.

– Elle était magnifique, ai-je répondu.

– J'ai été une cochonne embêtante !

Betty Lou a acquiescé d'un air pénétré.

– La Reine est toujours très belle. En général, c'est une lycéenne de terminale. Le vendredi, elle n'est qu'une élève parmi les autres et, le samedi, en deux coups de cuiller à pot, elle se retrouve sur le siège arrière d'une décapotable rutilante, souriant à ses sujets tout en agitant la main. Comme la Reine d'Angleterre. C'est génial.

Elle fixait la fenêtre, perdue dans le souvenir de festivals passés, de Reines d'autres mois de mai.

– J'ai donné tous mes bonbons ! a hurlé Dootsie.

– J'ai fait partie de la cour, vous savez, a repris Betty Lou.

– Ah bon ? me suis-je exclamée, ahurie.

– Oui, oui. Je n'étais pas assez jolie pour être élue Reine, bien sûr. Mais je n'étais pas trop mal de ma personne, même si ça paraît te surprendre, Stargirl.

– Oh, je vous crois ! me suis-je empressée de dire.

Alors que l'apparence de cette femme aux cheveux gris, en chaussettes-pantoufles rouge vif et robe de chambre mauve paraissait affirmer le contraire.

– On nous appelait les Fleurs, à l'époque. La Reine et ses six Fleurs.

Elle s'est interrompue, a tiré la langue, fait mine d'avoir un haut-le-cœur.

– Tu y crois ? a-t-elle repris. Ça semble tellement curieux, à présent. En même temps, ils n'allaient pas nous appeler la Reine et ses six Nullardes, non ? Ce que nous étions bêtes ! N'empêche, je prenais mon rôle de Fleur très au sérieux, a-t-elle ajouté en riant. Au point que c'en était inconvenant, jugeait ma pauvre mère. Le soir de mon élection, il a quasiment fallu qu'elle m'arrache ma robe à l'heure de me coucher.

Elle s'est assise sur le bord de la table, a regardé autour d'elle et, soudain, elle n'a plus été avec nous dans la cuisine, mais au milieu du défilé, agitant la main et souriant et envoyant des baisers aux badauds. Dootsie et moi avons applaudi. Betty Lou a réintégré le présent, nous a dévisagées.

– Ceux qui n'ont pas connu l'adoration de la foule ignorent ce qu'est la vie, a-t-elle murmuré.

Pendant qu'elle s'activait au-dessus de la cuisinière, j'ai repensé au bal de fin d'année du lycée de Mica, l'an dernier. Des remords, Léo ? Regrettes-tu de ne pas m'y avoir accompagnée ? Je suis certaine que tu as eu droit à tous les récits possibles et imaginables sur ce qui s'est passé, maintenant. Cette folle de Stargirl débarquant sur un vélo avec chauffeur. Dansant seule, puis avec tous les garçons. Les entraînant dans une farandole échevelée au-delà des courts de tennis éclairés, au milieu de l'obscurité. Je vais t'avouer la vérité, Léo. Jusqu'à la farandole, ça allait bien. Je m'amusais, j'amusais mes camarades, je t'oubliais, j'oubliais que tu m'avais rejetée. Une fois loin des lumières, cependant, plus je me suis éloignée de la musique et des lampes, plus j'ai pensé à toi. J'ai alors eu l'idée d'opérer un petit enchantement bien à moi. Au fur et à mesure que nous nous enfoncions dans le noir, j'ai souhaité – exigé – qu'un miracle se produise, que les mains qui me tenaient par les hanches deviennent les tiennes. La magie allait opérer, à condition que je continue de danser dans les ténèbres suffisamment longtemps.

Naturellement, rien de tel n'a eu lieu. Lorsque nous sommes revenus vers les réverbères, c'est Alan Ferko qui était derrière moi. Pas toi.

À présent, Dootsie s'était volatilisée. Elle a tendance à se rendre invisible quand elle estime qu'on ne lui prête pas suffisamment attention. Elle s'était plantée dans un coin de la cuisine, yeux clos, immobile comme un lampadaire, silencieuse, Cannelle sur son épaule.

– Où est passée Dootsie ? a lancé Betty Lou en m'adressant un clin d'œil.

J'ai cherché alentour.

– Aucune idée, ai-je répondu en haussant les épaules. Elle a encore dû disparaître. Cette fois, elle a pris Cannelle avec elle, apparemment.

– Dootsie ? a appelé Betty Lou. Tu es là ?

Silence.

– Comment y arrive-t-elle ? s'est exclamée notre hôtesse en feignant la stupéfaction.

– C'est un don, ai-je répondu.

– Crois-tu que nous la reverrons un jour ?

– Seulement quand elle le voudra.

– Ouf ! Bon, raconte-moi la suite du festival.

J'ai obéi, sans rien oublier, lui dressant le tableau le plus complet possible, tandis que l'arôme des filets de dinde rôtis et du tofu (oui, je suis toujours végétarienne) envahissait la maison. Il m'a bien semblé apercevoir un petit nez qui se dévoilait dans le coin, juste le temps de humer l'air.

Lorsque j'ai eu terminé mon compte rendu, Betty Lou s'est tournée vers la fenêtre.

– Penses-tu que je reverrai un festival du Cornouiller ? m'a-t-elle demandé ensuite, les yeux brillants de larmes. Le penses-tu, fille des étoiles ?

J'ai failli pleurer. Par-dessus la table, j'ai pris ses mains dans les miennes, les ai serrées.

– Oui, ai-je affirmé sans vraiment croire à mes propres mots.

Elle a soulevé le couvercle de la marmite.

– Houps ! Les patates sont prêtes à être réduites en purée. Malheureusement, Dootsie, notre écraseuse de patates en chef a disparu !

– Je suis là ! Je suis là !

La petite a émergé de son invisibilité, si brutalement que Cannelle a dû s'accrocher à ses vêtements de toute la force de ses griffes.

– C'est moi qu'écrase !

Elle a commencé à enlever ses chaussures, et il a fallu la persuader qu'elle ne pouvait faire de la purée avec ses pieds. Elle était tombée sur une photo de vendangeurs foulant les grappes de raisin. Puis il a fallu la persuader que Cannelle n'était pas en mesure de participer à l'opération.

Les légumes enfin prêts, nous avons mangé. Ensuite, j'ai ramené Dootsie chez elle. La dernière chose qu'elle m'a dite quand je l'ai embrassée en lui souhaitant bonne nuit, ça a été :

– Je veux faire un festibal.

26 MAI

Nous avons donc eu droit au Festival de Dootsie, aujourd'hui.

Comme celui du Cornouiller, il a commencé par un défilé. Dootsie a désigné Cannelle comme grand maréchal et elle-même comme « Chef Reine ». Elle s'était fabriqué un costume à partir de torchons. Visiblement, elle trouvait ça très chic. Elle avait emprunté les chaussures à hauts talons de sa mère et s'était planté un peigne en plastique blanc dans les cheveux (sa couronne). Je la tirais dans un petit chariot en bois. Elle a souri et agité la main à la foule (une dizaine de parents) le long de Ringgold Street. Le grand maréchal était perché sur son épaule.

Trois courtisans la suivaient – pas de chariots pour eux. Deux étaient des fillettes du voisinage. Le troisième, un labrador noir répondant au nom de Roscoe. J'avais eu beau dire à Dootsie que c'était un garçon, elle n'en avait eu cure, et avait affublé Roscoe d'un tutu rose.

Les autres membres du défilé étaient un garçonnet et sa tortue, un gamin sur son tricycle, une fanfare (deux garnements de dix ans jouant de l'harmonica et du mirliton mais faisant surtout les idiots), d'un Dark Vador haut comme trois pommes à genoux, d'une grand-mère tenant par la main un bambin aux yeux écarquillés et d'un adolescent qui faisait des acrobaties en skateboard.

Au bout d'une centaine de mètres, la Chef Reine a décrété que le défilé était terminé, et nous sommes tous retournés chez elle pour la suite du festival.

Nous avons eu droit à des attractions en pagaille : vente de gâteaux, diseuse de bonne aventure, lancer de pièces, tours de poussette. Naturellement, il y avait un stand de limonade. J'ai dû donner un concert d'ukulélé.

Le grand maréchal a bien tenté de s'octroyer une sieste dans un panier, mais de petites mains avides ne cessaient de l'empêcher de dormir.

Bien que je ne l'aie pas vue, je suis certaine que Betty Lou n'a rien raté de la fête.

Le festival battait son plein quand je l'ai repéré sur le trottoir. Le garçon de la poubelle, de la véranda de Betty Lou, du stand de pommes d'amour.

Il parlait au vendeur de limonade, la Chef Reine en personne. Une conversation animée. Elle lui a servi un gobelet à ras bord, et il a laissé tomber une piécette dans la caisse (le bol à céréales Babar de Dootsie). Je surveillais ses mains, m'attendant à ce que l'une d'elles se glisse soudain dans le bol. Était-il en train de détourner son attention à force de bonnes paroles afin de mieux lui voler sa recette, comme il avait dérobé les beignets et la pomme ? Non, apparemment. Ces deux-là discutaient juste à bâtons rompus. Il lui racontait une histoire à grand renfort de gestes. Ils semblaient d'ailleurs tellement se plaire ensemble que j'ai ressenti une pointe de jalousie. Dootsie, ma petite Dootsie, s'entendait comme larron en foire avec cet inconnu.

J'ai eu envie de les rejoindre, de marquer mon territoire, de montrer à ce garçon qui était la meilleure amie de Dootsie. J'ai hésité, toutefois. Je l'avais vu à trois reprises, chaque fois en plein larcin (enfin deux, car peut-on considérer que fouiller les poubelles revienne à voler ?), et je me suis dit qu'il devait se souvenir de moi aussi clairement que moi de lui. Ses cheveux noirs lui tombaient devant les yeux et sur les oreilles. Sa peau donnait l'impression d'avoir été grillée par le soleil de l'Arizona. Même à cette distance, le bleu de ses yeux ne m'a pas échappé.

Il a sorti de sa poche une paire de lunettes de soleil – sans nul doute dérobées – et les a mises. Les mains de Dootsie se sont aussitôt levées, et elle a braillé :

– Moi ! Moi !

Il les lui a posées sur le nez. « Elle le laisse faire, ai-je songé. Moi, elle a refusé que je lui mette mes boucles d'oreilles. » Elle s'est levée, a arpenté le trottoir en prenant la pose. Puis elle a regardé directement le soleil.

– Dootsie ! ai-je lancé.

Mais il était déjà à côté d'elle et l'obligeait à baisser la tête tout en lui retirant les lunettes. Il la grondait parce qu'elle avait regardé le soleil en face. J'étais offusquée. « Hé, toi ! ai-je failli crier. C'est moi qui dispute, dans le coin ! »

Il a tendu la main, Dootsie la lui a serrée. Il prenait congé. « Par pitié, qu'il ne l'embrasse pas ! » Sa main s'est posée sur la tête de la fillette pour lui hérisser les cheveux. Elle a ri. Il s'est éloigné.

Je l'ai suivi.

Même maintenant, je ne suis pas très sûre des raisons qui m'y ont poussée. Je suis restée à une vingtaine de mètres derrière lui, sur le trottoir opposé.

Nous avons marché longtemps. Nous avons dépassé le magasin de Margie, la pizzeria, le cinéma *Le Colonial*, l'immeuble abritant les bureaux du *Morning Lenape*, le restaurant *La Comète Bleue*, l'hôtel *Columbia* ; nous avons traversé le pont sur le canal. Arrivé au niveau du maraîcher, le garçon a brusquement bifurqué vers le parking. Des cageots de fruits et de légumes étaient alignés par terre, près de la porte. Après avoir chipé deux citrons, il a déguerpi sur Canal Street. Il a empoché un des citrons, a planté ses dents dedans, le déchirant en deux, et s'est mis à le suçoter. J'ai eu la bouche sèche rien qu'à le regarder. J'ai accéléré.

Lui filait d'un bon pas, les yeux cachés derrière ses lunettes noires, se pavanant plus qu'il ne se promenait, crachant ses pépins par terre comme s'il était le roi du monde. J'ai eu une montée de bile. J'étais toujours à une vingtaine de pas de lui quand il a tourné en direction d'un petit bâtiment en parpaings gris érigé le long du canal. Une enseigne manuscrite clouée au-dessus de la porte annonçait : *Ike – réparation de motos et de tondeuses.* Ike était dehors dans la poussière, penché sur une tondeuse à gazon. Il s'escrimait à tirer sur le cordon de démarrage, jurant chaque fois que l'engin s'entêtait à rester silencieux. Le garçon a contourné l'édifice et grimpé les deux marches menant à la porte de derrière.

– Hé ! l'ai-je interpellé.

Il a relevé la tête, la main sur la poignée. Il a patienté, sans rien dire. Il n'a pas retiré ses lunettes. Plus il attendait, plus je me sentais gênée qu'il puisse voir mes yeux, sans que moi je puisse voir les siens. Je me suis approchée.

– Pourquoi as-tu fauché ces citrons ? ai-je demandé. Pourquoi fais-tu ça ?

Pas de réponse. Pas d'expression. J'ai eu l'impression que si je lui arrachais ses lunettes je découvrirais deux pierres bleues et froides. Il a jeté sa première moitié de citron, a fourré l'autre dans sa bouche. Il l'a mâchouillée, puis ses lèvres se sont retroussées, et il a craché un pépin sur moi. Le pépin a rebondi sur ma poitrine. Lui est resté planté là, mâchonnant sans fermer la bouche. Juste avant qu'il n'ouvre la porte et ne se glisse à l'intérieur, j'ai cru déceler un vague rictus moqueur sur ses lèvres.

28 MAI

J'ai enfin un nom à mettre sur le voleur de citrons. Perry. Je trouve que ça ne lui va pas, mais il a dit s'appeler ainsi à Dootsie. Il lui a également raconté qu'il dort sur le toit, les nuits de grosses chaleurs. Et qu'il pêche dans le canal. Et que, parfois, il y nage, bien que ce soit interdit.

Dootsie m'a expliqué tout cela pendant que nous déjeunions à *La Comète Bleue*. Elle invitait – en partie du moins – grâce à la recette qu'elle avait récoltée pendant le festival : onze dollars vingt-sept. Elle avait insisté pour me payer à manger.

– Il a dit autre chose ? ai-je demandé.

Elle a léché le ketchup dont elle avait enduit sa frite.

– Je me rappelle pas. Des trucs.

– J'ai vu que tu riais.

– Ouais. Il est super rigolo.

– Gentil ?

– Ouais.

Une fois sa frite bien propre, elle s'est attaquée à la suivante.

– Si tu ne veux que le ketchup, pourquoi as-tu commandé des frites ?

Elle a soupiré, la patience incarnée.

– Parce qu'on boit pas le ketchup comme ça, bêtasse.

Nous avons traîné un moment en ville avant de nous rendre chez Margie pour un dessert tardif. Dootsie a pris un beignet nature saupoudré de cristaux de sucre colorés, moi un glacé au chocolat. Nous étions en train de nous asseoir quand Alvina a déboulé dans la boutique.

– Salut, dingo ! m'a-t-elle hélée. T'as commis de nouvelles dingueries, aujourd'hui ?

– Elle va te battre ? a chuchoté Dootsie.

– Je ne crois pas, ai-je répondu sur le même ton.

– Et moi, elle va me battre ?

– Elle ne battra personne, alors calme-toi et mange ton beignet.

Alvina est allée ranger son cartable dans l'arrière-boutique avant de resurgir avec son balai.

– J'espère que t'as pas l'intention de rester assise ici toute la sainte journée en consommant juste ce beignet ! m'a-t-elle agressée.

– J'en sais rien, ai-je riposté du tac au tac. Peut-être que si. Ça te pose un problème ?

Je crois bien que j'ai failli montrer les dents. À côté de moi, Dootsie s'est levée.

– Esczact ! a-t-elle renchéri. Ça te pose un problème ?

Elle ne s'est pas gênée pour montrer les dents, elle. Des cristaux de sucre bleus et rouges sont tombés du demi-beignet qu'elle brandissait à la figure d'Alvina. Cette dernière l'a fusillée des yeux et, vive comme un voleur de citrons, a arraché sa moitié de pâtisserie à Dootsie et l'a engloutie.

– Margie ! a braillé la petite. Elle a volé mon beignet !

– Nom d'un chien ! a bougonné Margie, de derrière son comptoir. Vous n'êtes que trois gros bébés !

Elle a posé un nouveau beignet nature avec cristaux de sucre sur une assiette et l'a fait glisser vers nous.

– Et maintenant, a-t-elle ajouté, bouclez-la, sinon je vous flanque à la porte.

J'ai passé le beignet à Dootsie, qui a tiré une langue pleine de paillettes rouges et bleues en direction d'Alvina, laquelle a entrepris de balayer le sol. Quand elle a eu terminé, elle est venue s'asseoir à notre table.

– Je t'aime pas, lui a déclaré Dootsie.

– Sois gentille, Dootsie, l'ai-je morigénée.

Mais elle était lancée.

– Quand je serai grande, je te battrai, a-t-elle continué.

Alvina l'a toisée, aimable comme une porte de prison, à sa bonne habitude. Je la connaissais depuis des mois et ne l'avais jamais vue sourire. Pourtant, sous le masque, derrière les yeux, à la commissure des lèvres il y avait quelque chose ; quelque chose de plus tendre ; quelque chose de l'enfance. Lentement, elle a serré sa main en un poing. Tout aussi lentement, elle l'a approché à moins d'un centimètre du nez de Dootsie, faisant loucher celle-ci. À l'intérieur du poing était niché l'élégant ongle rose de l'auriculaire.

Dootsie s'est vivement reculée, mais seulement pour protéger son nouveau beignet (elle l'a mis derrière le dossier de sa chaise). Elle n'avait pas du tout peur d'Alvina. Les deux filles se mesuraient des yeux, sans crainte ni haine. Elles procédaient plus à une évaluation de l'adversaire qu'à une passe d'armes. Dootsie a baissé le visage jusqu'à effleurer le poing d'Alvina. Sans la quitter du regard, elle a ouvert la bouche au maximum et a refermé la mâchoire autour des phalanges, doucement, gentiment. Alvina n'a pas bronché. Dootsie n'a pas mordu. Un événement se passait qui m'échappait, ce qui le rendait d'autant plus étrange. J'ai tourné la tête vers Margie, qui contemplait la scène avec ahurissement, sa cafetière en suspension au-dessus de sa tasse. Quand je me suis de nouveau intéressée aux filles, Dootsie relâchait sa prise, et Alvina étalait sa main à plat sur la table.

– Au boulot, Alvina ! a lancé Margie, rompant le silence.

Reprenant son balai, la fillette a disparu dans la cuisine.

31 MAI

Aujourd'hui, quand j'ai tenté de laver mon esprit, une infime parcelle en moi a refusé de s'évaporer. C'étaient ces yeux de pierre bleue derrière les lunettes de soleil ainsi que le pépin de citron rebondissant sur mon T-shirt. J'ai complètement raté les éléments de la vacuité.

4 JUIN

SORTIE SCOLAIRE :
LE SAUT DE LA VIERGE
La fille Lenape se tenait ici.
Elle n'avait que treize ou quatorze ans,

dit la légende.
Sur cet à-pic surplombant les restes délabrés de la vieille aciérie,
célèbre durant la révolution pour avoir fourni les meilleurs
canons à l'armée de George Washington.
Naturellement, à cette époque, ce n'était pas un site industriel,
juste des forêts,
et des rochers peut-être.
Elle s'est tenue là, elle a sauté...
disons plutôt qu'elle s'est jetée dans le vide, puisque ceci est un
poème et que s'est jetée dans le vide est plus poétique que
a sauté.
Quoi qu'il en soit, elle est morte,
la fille Lenape de treize ou quatorze ans,
parce que son père refusait de la laisser épouser
le garçon qu'elle aimait.

Et moi, sur ce site, je m'interroge.
Je me demande si elle est partie de là-bas,
si elle a couru et s'est presque envolée
dans le vide.
Ou si elle est venue lentement,
tel un filet d'eau qui,
sur une nappe, semble s'arrêter au bord,

et se rassembler avant de couler
Si elle a attendu – et quoi ?
A-t-elle donné au temps une dernière chance
de la sauver ?
Au bonheur une dernière chance
de survenir ?
Ha ! Il est plus simple d'influencer
la course des étoiles
que l'esprit d'un père.
A-t-elle regardé en bas ?
A-t-elle regardé au loin ?
Qu'a-t-elle aperçu ?
A-t-elle vu son visage ? À l'aimé ?
L'a-t-elle vu qui agitait la main vers elle,
qui l'appelait
de très loin ? S'est-elle imaginé courir
avec lui, rieurs, dans les prairies où poussent
la chicorée et les carottes sauvages,
dont ils connaissaient les fleurs
sous d'autres noms ?
Et son nom à lui, l'a-t-elle prononcé ?
L'a-t-elle, du haut de la falaise, crié
au monde entier qui s'étalait à ses pieds ?
Ou l'a-t-elle chuchoté, de façon que seules
les oreilles de l'aimé
l'entendent ?
Une chose est sûre – évidente, à présent :
elle n'a pas regardé en bas.
Je le sais.

5 JUIN

L'école à domicile est fermée pour les vacances !

À midi tapant, j'ai fêté ça en te rejoignant au centre commercial pour une glace. Banane fraise, bien sûr. Ton parfum préféré. Assis à la dernière table, nous avons dégusté en bavardant. Je t'ai raconté les dernières facéties de Dootsie, tu m'as donné des nouvelles de ton pote Kevin, de ma copine Dori Dilson et de notre ami commun Archie. Tu m'as confié que tu avais hâte d'être en vacances à ton tour. Que tu avais posé ta candidature dans diverses universités de Pennsylvanie, maintenant que tu sais que j'y habite. Que tu pensais à moi tous les jours. Qu'il t'arrivait d'aller dans notre lieu enchanté du désert, où tu retires tes chaussures et restes assis comme nous l'avons fait, cette première fois. Sauf que tu ne médites pas. Tu ne trouves aucun intérêt à te gommer ou à me gommer de la surface de la Terre. Oh non ! Bien au contraire. Tu fermes les yeux et tu te rappelles. Concentré comme jamais, tu ranimes tes souvenirs et, bientôt, tu es certain de me sentir là, assise en tailleur face à toi, te souriant. Cannelle est entre nous deux. Tu fais l'expérience de moi. Tu nous ressuscites. Tu es tellement heureux, puis tellement triste quand tu ouvres les yeux et te rends compte que je ne suis pas vraiment présente. C'est en ces instants que je te manque le plus. Désespérément.

Dis-moi que je ne l'imagine pas, Léo. Dis-moi que, bien que nos enveloppes charnelles se trouvent dans des États différents, nos étoiles intérieures partagent le même endroit enchanté. Dis-moi qu'à midi exact aujourd'hui (heure de la côte Est) tu as éprouvé une sensation curieuse : un minuscule souffle d'air froid sur ton épaule... une palpitation de ton cœur... la saveur du mélange fraise-banane sur ta langue...

Dis-moi que tu as chuchoté mon nom.

12 JUIN

Rêve de la nuit passée...

Tournée du laitier. Les bouteilles s'agitent bruyamment dans leurs casiers. Les phares percent l'obscurité. Là... quelqu'un dans une poubelle... tête en bas, il fouille... il se redresse, les yeux brillants comme ceux d'un renard surpris... mais ce n'est pas ce drôle de garçon, Perry... c'est toi.

15 JUIN

Je ne cesse de songer à Charlie, au cimetière. Assis là-bas jour après jour. Qui parle à Grace. Qui somnole. Je crois qu'il hait cette certitude absolue – chaque fois qu'il se réveillera d'une sieste, elle sera ici ; chaque fois qu'il arrivera le matin avec sa chaise en aluminium, elle sera ici. Elle ne sera plus jamais à la cave à chercher des pêches au sirop. Plus jamais installée dans le jardin à bavarder avec Mme Unetelle, la voisine. Elle ne sera plus jamais nulle part, sauf ici.

Cela ne te pousse-t-il pas à t'interroger, Léo ? Un jour, dans un futur lointain, lorsque la Voie lactée aura accompli une nouvelle révolution cosmique, quelqu'un viendra-t-il sur ta tombe avec une chaise afin de te tenir éternellement compagnie ? Peux-tu imaginer qu'on puisse t'aimer avec autant de force ? Et moi, le puis-je ?

Je pense que lui offrir un beignet a été une erreur. Comment aurait-il pu deviner ce que le sachet contenait ? Il a sans doute cru qu'il s'agissait de détritus et, par respect pour Grace, l'a expédié au loin.

Voilà pourquoi, cette fois, j'ai agi différemment. J'ai déniché un petit panier en osier blanc. J'y ai mis trois beignets que j'ai couverts avec du film plastique, afin qu'il voie ce qui s'y trouve. Je filerai tôt demain matin, en douce, à la Dootsie, lorsqu'il fera encore nuit, et laisserai le panier près de la sépulture.

16 JUIN

Il l'a pris !

Cet après-midi, je suis passée au cimetière en vélo. J'étais nerveuse. J'ai pédalé au loin, en gardant mes distances. D'abord je n'ai pas vu mon offrande. J'ai changé d'angle, et là, dans l'herbe aux pieds de Charlie, mon panier blanc. Lui dormait, menton sur le torse. J'étais si contente que j'ai poussé un petit « hourra ! » en partant.

18 JUIN

Ci-dessous, la nouvelle annonce que j'ai publiée dans le *Morning Lenape* aujourd'hui. J'ignore s'il lit le journal. J'ai préféré ne pas citer de noms :

Chaque jour, il lui rend visite,
lui parle,
dort avec elle.

21 JUIN

Solstice d'été.

Lorsque tu t'es réveillé ce matin, cher Léo, le soleil se trouvait juste au-dessus du Tropique du cancer. C'est sa limite septentrionale maximale. Et c'est le jour le plus long de l'année. À partir de maintenant, et jusqu'au solstice d'hiver, le 21 décembre, les jours vont raccourcir d'une minute par rapport à la veille. Aujourd'hui, c'est le début officiel de l'été.

En d'autres mots, c'est jour de fête. Pas une célébration d'humains, une fête de la nature. Mais qui tient à fêter quelque chose seul ? Comme tu n'es pas là, je me suis dit, va pour Dootsie.

Lorsque je lui en ai parlé la semaine dernière, sa première réaction a été :

– On se fait belles !

Cette enfant ne cesse de m'étonner : elle a toujours une longueur d'avance sur moi. Nous avons donc gagné l'atelier de ma mère. Cette dernière a pioché dans les coupons qui lui restaient de ses dernières fabrications de costumes, a assemblé quelques pièces et, zou ! Dootsie avait l'air d'avoir traversé un arc-en-ciel. Moi, j'ai ressorti la robe jaune vif que j'avais portée au bal de l'Ocotillo. (Tu te souviens ? Ce bal auquel tu ne m'as pas invitée.)

Assez logiquement, j'avais décidé que la célébration aurait lieu sur la Colline enchantée. La nuit dernière, Dootsie a donc dormi à la maison. Ma mère avait expliqué à ses parents ce que je projetais. Que Dootsie passe la nuit chez nous ne les a pas dérangés, mais ils étaient réticents à l'idée qu'elle sorte avant la levée du jour. Même pour un trajet aussi court. Même en ma compagnie. Du coup, ma mère a proposé les services de mon père.

– Il les conduira là-bas dans son camion de laitier.

– Cela ne risque pas de le mettre en retard pour sa tournée ?

– Ces choses-là arrivent. Les clients comprennent. Raisons divines et naturelles – neige, verglas, fille folle à lier...

– D'accord.

Dootsie avait autant d'énergie qu'une poupée de son quand je l'ai habillée, à quatre heures et demie du matin. Comme d'habitude, ma mère s'est installée sur la véranda, talkie-walkie dans la poche de sa robe de chambre. Lorsque j'ai allumé la lampe de notre perron, j'ai constaté que celle des voisins, les Cantello, brillait déjà.

Nous avons installé Dootsie et son petit chariot en bois, celui dans lequel elle avait paradé en tant que Chef Reine, dans le camion de laitier et sommes partis pour la Colline enchantée.

Une minute plus tard, mon père se garait dans les broussailles qui poussent à la lisière du champ, près du bungalow en stuc blanc. Il a transbahuté le chariot et mon tapis de bain pendant que je me chargeais de la petite endormie. Comme toujours, le sol était inégal, mais la terre était plus douce qu'en hiver. Je n'ai pas utilisé ma torche – le quartier de lune et mon père étaient des repères suffisants.

Après s'être délesté du chariot, mon père s'est planté à côté de moi, face à l'horizon. Il faisait encore trop sombre pour dire où la terre cessait et où commençait le ciel. Il a pris ma main, il s'est tourné vers nous, il a caressé le visage de Dootsie, il nous a serrées dans ses bras. La respiration de Dootsie était si profonde, entre nous deux, qu'elle semblait générer la nuit à elle seule. J'ai senti les lèvres de mon père effleurer mes cheveux. Après une ultime pression sur le bras, il a regagné les deux points rouges des phares du camion, au loin.

Je me suis assise dans le noir, j'ai bercé Dootsie comme un bébé, la balançant doucement, fredonnant une mélodie qu'accompagnait le frottement de nos deux robes l'une contre l'autre. Lorsque la nuit a commencé à se dissiper, à l'est, je l'ai réveillée.

– Debout ! Le joli soleil arrive. Nous devons nous préparer.

Je l'ai mise sur ses pieds, l'ai forcée à marcher quelques instants afin de la réveiller complètement.

– Où il est ? a-t-elle demandé.

– Il ne va pas tarder.

À l'est, le ciel était gris, à présent, et le petit bungalow en stuc était discernable. J'ai tendu le doigt.

– Tu vois, là-bas ? Continue à surveiller.

J'en enfourché le chariot, pour m'installer derrière elle.

– Tu vois ? ai-je murmuré encore. Le ciel est de plus en plus clair. Les couleurs changent... regarde... regarde...

Puis je me suis tue. Nous avons observé le gris perle tourner au bleu poudre... et là-bas... au loin, à cent cinquante millions de kilomètres d'ici, une brume de lumière plus claire et plus brillante, un souffle... là-bas... maintenant ! Soudain, j'ai bondi sur mes pieds et je me suis mise à courir. Je venais de m'apercevoir que j'étais du mauvais côté du chariot, que je manquais quelque chose d'encore plus merveilleux sans doute que le lever du soleil. J'ai foncé droit sur le soleil. Je ne me suis pas souciée de Dootsie, sachant qu'elle ne se serait pas rendu compte que je l'avais laissée seule. Je me suis retournée, j'ai regardé en arrière, et j'ai vu... la puissance des mots s'arrête ici. Alors, je me contenterai de ceci : j'ai vu une petite fille dans un chariot en bois qui débordait des couleurs de sa robe, une petite fille qui observait le soleil levant comme s'il s'agissait du tout premier jour de la création. Lorsque je suis repartie vers elle, je n'ai éprouvé nul besoin de contempler moi-même l'astre du jour, car j'avais les yeux fixés sur ce qu'il me suffisait de voir. Je me suis rapprochée, rapprochée, Dootsie n'a pas bronché, jusqu'à ce que je distingue le rougeoiement toujours plus gros du soleil qui se réfléchissait en double dans ses prunelles.

J'ai regagné ma place derrière elle, sur le chariot. À mi-chemin de son parcours, l'astre a perdu son tranchant orangé pour inonder l'est d'un jaune éblouissant. J'ai perché Dootsie sur mes épaules, l'endroit parfait pour assister à la naissance de l'aurore. J'ai regardé les confins du champ – le camion avait disparu. Je me suis promenée. Ni Dootsie ni moi n'avions envie de partir. Seule la boule de feu qui bougeait sur l'horizon indiquait l'écoulement du temps. Tandis que nous errions ainsi, elle a prononcé mon nom à trois reprises :

– Stargirl ?

– Oui ?

– C'était encore plus bien qu'à la télé.

– Oui.

– Stargirl ?

– Oui ?
– Il fait ça tous les jours, le soleil ?
– Oui.
– Stargirl ?
– Oui.
– Chaque jour, c'est la fête au soleil.

Comme nous nous étions habillées sur notre trente et un pour ce solstice d'été, il m'a semblé dommage de rentrer directement à la maison. J'ai donc annoncé à ma mère par talkie-walkie que nous allions nous balader. Au début, les rues étaient encore vides, les livreurs du *Morning Lenape* mis à part. Les journaux donnaient l'impression de sauter tous seuls par les fenêtres des fourgonnettes. Quand le soleil a dépassé les cheminées, les bus de ramassage scolaire faisaient leur tournée, et des femmes en robe de chambre et pantoufles ramassaient leurs journaux. Nous avons salué de la main tous ceux que nous croisions. Je me suis demandé ce qu'ils pouvaient penser : une grande fille tirant une petite fille dans son chariot, toutes deux vêtues comme si elles allaient à un bal ou à un mariage. J'aime à croire que nous avons ensoleillé leur journée la plus longue de l'année.

28 JUIN

Ce matin, sur la Colline enchantée, j'ai plus procédé à un rinçage qu'à un lavage de mon esprit. Je n'ai pas réussi à ne pas me rappeler, à ne pas revivre la magie de la semaine passée, de celle qui se lisait dans les yeux de Dootsie. Je sens que l'émerveillement continue de hanter la colline, avide d'autres prunelles.

29 JUIN

J'ai reçu une lettre d'Archie, aujourd'hui. Il me manque beaucoup. Les séances où je suis assise en sa compagnie dans sa véranda, à me balancer dans un fauteuil à bascule tout en contemplant la chaîne mauve des Maricopa à travers la fumée de sa pipe (n'est-elle pas formidable, cette odeur de cerise ?) et en lui rebattant les oreilles à ton sujet constituent certains de mes plus beaux souvenirs. Il t'aimait bien, Archie. Je n'aurais pas permis qu'il en aille autrement. Pourtant, à l'époque déjà, je devinais qu'il avait des doutes quant au choix de mon amoureux. Te rappelles-tu ma détresse lorsque personne n'est venu m'accueillir après que j'avais remporté le concours de rhétorique ?

Eh bien, elle n'était rien, comparée à son désespoir quand il a vu que je troquais Stargirl pour la Susan conventionnelle. L'expression de ses yeux quand je le lui ai annoncé... sans doute le jour le pire de mon existence. J'espère que je ne blesserai plus jamais personne à ce point. Il t'en a voulu ; il croyait que tu faisais pression sur moi pour que je me trahisse. J'ai tenté de lui dire que non, d'expliquer que c'était ma décision. J'étais une grande fille, responsable de ses actes ; avoir envie d'être populaire n'était pas un crime. Il a feint de comprendre et d'accepter parce qu'il m'aimait, mais il ne m'a jamais appelée Susan. Et je ne l'ai pas vu aussi heureux que la fois où je lui ai annoncé que j'avais décidé de redevenir Stargirl.

Pour ce qui te concerne, il est partagé, à mon avis. Il désire t'aimer. Il t'aime. D'emblée, tu as des points parce que tu es l'élu de mon cœur. Il sait aussi que la meilleure part de toi ne s'est pas rendue sans combattre. D'un autre côté, je pense qu'il te reproche en secret mon acte de trahison envers moi-même. Il estime que tu n'es pas « prêt » (son mot) pour moi. Dans sa lettre, il me révèle qu'il t'a volontairement égaré en te disant que j'avais déménagé pour le Minnesota, et non la Pennsylvanie. Ça m'a bien fait rire.

Sa lettre m'apprend que tu continues d'assister aux réunions des Chevaliers du Fossile.

Qu'il t'a montré mon « bureau » dans sa cabane à outils. J'escomptais qu'il le ferait. D'après lui, tu aurais été impressionné. Tu aurais été vraiment ému. Il pense que ton cas n'est pas entièrement désespéré.

4 JUILLET

Les Caraway et les Pringle ont célébré la fête nationale ensemble. Les deux familles ont sympathisé, grâce à leurs filles. Nous sommes allés voir le défilé. Ce que je préfère, ce sont les fanfares. Dootsie et moi nous sommes bouché les oreilles et avons crié quand les camions de pompiers sont passés, toutes sirènes hurlantes. Il faisait très chaud. Il n'y avait pas d'ombre. M. Pringle avait un vaporisateur en plastique et passait son temps à s'asperger le visage. Bien qu'elle se fiche de la touffeur, Dootsie n'a pas arrêté de lui piquer la bouteille jusqu'à ce qu'elle l'ait vidée. Son père n'était pas très content.

Nous avons organisé un barbecue (poulet, saucisses et hamburgers végétariens) sur la terrasse des Pringle et avons déjeuné dans leur salle de jeux conditionnée. Ne me demande pas comment il s'y est pris mais, en mon honneur,

M. Pringle a réussi à faire cuire de la purée au barbecue.

Le soir, nous avons assisté au feu d'artifice sur le terrain de base-ball. Dootsie et moi étions assises sur une couverture, imbriquées l'une dans l'autre. Les couleurs explosaient et se répandaient dans la nuit. Des milliers de visages tournés vers le ciel s'illuminaient dans l'obscurité, gens installés sur des plaids ou sur des chaises longues, qui s'émerveillaient devant les boules et les cascades de feu, observaient un silence religieux entre chaque déflagration de lumière. À croire que toute la ville s'était rassemblée ici, mis à part Betty Lou. Je me suis demandé si elle voyait quelque chose depuis ses fenêtres. J'ai songé à l'homme égaré au bonnet vert mousse. Au Charlie de Grace. À Alvina. À Perry. Étaient-ils en train de scruter la nue, aussi captivés que nous autres ?

5 JUILLET

Ce matin, quand je me suis rendue sur la Colline enchantée, je transportais, outre ma lampe, mon talkie-walkie et mon tapis de bain habituels :

15 mètres de corde
un piquet de croquet
un gros marteau
une spatule

Voici ce que j'ai fait : j'ai planté le piquet au milieu du champ. J'y ai noué un bout de la corde, que j'ai ensuite déroulée en me dirigeant vers l'ouest. Là, j'ai guetté le soleil. Dès qu'il est apparu, j'ai tendu la corde de façon à former une ligne droite entre le pieu et le soleil. Au bout de la corde, j'ai fiché la spatule dans le sol.

As-tu deviné, Léo ? Je vais fabriquer un calendrier. Un peu comme Stonehenge[1]. C'est ainsi que nos ancêtres comptaient le temps qui passe. Tous les jeudis, je planterai une nouvelle spatule (j'en ai acheté une cargaison à la boutique *Tout à un dollar*; elles ressemblent à de petites pelles blanches en caoutchouc. Vingt-quatre jeudis à venir à partir d'aujourd'hui. Je piquerai la dernière le 20 décembre. Ces marqueurs formeront alors un arc de cercle, un quart de cercle qui dessinera le trajet du soleil levant à l'heure où il surgit au-dessus de l'horizon, un peu plus tard chaque semaine. Je vise le 21 décembre, le solstice d'hiver, jour le plus court de l'année, quand le soleil se détourne de son chemin septentrional pour s'orienter au sud. C'est le début officiel de l'hiver mais, en un sens, c'est aussi le vrai commencement de

1. Monument mégalithique datant du IIIe ou IIe millénaire avant J.-C., situé en Angleterre. On pense qu'on y pratiquait un culte solaire.

l'été puisque, à partir du 21 décembre, chaque jour sera un peu plus long que le précédent.

Les anciens n'étaient jamais sûrs que ce phénomène allait se reproduire d'année en année. Ils craignaient que la lumière ne faiblisse et ne disparaisse complètement. Voilà pourquoi ils célébraient les solstices, pour inciter le soleil a faire demi-tour et à revenir.

Je compte organiser une fête du solstice d'hiver. J'inviterai du monde. Le suspense a peut-être été consommé, mais l'émerveillement dans les yeux de Dootsie est ce que je veux partager.

6 JUILLET

Trois jours d'affilée où la température dépasse les trente-deux degrés. La canicule a été officiellement décrétée. La touffeur est pire qu'en Arizona, ici. Pas étonnant que tu aies déménagé. Non seulement la chaleur est accablante, mais elle est humide. On a l'impression de marcher dans un bol de bouillie d'avoine ; d'être assis sur une bouilloire fumante ; de... oh, je laisse tomber. Je devine que je n'obtiendrai aucune compassion de ta part.

Bref, je prenais le frais à la bibliothèque, aujourd'hui, assise à une table où je lisais les poèmes de Mary Oliver quand un petit mouvement m'a tiré le coin de l'œil. De même qu'un son ténu : pop ! D'où je me tenais, je voyais l'allée séparant les deux derniers rayonnages. Le dérangement semblait bien provenir de là-bas. De nouveau, à une quinzaine de pas de moi, en provenance des étagères, ce qui ressemblait à un pépin a volé – pop ! – et s'est écrasé contre la fenêtre. J'ai tout de suite compris. « Encore ce type, ai-je songé. Ce maudit Perry. »

Lorsque, une minute plus tard, un troisième pop ! a retenti, j'ai craqué. Refermant brutalement mon livre, j'ai foncé entre les rayonnages. Il était bien là, en tailleur sur le sol au milieu de l'allée, bloquant le passage, lisant un livre tout en suçotant un citron. Je suis restée plantée là à le toiser. D'abord, j'ai cru qu'il m'ignorait, purement et simplement. Puis, j'ai été moins sûre de moi. Il paraissait vraiment absorbé par sa lecture. Un demi-citron vidé de sa pulpe traînait par terre ; l'autre moitié gigotait dans sa bouche.

J'avoue que j'ai été surprise qu'il ne lise pas une bande dessinée, mais un vrai livre. Certes, pas gros. Je n'ai pas réussi à en déchiffrer le titre. Ce qui m'a agacée car, quand je vois quelqu'un lire, il faut absolument que je sache ce qu'il lit. Parfois, quand ça se produit dans un train ou une salle d'attente, je suis capable de me montrer très grossière à force de me tortiller dans tous les sens pour tâcher de distinguer la couverture. Mais bon, là, j'avais d'autres priorités.

– Je sais que tu sais que je suis là, ai-je dit.

Il a brutalement relevé la tête, ses yeux bleus écarquillés, parfaite imitation de l'étonnement.

– Tu mérites l'Oscar du meilleur acteur, ai-je poursuivi.

– Quoi ? a-t-il marmonné en s'entêtant à jouer la surprise.

– T'occupe. Tu recommences à cracher tes pépins. Dehors, c'est une chose. Ici...

Il en a craché un autre : pop !

– ... on est dans une bibliothèque, ai-je terminé en donnant un coup de pied dans sa chaussure.

Il m'a rendu la pareille. Le choc ! Il m'a fait mal, en plus. Je lui ai arraché son livre. Il s'appelait *Ondine,* pièce d'un écrivain français. Il me l'a repris aussi sec. J'ai essayé de le fusiller du regard – je me suis sentie idiote, car je n'ai pas beaucoup d'entraînement dans ce domaine. D'ailleurs, c'était peine perdue, car il avait replongé son nez dans son bouquin et avait repris sa pose du lecteur-qui-ignore-qu'une-personne-se-tient-devant-lui.

J'ai compris qu'il ne me restait plus qu'à m'en aller. Ce que j'ai fait. Avant de revenir tout de suite, de tendre le doigt et de lâcher :

– Et ne t'approche pas de Dootsie.

Il n'a même pas levé les yeux.

7 JUILLET

Je suis obligée d'admettre qu'*Ondine* est la dernière chose au monde que je m'attendais à voir entre les mains de ce garçon. La pièce parle d'une jeune fille qui est un peu plus que cela. Elle tient aussi de la sirène. Certains pourraient la qualifier de magique ou de fantastique, mais je crois qu'elle est avant tout et tout bonnement humaine. Elle porte un regard d'enfant sur le monde. Elle est heureuse et chante constamment. Elle vit avec un couple âgé dans la forêt près d'un lac et, lorsqu'un chevalier prénommé Hans vient à passer, elle trouve qu'il est la créature la plus belle qu'elle ait jamais vue. Comme elle souhaite devenir sa femme, ils se marièrent et eurent beaucoup d'enfants. Malheureusement, ce n'est pas aussi simple. Elle a été pêchée par un monde qui ne comprend pas ses Ondines. À la fin, elle est rejetée et bannie vers ses eaux originelles. Son bien-aimé Hans meurt sur la berge. Dieu merci, les souvenirs qu'elle a de lui se sont effacés et, plus tard, quand elle l'aperçoit à travers la surface, elle est de nouveau frappée par sa beauté et s'exclame : « Comme je l'aurais aimé ! »

Pourquoi lisait-il cela ? Pourquoi lisait-il tout court ? Comment a-t-il osé lire un livre qui, maintenant que je le connais moi aussi, se révèle être un de mes préférés ?

9 JUILLET

J'ai été réveillée par un coup de fil paniqué de Dootsie :

– Vite ! Il y a un chausson rouge à la fenêtre de Betty Lou !

Dix minutes plus tard, nous étions toutes deux dans son salon. J'ai commencé par détacher la chaussette-pantoufle écarlate de son perchoir.

– Navrée, a murmuré Betty Lou, affalée sur son canapé. Je ne voulais pas t'embêter. Parfois, c'est plus fort que moi.

– Hé ! ai-je protesté. C'est à ça que servent les amis. À passer les mauvais jours.

Nous avons interdit à Betty Lou de travailler, mais elle a eu le droit de donner des ordres. C'est ainsi que Dootsie et moi, maîtresses pâtissières, avons cuisiné toute une fournée de cookies aux pépites de chocolat. Nous l'avons nourrie, avons brossé ses cheveux et massé ses pieds ; nous lui avons lu des livres et chanté des chansons ; nous avons dansé pour elle et, en fin de journée, elle dansait avec nous.

11 JUILLET

Devine un peu ! Je travaille. Je me suis surnommée la Modeste Jardinière. J'ai collé une affiche sur la vitrine de Margie et passé une annonce dans le *Morning Lenape*. M. Pringle m'a imprimé des cartes de visite sur son ordinateur. Mon logo, c'est un ver de terre affublé d'une casquette de base-ball et arborant un grand sourire. N'étant pas une experte en ce domaine, à moi les tâches ingrates – mauvaises herbes, arrosage, fleurs fanées. Par ailleurs, je ne coûte pas cher, raison principale de mon succès ; l'autre raison étant la brouette extra que je me suis achetée à la quincaillerie. J'y ai peint mon ver de terre d'un côté, un tournesol de l'autre.

Aujourd'hui, j'avais rendez-vous chez les Klecko. Mme Klecko m'avait appelée la semaine précédente. La maison est somptueuse, en pierre de taille grise, avec une véranda panoramique et des stores jaunes. Elle est située dans une rue bordée de sycomores.

Je suis allée directement dans le jardin, derrière. Il est constitué d'une terrasse en brique, d'un carré de gazon et du plus joli jardin dans lequel j'ai eu l'occasion de travailler jusqu'à présent. Il n'y a pas que les fleurs qui soient magnifiques ; il y a aussi d'élégants buissons plus hauts que moi, deux statuettes en pierre (un enfant lisant, un ange), un bouleau, deux houx et un sentier dallé qui serpente au milieu de tout cela. Comme je te l'ai déjà dit, on ne crée pas les endroits enchantés, on se contente de les découvrir. Le jardin des Klecko s'approche toutefois de l'enchantement.

Mon premier geste a été de ramasser les jouets éparpillés dans les plantations et de les jeter sur l'herbe. Visiblement, un petit enfant vivait ici, un garçon, à en juger par le tank en plastique et le pistolet à eau. Puis je me suis attaquée à l'étêtage. (Ça semble répugnant, il s'agit seulement de couper les fleurs fanées, de façon à ce que la plante puisse consacrer toute son énergie aux vivantes.) Je m'occupais de buissons d'échinacées pourpres quand un hurlement à vous glacer les sangs a retenti à l'intérieur de la maison. Suivi d'un deuxième cri. Puis d'une voix :

– Je vais te tuer !

Et d'une autre voix :

– Je le dirai à maman !

Je m'interrogeais sur le bien-fondé d'entrer tout en songeant que la première voix avait eu des accents familiers, quand un petit gars brun vêtu d'un seul slip Batman a surgi par la porte de derrière en piaillant. Il a foncé droit sur moi. La seconde d'après a déboulé... Alvina ! En personne !

Le gamin m'a heurtée de plein fouet, s'est accroché à moi, m'a contournée et a enfoncé sa tête dans mon arrière-train tout en nouant ses bras autour de mes hanches. Quand elle m'a reconnue, Alvina s'est arrêtée net.

– Qu'est-ce que tu fiches ici ? a-t-elle grommelé.

– Je m'occupe du jardin. Et toi ? C'est ta maison ?

Je me suis rendu compte que je ne connaissais pas son nom de famille.

– Non, a-t-elle ricané, je suis Boucle d'Or et je viens de dormir dans le lit de bébé ours.

Sa main saignait. Elle a tenté d'attraper le petit. Il a enfoncé ses doigts dans ma taille. Elle lui a donné un coup de pied. Il a hurlé comme un égorgé tout en lui rendant le coup. Elle a braillé à gorge déployée. Ce chahut était étrange dans ce quartier si calme.

– Ça suffit ! me suis-je surprise à crier.

Délogeant le petit, je l'ai obligé à me faire face.

– Pas touche ! ai-je grogné à l'intention d'Alvina.

Elle m'a toisée avec hargne, mais a obtempéré.

– C'est ton frère ? lui ai-je demandé.

– C'est une plaie, a-t-elle rétorqué.

– C'est elle, la plaie, a protesté le garnement.

– Chut ! lui ai-je ordonné. Comment t'appelles-tu ?

– Thomas ! a-t-il répondu, l'air de cracher au visage d'Alvina.

– Où est votre mère ? ai-je lancé à cette dernière.

– Chez le dentiste.

– Donc, tu es censée le surveiller ?

– Surveiller la chose, m'a-t-elle corrigée.

Elle haletait. Ses lèvres étaient retroussées sur ses dents comme celle d'un chien qui gronde. Alvina dans toute sa splendeur. L'attitude de Thomas m'a étonnée. Certes, il tentait d'éviter son aînée, mais il cherchait aussi à rendre coup pour coup. Il n'avait pas plus peur d'elle que Dootsie n'en avait eu peur, chez Margie. « Attends un peu qu'il grandisse, Alvina, et tu le regretteras », ai-je songé.

– On parle de ton frère, là, pas d'une chose, ai-je rouspété.

– La chose va crever dès que tu auras tourné les talons.

– Dans ce cas, je reste jusqu'au retour de ta mère.

– Hourra ! a beuglé Thomas.

Il a avancé d'un pas, a lancé sa jambe nue vers sa sœur. Qui s'est ruée à l'assaut. J'ai brandi le doigt sous son nez.

– Pas bouger ! ai-je dit en m'efforçant d'avoir l'air sévère.

Le petit a éclaté de rire.

– Ouais ! Pas bouger, le chien-chien !

Sur ce, et sous mes yeux éberlués, il s'est penché, il a baissé son slip noir et jaune et il a montré ses fesses à sa sœur. Laquelle devait avoir l'habitude, car elle a réagi sans surprise ni dégoût. Prenant son élan, elle s'est bornée à cracher sur la lune offerte. Thomas a poussé un hurlement de tous les diables, et s'est reculotté en frottant son derrière. Sentant qu'elle avait l'avantage, Alvina a de nouveau plongé, mais je l'ai bloquée de mon bras.

– Stop, Alvina !

Elle s'est figée.

– Ah ouais ? a-t-elle ricané, narquoise. Et tu comptes me retenir comment ? En me cognant ?

Bonne question. Je n'avais pas la moindre idée du comportement à adopter. Fallait-il la chatouiller ? Nous nous sommes défiées du regard pendant un long moment, et elle a fini par baisser les yeux. Son expression s'est modifiée.

– Regarde ce qu'il a fait ! s'est-elle exclamée en brandissant sa main.

Son petit doigt saignait. Celui à l'ongle élégant. Qui était devenu un très inélégant moignon.

– Que s'est-il passé ?

– Il l'a coupé.

En gémissant à présent, elle m'a raconté le répugnant incident. Thomas avait mis la main sur le coupe-ongles de son père. Dès que leur mère était partie, il s'était amusé à tailler tout ce qu'il trouvait – ses ongles des mains et des pieds, ses sourcils, ses cils. Comme il faisait ça à la table du petit déjeuner, Alvina était descendue à la salle télé avec son bol de céréales. Allongée dans le fauteuil relax extrêmement confortable de son père, elle avait regardé un feuilleton. Sauf que ce siège avait toujours le même étrange effet sur elle – sitôt qu'elle s'y installait, elle s'y endormait à moitié. Elle somnolait, bercée par le bruit du poste, quand elle avait senti qu'on tirait sur son auriculaire et perçu un clic. Ouvrant un œil, elle avait découvert Thomas, un sourire immense sur les lèvres, qui brandissait le centimètre d'ongle rose et verni qu'il venait de tailler. Pour rajouter à l'horreur de la situation, sous le choc que lui avait inspiré la vision de son ongle mutilé, Alvina avait tendu le bras, expédiant par terre la coupe (gagnée au bowling par son père) posée sur la table basse. Le trophée s'était brisé en deux. Et, comme si ça ne suffisait pas, elle s'était entaillé la main sur l'arête acérée d'un des débris, d'où la vilaine coupure sanguinolente. C'est à ce stade que les hurlements avaient commencé.

J'ai eu droit à l'essentiel de l'histoire pendant que je l'entraînais dans la maison tout en lui demandant où se trouvait la salle de bains et l'armoire à pharmacie – Batman trottinant derrière nous (« Elle va saigner à mort ? ») – avant de passer sa main sous l'eau froide, d'appliquer un antiseptique. L'estafilade était si longue que j'ai dû utiliser un rouleau de bande adhésive au lieu de pansements prédécoupés.

– Tu montreras ça à ta mère, lui ai-je dit après avoir terminé. Une piqûre contre le tétanos sera peut-être nécessaire.

Alvina n'a pas répondu. J'ai levé les yeux. Sa lèvre tremblait. Une larme – une vraie larme – roulait sur sa joue. Elle contemplait son ongle tailladé. Me levant du rebord de la baignoire où je m'étais assise pour la soigner, je l'ai prise dans mes bras et serrée contre moi. Je m'attendais à ce qu'elle résiste, ça n'a pas été le cas. Batman en est resté comme deux ronds de flan.

– Tu l'aimais, cet ongle, hein ? ai-je chuchoté.

Elle a hoché la tête. J'ai regardé Thomas.

– File t'habiller, Batman.

Il a déguerpi sans demander son reste. Nous sommes sorties de la salle de bains. Dans le couloir, nous sommes passées devant quelque chose que j'avais été trop préoccupée pour remarquer plus tôt : un découpage deux fois grandeur nature d'une tête de pitbull montrant les dents. Le carton était collé sur une porte.

– Ta chambre ?

– Ouais.

Moi, toujours curieuse :

– Tu m'invites ?

Elle a poussé le battant, je suis entrée. J'ai dû pour cela enjamber un jeu de cartes éparpillées à tous les vents, une pile de jetons de poker ainsi qu'une crosse de hockey. Dans un coin, un ours en peluche unijambiste coiffé d'un casque de football. Accrochée au mur, la une d'un faux journal proclamait :

ALVINA KLECKO
COURONNÉE CHAMPIONNE DE BOXE,
CATÉGORIE POIDS LOURDS

Suspendu à un montant du lit, un nunchaku noir. Pas de fanfreluches. Pas de rose. Mais sur une étagère au-dessus de la tête de lit, une rangée de poupées. Apparemment alignées de la plus jeune à la plus vieille, des bébés aux modèles les plus glamour. Parmi elles, quelques Barbie. J'ai compté onze poupées – une pour chaque anniversaire, je suppose. Les yeux rivés dessus, j'ai tenté de les adapter à la fillette que je croyais connaître. Je me serais plutôt attendue à des G.I. Joe, à des Hulk ou des Terminator.

– Des Barbie ? ai-je murmuré, médusée, en regardant Alvina.

– Ça te pose un problème ? a-t-elle rétorqué.

Fin de la discussion. Récupérant l'ongle coupé au fond de sa poche, elle l'a collé contre son doigt.

– Tu crois qu'on peut le réparer ? a-t-elle marmonné.

– On verra. On va réfléchir à une solution.

Elle a contemplé la rognure encore un moment, puis ses traits se sont durcis, et elle l'a jetée par terre et l'a écrasée du pied.

– C'est pas grave, a-t-elle décrété. Je m'en fous.

Fouillant de nouveau dans sa poche, elle en a sorti un canif. Elle l'a ouvert et a taillé ras ce qu'il restait de son ongle, envoyant des copeaux luisants dans tous les sens.

– Arrête !

Je lui ai immobilisé le poignet et je l'ai délestée de son couteau.

– Je m'en fous, a-t-elle répété.

Elle s'est alors emparée de son nunchaku, en a fait claquer les bâtons, a pris une pose de karatéka. Le fléau a commencé à virevolter dans tous les sens, cependant qu'elle poussait des cris guerriers. Thomas, qui était revenu, a aussitôt décampé. Je l'ai entendu dégringoler les marches jusqu'au rez-de-chaussée. J'ai eu la très forte impression qu'il avait été victime de l'arme plus souvent qu'à son tour.

Tout en observant Alvina s'agiter à grand renfort de hurlements et de claquements de bâtons, son nounours en plastique jaune souriant autour de son cou, j'ai été submergée par une vague de tristesse. Peut-être me rappelait-elle moi, à l'époque de ma pire période au lycée de Mica, quand je dansais, seule.

Lorsqu'elle en a eu terminé, elle a expédié le nunchaku par-dessus sa tête en direction du lit, où il s'est enroulé autour du montant.

– Impressionnant, ai-je commenté. Tu t'es entraînée ?

– Non, a-t-elle menti.

Le silence s'est installé. Elle a flanqué un coup de pied dans la crosse de hockey, qui est allée se fracasser contre le mur. Puis elle l'a contemplée, l'air perdu, écartelée entre son passé et son futur. J'ai eu envie de l'embrasser. De lui conseiller la patience. De lui expliquer qu'elle était entre deux Alvina, que la prochaine l'attendait sur le calendrier.

– Alvina... ai-je murmuré, j'ai croisé un homme, près des tas de pierres de la vieille cimenterie. Il est toujours coiffé d'un bonnet vert. Il me demande tout le temps...

– « Tu me cherches ? »

– Oui.

– Arnold le fou.

– Arnold ?

– Ouais.

– Tu le connais ?

– Tout le monde le connaît. Il est dingo.

Un bref éclat de rire lui a échappé. C'était la première fois que je la voyais si près de s'esclaffer.

– Quoi ? ai-je lancé.

– Rien, a-t-elle répliqué en haussant les épaules, son sourire aussi vite effacé qu'il était apparu. Les gosses s'amusent à le suivre, et il s'en rend même pas compte. Après, tu lui plantes ton doigt dans le dos en criant « Touché ! », il se retourne, et toi tu t'enfuis en criant. Des trucs de môme, quoi.

Brusquement, elle est sortie de sa chambre en lançant :

– Je me tire de ce trou pourri.

En la suivant, j'ai remarqué le battant intérieur de la porte. Y était scotchée une photo, un modeste portrait comme ceux des écoles. Celui d'un garçon. Un blondinet. Où l'avais-je rencontré ? Soudain, ça m'est revenu. Au festival du Cornouiller ! C'était le gamin avec lequel Alvina s'était bagarrée. « Nom d'un chien ! me suis-je dit. L'amour vache ? »

J'aurais bien aimé la cuisiner à ce sujet, mais j'ai réussi à tenir ma langue (ce qui ne m'est jamais facile, comme tu sais) et je suis allée terminer mon jardinage. Lorsque Mme Klecko est revenue, je lui ai donné une version édulcorée de la « catastrophe de l'ongle rogné » avant d'emmener Alvina chez l'esthéticienne, où on l'a dotée d'un petit chef-d'œuvre tout neuf, tout rose et tout brillant.

Ce n'est qu'une fois rentrée chez moi que je me suis effondrée sur mon canapé et me suis autorisée à rire aux larmes au souvenir du petit Thomas montrant ses fesses à sa sœur aînée.

13 JUILLET

Arnold.

J'ai pensé à lui. Je me le suis représenté enfant. Tout gosse, plus précisément. Petit Arnold. La scène se déroule comme suit : un marmouset dodu en bonnet de laine vert mousse à pompon. C'est l'été. Après le dîner. Il joue avec les mômes du quartier près de la cimenterie et des tas de pierres. À cache-cache. Presque chaque fois qu'une partie est organisée, Petit Arnold est le premier trouvé. Aujourd'hui, il est bien décidé à ce que ça ne se produise pas. Alors, quand celui qui s'y colle compte tout fort jusqu'à cent, Petit Arnold décampe. Il ne va pas aux endroits habituels, pas derrière un tas de pierres, pas derrière la grosse roue de la bétonnière. Cette fois, il court, court, court. Le long de la voie ferrée, au-delà du canal, sur la berge de la rivière. Jusqu'à ce qu'il ne puisse plus entendre le garçon compter tout fort.

Là, il continue à courir, berge de la rivière, bas-côté de la route... non ! Il est à découvert. Ils vont le voir, ils vont le trouver – « C'est toi qui t'y colles, Arnold ! » Alors, il traverse les champs, il entre et sort des bois, il court, court, court et grimpe les collines, et redescend des collines, et le bruit de ses pas chante un refrain : *Pas cette fois, pas cette fois...* Enfin, quelque part au bout du monde, il arrive dans une cachette merveilleuse – c'est peut-être un tunnel qui mène au cœur invisible d'un buisson de ronces, peut-être un recoin douillet entre deux piles de traverses de chemin de fer – et il s'y faufile, se pelotonne et commence à écouter le silence que seul son propre souffle rompt. Et attend. Et songe qu'il n'a pas grand-chose d'autre à faire qu'attendre.

Un sourire se dessine sur son petit visage rond. Peut-être même qu'il rit – c'est plus fort que lui – tandis qu'il pense à ceux qui le cherchent, qui se cherchent, qui disent : « Où est Petit Arnold ? », et disent ensuite (et c'est le meilleur moment) : « Il ne reste plus qu'Arnold », et disent encore (non, c'est celui-ci, le meilleur moment) : « Petit Arnold a gagné ! » Et lui attend, attend, et pense, pense, et sourit,

sourit, et croit parfois les entendre l'appeler. Parfois aussi, il a l'impression qu'ils sont juste à côté, à l'extérieur du bouquet de ronces. Il tressaille même, car il sent une main prête à l'attraper par l'épaule, geste qui sera suivi de l'habituel cri joyeux : « C'est toi qui t'y colles maintenant, Arnold ! » Mais non... non... non... Les insectes bourdonnent, quelque part le sifflet d'un train appelle : « Arnoooooooooold ! »... Quand s'est-il mis à faire si noir ? Il lève sa main devant ses yeux. Il ne se voit pas lui-même.

Il finit par rentrer à la maison – ce même soir, peut-être, ou le lendemain. Il retrouve ses parents affolés, peut-être même y a-t-il la police chez lui. La vie continue. Les jeux continuent. Les après-dîners. Les étés. Les années. Mais ce fameux soir, cette fameuse partie de cache-cache sont les moments qu'il ne peut oublier, les moments qui ne se terminent jamais.

Et je me dis : « Arnold sait quelque chose qu'Alvina ignore, quelque chose dont n'est conscient aucun des enfants qui l'embêtent : il aime qu'ils lui plantent leur doigt dans le dos en lui criant "Touché !" »

18 JUILLET

Nouvelle journée caniculaire. Quel pays infernal ! Et sec. Nous avons eu neuf jours d'affilée à plus de trente-cinq degrés ce mois-ci, et quasiment pas de pluie. L'herbe a des allures de paille. Même les mauvaises herbes ont du mal à pousser. Mon affaire de Modeste Jardinière commence à s'en ressentir.

Aujourd'hui, je me suis octroyé un jour de repos au complexe nautique. Invitée par Alvina et sa mère qui ont une carte de membre. Nous avons pataugé et nagé pendant un bon moment, puis Mme Klecko et moi nous sommes réfugiées à l'ombre du pavillon abritant le bar extérieur. C'est de là-bas que j'ai soudain aperçu une silhouette qui escaladait le grillage qui entoure le club. Bien que l'intrus soit trop loin pour que je distingue son visage, j'ai immédiatement identifié Perry. Agile comme un singe, il a franchi la barrière en un clin d'œil, s'est relevé d'une galipette, a sauté par-dessus deux personnes qui lézardaient au soleil et a foncé droit sur la piscine. D'un bond, il a enjambé le panneau interdisant de courir pour plonger du côté profond du bassin. Il n'a pas eu besoin de se changer, car il ne portait qu'un bermuda usé. Il a bien dû se passer dix minutes avant que je le voie resurgir – et prenne conscience que j'étais restée focalisée sur l'eau tout ce temps.

Perry a grimpé l'escalier du grand plongeoir et s'est planté à l'extrémité vacillante de la planche, visiblement très content de lui. Rien d'arrogant ni de dédaigneux dans son attitude, plutôt une impression d'aise, le sentiment d'être à sa place en ces lieux, chez lui, en équilibre sur le bord de l'infini, dominant les foules bruyantes qui pataugeaient, le corps étincelant sous le soleil, le monde offert à lui – lui, le roi de Pennsylvanie.

Puis il a sauté.

Lorsqu'il a voulu se hisser hors du bassin, une main a attrapé sa cheville et l'a ramené dans l'eau. Il y a eu des piaillements féminins, des rires, des gerbes d'eau. Une rousse a émergé près de lui ; puis leurs têtes n'ont cessé de crever la surface que le soleil pailletait d'or. Ils ont fini par ressortir du côté le moins profond de la piscine. La fille portait un deux-pièces bleu pâle. Ils se sont avachis sur un drap de bain rayé aux couleurs vives, assez vaste pour deux, à condition de s'allonger très près l'un de l'autre.

Ils se reposaient depuis quelques minutes quand, tout à coup, en provenance de la pataugeoire, une autre fille – Alvina ! – s'est précipitée sur eux pour répandre un seau d'eau sur le visage de Perry. Ce dernier s'est aussitôt lancé à sa poursuite, et elle a filé en hurlant, jetant son seau dans la bagarre. Ils ont plongé dans le grand bain, et je les ai perdus de vue. Puis il a réapparu, seul. Il n'a pas rejoint la rousse sur sa serviette. Je ne sais pas pourquoi, mais j'en ai été heureuse.

De nouveau, il a sauté du plongeoir. Traversant la foule des gens qui bronzaient et des enfants qui hurlaient, je me suis lentement enfoncée dans l'eau. J'ai erré, frôlée par d'autres corps ; j'ai renvoyé un ballon, j'ai marché sous la surface, yeux ouverts, cherchant son bermuda. Soudain, il a surgi, sa nuque juste devant moi.

– Salut ! ai-je dit.

Il s'est retourné. J'ai d'abord eu l'impression qu'il ne me reconnaissait pas. Mes cheveux mouillés, sans doute. Puis il a souri, a trempé son menton dans l'eau, a avalé une gorgée et me l'a recrachée en pleine figure. Puis il s'est volatilisé. Je suis restée là comme une idiote. Quelques instants plus tard, je l'ai aperçu qui grimpait le grillage et s'éloignait au petit trot.

Plus tard, dans le pavillon, j'ai discuté avec Alvina.

– Je t'ai vue avec ce garçon. Perry.

– Oui, a-t-elle répondu en jouant avec son collier ourson. Je me suis vengée des beignets qu'il a volés dans la véranda de Mme Dingo.

– Tu lui as couru longtemps derrière, ce jour-là.

– Ah bon ? a-t-elle marmonné en examinant son nouvel ongle.

– Je m'étonne que toi, tu estimes qu'un garçon mérite qu'on lui coure ainsi après.

– Si je l'avais attrapé, je lui aurais démoli la tronche.

– Vraiment ?

– Ouais.

– J'ai eu l'impression que tu le connaissais, ce Perry.

– Je connais des tas de gens.

– Et lui, tu l'as rencontré comment ?

– Il vient, des fois.

– Chez Margie ?

– Ouais.

– Pour voler des beignets, j'imagine ?

– Ouais, a-t-elle ronchonné en mordillant un de ses neuf ongles inélégants. C'est un délinquant.

– Je n'irais pas jusque-là, ai-je objecté.

Étrangement, j'avais envie de le défendre.

– Si. Il a été en taule.

Rien que ça !

– En prison ?

– En camp militaire.

– L'armée ? Mais il est trop jeune pour ça !

– Non, un camp de redressement, comme les semaines d'entraînement pour les soldats. Sauf que c'est pas l'armée. C'est pour les délinquants juvéniles. Il a été obligé de nettoyer les toilettes à la brosse à dents.

– Il a été condamné à une peine en maison de rééducation ?

– Ouais.

– Pour quelle raison ?

– Vol.

– Et il est resté combien de temps là-bas ?

– Aucune idée. Un an, peut-être.

J'ai repensé à Perry escaladant le grillage. Si ça se trouve, il avait eu droit à ce genre de parcours du combattant tous les jours, en camp de redressement.

– Il a des petites copines ?

Nom d'un chien ! Pourquoi cette question m'a-t-elle échappé ? Alvina a tordu la bouche comme si elle venait d'avaler un insecte.

– Et comment je le saurais, hein ? a-t-elle rétorqué.

19 JUILLET

Je te raconte cela, Léo, parce que :

1. Tu ne liras jamais cette Lettre La Plus Longue Du Monde, donc ça n'a aucune importance.

Ou...

2. Tu la liras, ce qui signifiera que toi et moi serons réunis. En effet, il est hors de question que je te poste cette lettre – tu ne la recevras

que de mes mains aimantes. Ce qui ne se produira pas tant que nous ne nous retrouverons pas dans la même pièce. Or, cela ne sera possible que si je suis sûre que toi et moi serons ensemble pour toujours. Auquel cas, encore une fois, ça n'a aucune importance.

Alors...

J'ai oublié de planter mon marqueur hebdomadaire sur la Colline calendaire (c'est ainsi que je la nomme désormais). Non, mon réveil n'est pas cassé. Il m'a réveillée à temps aujourd'hui. Simplement, je ne me suis pas levée. J'étais en plein rêve. Je rêvais que j'étais assise au sommet d'un des tas de pierres quand Arnold arrivait de sa démarche traînante. Il marmottait quelque chose, d'une voix si basse et si confuse que je ne l'ai pas compris cependant. « Qu'avez-vous dit ? » lui ai-je lancé. Il n'a pas répondu, a poursuivi son chemin. « S'il vous plaît ! » Rien. Plus il s'éloignait, plus fort je criais. Il a fini par atteindre le canal, a sauté dedans. Je me suis précipitée sur la berge et j'ai scruté les eaux noires. J'ai distingué une ombre mouvante. J'ai deviné qu'il ne s'agissait plus d'Arnold mais de quelqu'un ou de quelque chose d'autre. J'ai eu envie de plonger à mon tour, sauf que j'avais peur car, une fois dans l'eau, je devinais que je me noierais, que je deviendrais moi aussi une ombre mouvante.

C'est là que le réveil a sonné. J'étais tendue, couverte de sueur. J'étais aussi soulagée sans l'être, car j'avais compris que l'ombre mouvante était Perry, que Perry était Ondine et qu'Ondine était Perry. Afin de prolonger ce moment onirique à la fois délicieux et effrayant, j'ai mâchonné le temps comme on mâche un chewing-gum ; je l'ai étiré dans l'obscurité jusqu'aux lueurs de l'aube, lorsque la lumière caressant le rebord de ma fenêtre m'a indiqué qu'il était trop tard pour saluer le soleil levant.

23 JUILLET

Pas de rêve aquatique aujourd'hui, mais de l'eau, de la vraie, tombée du ciel. Il pleut ! Interruption de la canicule. L'herbe a accueilli les gouttes par une *standing ovation*. Les fleurs ont poussé des hourras.

Nous étions installées dans la cuisine de Betty Lou à nous régaler de carrés de guimauve aux grains de riz soufflés – Cannelle se contentait de lécher la guimauve, délaissant le riz soufflé – quand Dootsie a tendu le doigt en criant :

– La nuit !

Nous nous sommes tournées vers la fenêtre. Le ciel était presque noir. Au loin roulaient des grondements, et des éclairs blancs ont illuminé la cuisine. (Une pensée stupide m'a traversé l'esprit : Dieu venait-il de nous prendre en photo ?) Le tonnerre nous a assommées. Cannelle a sauté sur mes genoux, Dootsie a foncé vers la porte de derrière, je l'ai rattrapée juste avant qu'elle ne sorte.

Le déchaînement de violence a duré vingt minutes, puis la pluie a continué de chuchoter. Dootsie et moi avons prestement enlevé nos chaussures pour danser dans le jardin. Nous avons essayé de convaincre Cannelle de danser avec nous – il n'est pas fana de l'eau, cependant, et s'est réfugié sous une feuille d'hortensia, d'où il nous a observées. Betty Lou nous contemplait de derrière la moustiquaire. Mains nouées, Dootsie et moi tournions comme des folles au fond du jardin lorsque Betty Lou a crié :

– Attention à ma reine de la nuit !

Je me suis arrêtée pour regarder autour de moi. La plante la plus proche, une sorte de grimpante grise et sinueuse qui s'enroulait autour d'un manche à balai, poussait dans un grand pot en argile couleur brique. Elle m'arrivait à l'épaule. Je me suis rappelé l'avoir déjà vue, mais à l'intérieur de la maison, près de la fenêtre du salon.

– Vous voulez dire ça ? ai-je demandé.

– Oui. Elle fait ma fierté et ma joie. Ne la renversez pas.

Quand nous sommes rentrées, Betty Lou nous a obligées à retirer nos vêtements humides afin d'enfiler des peignoirs. Comme elle reste vingt-quatre heures sur vingt-quatre et sept jours sur sept chez elle, elle possède une vaste collection de robes de chambre et de peignoirs. Dootsie donnait l'impression qu'une bête carnivore poilue bleue l'avait avalée, tête exceptée. Puis Betty Lou nous a parlé de la plante en pot.

– Elle ne fleurit que la nuit. Une seule nuit par an, une fleur unique. C'est tout. Après, il faut attendre l'année suivante. D'ailleurs, la mienne ne s'épanouit pas tous les ans. Voilà même deux ans de suite qu'elle boude. C'est une cactée, originaire du désert, pas de Pennsylvanie. Son pays lui manque. L'hiver, je la rentre. Enfin, c'est M. Levanthal, mon voisin, qui la transbahute pour moi.

Elle s'est interrompue, a regardé avec nostalgie par la fenêtre.

– Ma reine de la nuit ! a-t-elle soupiré. Elle dégage un parfum extraordinaire. Un arôme de vanille si puissant qu'il en est presque écœurant. Tu es obligée de t'accrocher à quelque chose, sous peine que ses fragrances ne te fassent défaillir.

– Ça veut dire quoi tout ça ? a pépié Dootsie.

– Que ma plante sent très bon, chérie, a expliqué Betty Lou avant de me lancer un coup d'œil triste. Elle était le doux centre de mon existence. À présent, elle a pris une saveur douce-amère.

J'avais beau deviner pourquoi, j'ai quand même posé la question.

– J'étais capable de déterminer quand elle allait fleurir, a soupiré Betty Lou derechef. J'inspectais de près le bouton. Quotidiennement. (Elle a eu un petit rire.) J'étais sa mère, en quelque sorte. Lorsque je pressentais que la floraison était pour ce soir-là, j'invitais les voisins. Nous nous rassemblions au crépuscule dans le jardin et attendions en buvant du champagne. Toute la nuit, nous observions les pétales qui se déployaient, nous humions le parfum qui envahissait l'atmosphère. Nous restions là, debout, silencieux comme à l'église, nous imprégnant de ce spectacle si rare et si fugace, l'imprimant dans notre mémoire. Parfois, nous entendions même les papillons de nuit voleter alentour.

– Ah bon ?

– Oui, ils venaient par centaines. Ce sont les papillons qui se chargent de la pollinisation des reines de la nuit. Comme nous autres humains, j'imagine que leur arôme les attire. Ou alors, ce sont les pétales blancs de la corolle.

– Une seule fois par an, ai-je répété.

– Oui. Bien avant l'aube, la fleur se flétrit et meurt.

Le silence s'est installé un long moment, juste rompu par le cliquetis des griffes de Cannelle sur la table. Dootsie l'avait dressé sur ses pattes arrière et essayait une fois encore de lui apprendre à danser.

– Quelle ironie de la nature, a fini par conclure Betty Lou. La reine a besoin de soleil, et c'est pour ça que je la mets au fond du jardin, mais elle garde sa floraison pour la lune. Le soleil ne voit jamais ce qu'il a engendré.

– Elle prend au jour pour donner à la nuit, ai-je renchéri.

– Très joli, chérie, m'a-t-elle dit en tapotant ma main. Tu devrais écrire.

Elle s'est levée, s'est approchée de la moustiquaire. La pluie avait cessé.

– Le soleil tente de percer les nuages, a-t-elle poursuivi en respirant profondément. Aah ! Je ne suis pas assez folle pour ne pas apprécier une bonne bouffée d'air frais. Viens ici, Stargirl.

Je l'ai rejointe.

– Regarde-moi ce jardin ! Comme il est terne ! Il y avait une pub pour des hamburgers, autrefois, dans laquelle une vieille dame disait : « Où est la viande ? » Eh bien moi, je dis : « Où sont les fleurs ? »

Elle a secoué la tête, désolée.

– Ah, les filles... a-t-elle murmuré.

Elle s'est retournée, a vu Cannelle, s'est reprise.

– Pardon. Vous les filles, et toi mon garçon, si vous aviez pu admirer mon jardin avant que je ne devienne agoraphobe ! C'était un joyau, si je puis me permettre. Souvent, les passants le reluquaient par-dessus la barrière du fond. Mais qu'est-ce qu'un jardin sans jardinier, hein ?

Et elle a refermé la porte.

25 JUILLET

Aujourd'hui, Arnold marchait devant moi, sur le trottoir. Deux petits garçons le suivaient en douce. L'un d'eux a tiré sur l'ourlet de son caban, puis tous les deux ont crié : « Touché ! » avant de s'enfuir à toutes jambes. J'ai eu l'impression d'assister à une pièce de théâtre ; je pouvais revenir ici tous les jours, je verrais la même chose. Les garnements couraient dans ma direction, les yeux écarquillés par la frayeur. Ils m'ont découverte, adulte qui allait les disputer et, au dernier moment, ils ont traversé la rue. Là, ils se sont montrés mutuellement du doigt en s'esclaffant :

– Tu l'as fait !

– Tu l'as fait !

J'ai eu envie de leur lancer :

– Tout va bien ! Vous n'êtes que des enfants. Et lui n'est qu'Arnold. Tout cela est prévu par le scénario.

27 JUILLET

Une banderole est suspendue au-dessus de Bridge Street. Lettres noires vacillantes sur fond rouge sang :

LE BLOB ARRIVE !

The Blob[1] est un film de SF de la fin des années 1950. Il paraît que c'est un classique. Il a été en partie tourné ici, au cinéma *Le Colonial.* Voilà pourquoi, tous les ans, la ville organise le festival du Blob. Ici, pas de reines ni de fanfares. Durant la journée se déroule une sorte de fête de quartier au centre-ville – *La Comète Bleue* installe un barbecue dans la rue et vend des blob-burgers. Mais c'est surtout un événement nocturne. Les habitants se rendent au Colonial pour regarder le film. Il n'y a ni friandises ni pop-corn. À la place, Margie installe un

1. Ou *Danger planétaire* en version française, film d'Irvin S. Yeaworth Jr avec Steve McQueen en vedette (1958).

étal dans le hall et propose des bloboteries, gros morceaux de pâte frits qu'elle teint d'un horrible rouge grâce à des colorants naturels. Les lieux sont tellement bondés que les spectateurs sont assis par terre dans les allées, ce qui rend le pompier de service nerveux. Du coup, les portes de la salle restent ouvertes, et un camion d'intervention est garé devant l'entrée.

Vient ensuite l'heure de la projection. Le Blob est une créature extraterrestre, magma visqueux d'un rouge sombre qui tombe sur Terre et terrifie une bourgade. J'ai cru comprendre – rappelle-toi que je n'ai pas encore vu le film – qu'il était une espèce d'estomac de l'espace. La créature se déplace en dégoulinant de lieu en lieu et engloutit les habitants qu'elle digère lentement. On m'a expliqué que c'était plus drôle que répugnant, parce que, en 1958, les effets spéciaux n'étaient pas des plus convaincants. Ce qu'il ne faut cependant surtout pas dire aux enfants du public, qui se font une joie de hurler de terreur. Quant aux adultes, ils s'efforcent eux aussi d'avoir peur. Tout le monde veut être au diapason, dans l'état d'esprit approprié, car le festival du Blob est, avant tout, une reconstitution.

En effet, la scène la plus forte du film a été tournée au Colonial. Le Blob se glisse dans la salle de projection et avale le projectionniste avant de suinter par les fenêtres pour s'introduire dans la salle proprement dite. Un spectateur lève les yeux, le voit et, la minute d'après, tout le monde s'enfuit en braillant dans la rue. C'est cette scène qui illustre les affiches accrochées dans toute la ville – les spectateurs émergeant du cinéma en s'égosillant. C'est également elle que l'on va rejouer dans un mois.

Dootsie m'a prévenue depuis longtemps que je devrai l'y emmener. Elle s'entraîne déjà à hurler comme il se doit.

28 JUILLET

– *Et lui, tu l'as rencontré comment ?*
– *Il vient, des fois.*
– *Chez Margie ?*
– *Ouais.*

D'ordinaire, je ne vais pas chez Margie le samedi. Aujourd'hui, si. Il n'était pas là.

J'écoute la symphonie estivale qui se joue sous ma fenêtre. En vérité, c'est loin d'être une symphonie. Il n'y a pas de mélodie, juste les mêmes notes inlassablement répétées. Bourdonnements et stridulations, trilles et craquètements. On dirait que les musiciens de l'orchestre des insectes ne font qu'accorder leurs instruments, attendant que le maestro tapote son pupitre avec sa baguette et les rappelle à l'ordre. Pour ma part, je souhaite que le chef d'orchestre ne vienne jamais, tant j'aime ce bazar musical.

Tous les jours désormais, je passe vérifier la reine de la nuit de Betty Lou. Le bouton, très long, me fait penser à un haricot géant. Chaque fois, il me semble plus gros, plus gonflé. De nouveau, le temps est chaud et sec, à croire que l'Arizona nous rend visite. Je pense à la fleur dans son bouton : blottie, à l'étroit, dans le noir. Pourtant elle sent la nuit, elle distingue la lune du soleil. Elle patiente... patiente.

Nous n'avons jamais écouté les grillons ensemble, Léo. Je n'ai jamais vu la lune dans tes yeux. Si tu dois m'embrasser de nouveau un soir, je regarderai.

Je me sens seule.

29 JUILLET

De la couleur au bout du bouton, à présent. Un blanc veiné de rose. Des pétales plumeux, superposés, endormis. Un cygne miniature sur le point de naître.

Je me suis occupée de deux jardins, aujourd'hui. Je n'ai pas croisé une seule reine de la nuit ailleurs que chez Betty Lou.

31 JUILLET

Après dîner, je me suis étendue sur mon lit. Je n'avais pas l'intention de m'endormir. Pourtant... lorsque je me suis réveillée, la nuit était tombée. Tout était éteint dans la maison. Je me suis levée en vitesse et j'ai couru chercher mon vélo. J'avais parlé de la plante à mes parents et les avais avertis qu'une de ces nuits prochaines...

J'ai pédalé comme une folle furieuse jusque chez Betty Lou. La lune haute étincelait, éclairant ma route. J'ai tourné dans l'allée, expédiant une giclée de graviers au loin. Je la sentais déjà. L'odeur de la vanille ! J'ai sauté de ma bicyclette et j'ai ouvert la barrière. Oui, elle était là, si belle que j'ai eu envie de pleurer. C'était comme si une pierre était tombée dans une flaque de lune et que la fleur en était l'éclaboussure. Sa taille m'a surprise – elle était aussi large que mes deux mains côte à côte. Ses fragrances m'ont donné le vertige. Je me suis mise à genoux, si bien qu'elle me dominait. J'ai pris conscience de doux bruissements, les papillons, qui voletaient, se posaient sur la corolle ou en décollaient. Je suis restée ainsi agenouillée pendant je ne sais combien de temps. Une sensation étrange m'a envahie, celle d'un dialogue, d'une conversation entre la fleur magnifique et la lune. Fermant les yeux, je me suis laissé submerger par ce miracle. Pourtant, aussi merveilleux soit-il, quelque chose manquait. Le partage. Je t'aurais voulu avec moi, Léo. Ou Archie.

J'ai jeté une poignée de gravillons au carreau de Betty Lou. Elle a fini par se montrer. J'ai désigné la plante.

– Elle fleurit ! ai-je chuchoté sans oser crier, par crainte de réveiller le voisinage.

Le visage a disparu et, une minute plus tard, la porte de derrière s'est ouverte. Betty Lou, en robe de chambre, s'est postée sur le seuil. J'ai tendu la main.

– Venez.

Un instant, j'ai cru qu'elle allait oublier sa maladie. Non, hélas.

– Je ne peux pas, a-t-elle répondu.

– C'est si beau, ai-je insisté.

– Je sais, a-t-elle murmuré.

La lune illuminait la tristesse de ses traits.

– Je suis avec vous, ai-je repris, les bras levés vers elle. Ça ne durera qu'une minute. Tout se passera bien, vous ne risquez rien.

– Je la sens d'ici.

– Oui. Venez la regarder, maintenant. Elle a envie de vous voir.

Un long silence s'est installé. Puis les gonds de la moustiquaire ont grincé. Betty Lou a tendu une main d'une pâleur fantomatique. Je l'ai prise, mon amie a refusé de me suivre.

– Je ne peux pas, a-t-elle répété. Je suis navrée.

Elle pleurait. Je lui ai dit de ne pas bouger et je suis retournée vers la plante. J'ignore comment je me suis débrouillée, mais j'ai réussi à rapprocher le gros pot jusqu'à la porte. Il m'a fallu un bon moment. C'est ainsi que nous avons passé la nuit, Betty Lou et moi, en compagnie de la fleur magique. Selon la tradition, Betty Lou a ouvert une bouteille de champagne, je me suis contentée d'un jus de canneberge. Nous avons bu à la santé de la reine de la nuit, avec l'écran sombre de la moustiquaire entre nous. Nous avons bu à la santé de la lune, des papillons et de toutes les choses éphémères. Nous nous sommes tenu la main par la porte entrebâillée et nous sommes relayées pour chanter des chansons douces. Nous avons partagé nos rêves. Nous sommes restées silencieuses comme la fleur. Nous nous sommes assoupies, elle contre la moustiquaire, moi sur le perron. Lorsque nous nous sommes éveillées, le soleil se levait, et la fleur était morte.

2 AOÛT

Mon chariot du bonheur est retombé à cinq galets.

Aujourd'hui, la température a flirté avec les trente-huit degrés. Je devais travailler dans un jardin. Je défie la chaleur en commençant tôt le matin.

3 AOÛT

Je me suis réveillée en sueur, malgré le ventilateur installé au pied de mon lit. J'avais rêvé, mais mon songe s'était déjà enfui.

Je me suis habillée et suis descendue sans bruit au rez-de-chaussée. À vélo, j'ai écumé la nuit, accompagnée par la lune. Je suis passée par les rues désertes, sous la bannière du Blob, jusqu'au canal. J'ai franchi le pont et me suis arrêtée devant Ike – réparation de motos et de tondeuses. Une voiture était garée dans la cour J'ai posé mon vélo par terre sans faire de bruit, puis j'ai écouté les insectes pendant un instant. Et j'ai finalement contourné le bâtiment. En voyant l'échelle, j'ai eu un moment de recul. L'immeuble n'avait qu'un étage, mais le toit semblait caresser le ventre de la lune et paraissait aussi inaccessible que la tour de Babel.

Prenant une grande aspiration, je me suis lancée à l'assaut.

Il était allongé au milieu du toit, sur une couverture, membres écartés en croix, nu, sauf pour le bermuda usé qu'il portait à la piscine. La lune lui servait de drap. J'ai pensé à toi, Léo, qui ne baissait pas le store de ta fenêtre afin que la lune éclaire ta chambre. Je me suis assise sur le rebord du toit et je l'ai observé, écoutant sa respiration. Je crois que j'aurais pu rester ainsi toute la nuit, mais il s'agissait d'une personne, pas d'un cactus dans un jardin. Au bout de quelques minutes, j'ai lancé :

– Salut, Perry !

Il n'a pas réagi. J'ai recommencé, plus fort. Ses yeux se sont ouverts sur le ciel avant de se mettre à bouger, même si son corps n'a pas bronché. Ses prunelles ont fini par se poser sur moi. Il a relevé un peu la tête.

– Qui c'est ? a-t-il demandé d'une voix un peu rauque.

Je me suis rendu compte que j'avais la lune dans le dos, que mon visage était dans l'ombre. Cette question toute simple m'a désarçonnée. Pour autant que je sache, il ignorait mon prénom. Comment m'identifier ? J'ai songé à plusieurs réponses, me suis décidée pour :

– La fille sur laquelle tu as craché.

Il a ri. Du moins, il a émis un bruit qui ressemblait à un rire. Sa tête est retombée sur la couverture, il a refermé les paupières. J'ai eu peur que notre conversation s'arrête là, mais il a repris :

– Qu'est-ce que tu veux ?

L'interroger n'était pas plus facile que me présenter.

– Dootsie m'a dit que tu dormais sur le toit, les nuits de chaleur.

– Tu n'as pas répondu à ma question.

Juste. Ses intonations lentes laissaient entendre qu'il avait envie de se rendormir, qu'il souhaitait que je lui fiche la paix.

– Je crois que je ne sais pas ce que je veux, ai-je murmuré. Je me suis réveillée, il faisait chaud, je ne retrouvais pas le sommeil. Je me suis rappelé ce que m'avait raconté Dootsie, et je suis ici.

– Tu n'as donc pas de toit ?

– Il n'est pas en terrasse. De plus, tu n'es pas sur le mien, mais sur celui-ci.

– Tu veux dormir ici ?

– Non, non, ce n'est pas ça.

– C'est quoi, alors ?

J'étais très mal à l'aise. Ce qui m'avait poussée à venir ici s'était évaporé.

– Je l'ignore, ai-je répondu. J'agis sans réfléchir. Désolée de t'avoir réveillé, ai-je ajouté en me levant, je m'en vais.

Sa main a balayé l'air.

– Ce n'est pas grave, a-t-il dit. Le mal est fait. Tu as un nom ?

Je me suis rassise.

– Stargirl.

Pour la première fois de ma vie, le prononcer à voix haute m'a embarrassée.

– Quoi ? a-t-il sursauté en rouvrant les yeux.

– Stargirl.

– Quoi ?

– Stargirl, ai-je répété.

J'ai cru qu'il allait en faire toute une histoire, mais il s'est contenté de marmonner :

– Ah bon.

Puis il a refermé les paupières. La conversation prenait un tour auquel je n'étais pas habituée. Je ne connaissais pas mes répliques.

– Comment parviens-tu à sucer des citrons comme ça ? me suis-je enquise.

– C'est jamais que du jus.

– Tu comptes aller au festival du Blob ?

– Aucune idée.

– Moi, j'y emmène Dootsie.

– Tant mieux pour toi.

– Tu vas souvent en douce à la piscine ?

– Quand j'en ai envie.

– Tu es plus courageux que moi. Je n'ai jamais sauté d'un grand plongeoir.

– Ce n'est pas grand-chose.

– Si tu as peur, si.

– Ainsi, tu es une trouillarde.

J'ignore à quoi je m'attendais, mais pas à ça. Qu'est-ce qui m'avait incitée à croire que je serais bien accueillie ? De nouveau, je me suis levée.

– Bon, excuse-moi, Perry, je...

Soudain, il s'est assis.

– Tu te pointes chez moi, tu grimpes ici et tu me réveilles ! a-t-il aboyé. Et maintenant, tu t'en vas ? C'est ça que tu voulais, me gâcher ma nuit ?

– Non.

– Alors, qu'est-ce que tu cherches ? À me regarder dormir ?

– Non.

– À parler ?

– Je crois, oui.

Je tremblais de tous mes membres.

– Parle, dans ce cas. J'ai cru comprendre que tu étais une bavarde. Tu me suis chez moi pour me traiter de voleur. Tu me fais la morale à la bibliothèque. En quel honneur ? Tu te prends pour qui ? La mère supérieure d'un couvent ?

– Non.

– Alors ouvre ta grande gueule et parle !

Je ne sais pas combien de temps je suis restée plantée là à tenter de me ressaisir. Jamais je ne m'étais sentie aussi vulnérable. J'ai eu du mal à ne pas fondre en larmes. Jusqu'à présent, je ne m'étais pas rendu compte à quel point j'étais fragile.

Lorsque j'ai eu le sentiment de pouvoir me contrôler, j'ai fait la chose la plus difficile qui soit : j'ai avancé d'un pas. Puis d'un autre. Plus je me rapprochais de lui, plus il était clair que les positions n'allaient pas. Je le dominais. Je me suis donc assise en tailleur sur la surface tiède du toit, à la consistance de papier. À environ un mètre cinquante de lui. Longtemps, nous nous sommes toisés. En dépit de ce qu'il venait de dire, nous donnions tous deux l'impression de comprendre que l'heure n'était pas aux paroles. Sans le quitter des yeux, j'ai retiré mes sandales et les ai jetées sur le côté. Je crois qu'il s'agissait d'une forme de déclaration. Laquelle ? Aucune idée. Enfin, j'ai respiré profondément...

– J'ai rêvé de toi, une nuit.

– Ah ouais ?

– Plus ou moins. Tu nageais dans le canal. Dootsie m'a dit que tu...

– Je ne l'ai fait qu'une fois.

– Je t'observais sous l'eau. Tu n'étais qu'une silhouette sombre, ce qui ne m'a pas empêchée de te reconnaître. Puis, ce n'était plus toi, mais Ondine, puis toi à nouveau, puis Ondine, et ainsi de suite...

– Ondine.

– Le livre que tu lisais ce jour-là à la bibliothèque.

Il n'a pas relevé, s'est borné à me dévisager.

– Je me le suis acheté et je l'ai lu d'une traite. Je l'ai adoré.

Comme il ne réagissait toujours pas, j'ai ajouté :

– Tu ne l'aimes pas, toi ?

– Non.

– Vraiment ? Pour quelle raison ?

– Ondine est idiote.

– Comment ça ?

– Elle croit que tout est merveilleux. Que tout le monde est beau.

– Pas toi ?

– Elle passe son temps à chanter, a-t-il craché. Elle est trop heureuse.

– Trop heureuse ? C'est possible, ça ? On est heureux ou on ne l'est pas, non ? Comment peut-on être trop heureux ?

– En vivant dans un conte de fées. Un monde faux.

– Mais ce n'est pas tous les jours rose pour Ondine. Il lui arrive d'être triste.

– Pas assez. Elle est idiote. Irréelle.

Une idée m'a tout à coup traversé l'esprit.

– Tu ne l'as pas terminé, hein ? ai-je dit en me rapprochant de quelques centimètres supplémentaires.

– C'était trop nul.

– Réponds !

– Non !

– Eh bien, sache que, à la fin, le chevalier d'Ondine, Hans, son aimé, meurt.

– Bien.

– Ondine oublie tout de son époque sur Terre en compagnie des humains et rejoint les siens.

– Bien.

– Pour toujours.

– Bien.

Le mot a plané dans la nuit, telle une deuxième lune, amère.

– Pourquoi as-tu choisi de le lire ?

– Parce qu'il était sous mon nez.

Il s'est rallongé, mains croisées sous sa tête en guise d'oreiller. J'avais repris un peu confiance, j'étais moins gênée, même si Perry n'était pas franchement un feu de camp où se réchauffer.

– Tu sais, ai-je dit, c'est la deuxième fois cette semaine que je passe une nuit blanche à discuter avec quelqu'un.

– Ah bon ?

– Oui. Et tu meurs d'envie que je te raconte la première, n'est-ce pas ?

– Je suis à l'agonie.

Je lui ai parlé de la reine de la nuit de Betty Lou.

– Betty Lou est la personne à qui tu as volé ses beignets, ce jour-là. Lorsque Alvina t'a coursé.

– Qui ça ?

– Alvina Klecko. La fille qui t'a poursuivi. Et qui t'a versé un seau d'eau sur la tête à la piscine.

– Celle à l'ongle ?

– Oui. Elle dit que tu viens chez Margie.

– De temps en temps.

– Pour piquer des beignets ?

Ma propre audace m'a étonnée.

– La môme me les donne.

– Je crois qu'elle a le béguin pour toi.

– C'est ça.

– Sérieux.

– Ce n'est qu'une gosse.

– Une gosse qui grandit.

– C'est un garçon manqué.

– Un garçon manqué en train de se transformer en fille. Réfléchis. Un, elle t'offre des beignets. Deux, elle t'a poursuivi à travers la moitié de la ville. Trois, elle t'a balancé un seau d'eau sur la figure. Voilà qui s'appelle de l'amour, mon cher Perry.

Dépliant une jambe, j'ai poussé son genou avec mon orteil avant de le ramener prestement vers moi, heureuse et soulagée qu'il ne l'ait pas écarté.

– Alvina m'a parlé du camp de redressement, ai-je poursuivi. Ça ne t'embête pas que je sois au courant ?

Il a haussé les épaules.

– Tout le monde l'est.

Ses yeux luisaient sous la lumière de la lune. Je me suis glissée plus près encore, ai contemplé le ciel étoilé.

– Je ne sais plus quoi te demander, ai-je conclu.

– Si tu essayais ça : « Pourquoi t'a-t-on expédié là-bas ? »

– Pourquoi t'a-t-on expédié là-bas ?

– Vol.

– Eh bien, on ne peut pas dire qu'ils t'en aient guéri, hein ? me suis-je esclaffée.

– Au moins, ils auront essayé.

– C'était dur ?

– Quoi donc ?

– Le camp. Tu en as bavé ?

– On peut dire ça, j'imagine. Se lever à quatre heures du mat'. Course à pied de huit kilomètres. Oui, sergent ! À vos ordres, sergent ! Étendre ses chaussettes propres en une ligne impeccable. Leçons. Défilés. Garde-à-vous !

– Combien de temps ? Un an ?

– Ouais.

– Pourtant, tu continues à voler.

Il a craché sur le toit.

– Ouais.

J'aurais sans doute dû en rester là, mais ça a été plus fort que moi.

– Alors, ça se passe comme à la bibliothèque ? Quand quelque chose se trouve sous ton nez, tu le prends ? Un livre, un beignet, une pomme caramélisée, un citron, n'importe quoi ?

– Ben, personne ne te le donne.

– Tu n'as pas peur d'être pris et renvoyé là-bas ?

– Nan.

– Tu devrais peut-être te dégoter un boulot. Gagner un peu d'argent. Comme ça, tu pourrais payer au lieu de faucher.

– Du fric, j'en ai plein. J'aime mieux chouraver

Il était temps de changer de sujet.

– Alors, tu comptes aller au festival du Blob ?

– Tu m'as déjà posé la question.

– J'ai oublié ta réponse.

– Peut-être.

– Pas de peut-être pour moi. Dootsie m'y traînera par les cheveux s'il le faut. Tu as l'intention de participer au concours de déguisements d'horreur ?

– Je ne pense pas, non.

– Dootsie a décidé qu'elle serait Madame Blob.

– Ticket gagnant.

– Une suggestion me concernant ?

– Sois toi-même.

– Je ne suis pas effrayante.

– Je ne parierais pas là-dessus, à ta place.

Ses lèvres n'ont pas frémi, mais j'ai ri pour deux.

– Je médite, ai-je dit.

– Pas moi.

– Ça ne m'étonne pas. Tu n'es pas franchement du genre introspectif, hein ?

– Nan.

– Tu as peur de te retrouver tout seul avec toi-même ?

– Je suis terrifié.

– Tu sembles sûr de toi. Tu as déjà tout compris, n'est-ce pas ?

– Ouais.

– Je te fatigue, avec mes questions ?

– Pas vraiment, non.

– Je parle trop ?

– Pas pour moi.

– Tu es sûr ?

– J'aime bien les bavards. Ils me permettent de me taire.

– Dans ce cas, je suis ta femme !

Flûte ! Pourquoi avais-je sorti un truc pareil ?

Il a ouvert les yeux, m'a contemplée. J'ai eu l'impression qu'il me découvrait. Je me suis sentie légère, pareille à un ballon qui s'envole. Il fallait que j'atterrisse.

– Demande-moi quelque chose, ai-je lancé.

Il a refermé les paupières.

– Qui t'a larguée ?

Houps !

– Pardon ?

– Tu m'as très bien compris.

– Qui t'a mis au courant ?

– Ta copine. Doochie.

– Dootsie.

– C'est ça. L'autre jour.

– Je croyais que vous deux aviez parlé de limonade. Je suis étonnée d'apprendre que vous avez cancané dans mon dos.

– Elle ne m'a rien révélé d'autre. Juste que ton petit ami t'avait laissée tomber.

Sa voix t'appelant mon petit ami m'a remplie d'un doux chagrin.

– Je ne présenterais pas les choses ainsi, ai-je répondu.

– Comment, alors ?

La question que je redoutais. J'aurais mieux fait de me taire dès le départ.

– Personne ne prononce jamais ces mots . « Je te largue. Tu es largué. » Il subissait une grosse pression. Ça n'a pas marché entre nous, tout bêtement.

– Hein ?

– Peut-être. Parfois... je ne sais pas.

– C'était quoi, son nom ?

Était-ce bien un rictus amusé sur ses lèvres ? Il y prenait plaisir, le sale type !

– C'était pas. C'est toujours.

– C'est quoi son nom ?

– Léo.

– Où est-il ?

– En Arizona. J'ai déménagé.

– Tu l'aimais.

Je n'ai pas relevé.

– Alors ?

– Alors quoi ? C'était une affirmation, pas une question.

– Tu l'aimais ? Point d'interrogation.

– Évidemment.

« Pitié, ne pose pas celle-là... »

– Tu l'aimes ? Présent de l'indicatif.

J'ai détourné les yeux. La saillie du toit ressemblait au bord du monde. Nous étions sur un radeau voguant au milieu des étoiles.

– Je t'ai demandé de me poser une question, pas vingt, ai-je riposté en lui donnant un petit coup d'orteil. De plus, tu te mêles de ce qui ne te regarde pas...

– Parce que toi non, peut-être ?

– ... et je n'ai pas l'intention de te révéler ma vie dans les moindres détails alors que...

– ... c'est la première nuit que nous passons ensemble.

« Ce n'était pas ce que j'allais dire. Ce n'était pas ce que j'allais dire. »

– Par ailleurs, je trouve que tu te réjouis un peu trop à mes dépens. Dorénavant, c'est moi qui dirige la conversation.

– Typique ! T'es bien une fille, tiens ! a-t-il rigolé.

– À propos de filles, qu'en est-il de celle de la piscine ? Celle sur la serviette de laquelle tu t'es allongé ?

– Oui ?

– Comment s'appelle-t-elle ?

– Stephanie.

« Stephanie. »

– Bon... euh... Et Ike ? Le réparateur de motos et de tondeuses à gazon ? C'est ton père ?

– Ouais. Et Stephanie ?

– Que fait Ike l'hiver ? Quand on ne tond plus les pelouses ?

– Il répare les déneigeuses. Et Stephanie ?

– Quoi, Stephanie ?

– Tu n'as pas envie d'en savoir plus sur elle ?

– Non, je ne crois pas.

– Est-elle ma petite copine ? Est-ce que je l'aime bien ? Est-ce que je l'aime tout court ? Allons-nous nous marier ? Combien d'enfants aurons-nous ?

De nouveau, il affichait un rictus moqueur.

– Très drôle. J'ai une meilleure idée. Parlons de mon calendrier. Je parie que tu ignorais que j'en fabrique un.

– Félicitations.

– Pas dans le genre auquel tu penses.

– Et à quoi je pense ?

– À un truc en papier. Qu'on accroche au mur.

– Mon esprit n'a plus de secrets pour toi. Comment fais-tu pour être aussi maligne ?

– Tes sarcasmes m'indiffèrent. Mon calendrier se réfère aux modèles qui existaient avant même l'invention du papier. Tu sais ce qu'est le solstice ?

– Lequel ? Celui d'hiver ou d'été ? a-t-il soupiré avec une lassitude agacée.

Tiens, tiens !

– D'hiver.

– C'est quand le soleil se trouve au-dessus du tropique du Capricorne. Le jour le plus court de l'année.

Il me semble que je l'ai regardé avec hébétude pendant un bon moment. Lui s'était rendormi, apparemment.

– Je t'ennuie ?

– Nan.

Je ne suis pas certaine de l'avoir cru, ce qui ne m'a pas empêchée de poursuivre en lui racontant mon travail hebdomadaire sur la Colline calendaire.

– Je vise le 21 décembre, comme tu t'en doutes puisque tu es un expert en solstices. Je voudrais organiser une sorte de... de cérémonie ?

De célébration ? À laquelle je donnerais un nom. Des suggestions ?

Cinq secondes de réflexion, puis :

– Solstar.

– Pardon ?

– Solstar. Stargirl et solstice. À l'envers.

J'en ai été époustouflée. C'est idiot, oui, je sais. Une telle broutille. Mais il avait prononcé mon nom pour la première fois, et j'en étais toute retournée. Il n'était pas aussi indifférent qu'il le laissait paraître. Ni aussi lassé. Je me suis raclé la gorge.

– J'aime bien. Merci.

– De rien.

– Donc, j'aurai une tente dans laquelle j'aurai percé un trou, aligné précisément sur la dernière spatule, tourné vers l'horizon, prêt à canaliser les premiers rayons du soleil levant jusque dans la tente. Ce sera une sorte de Stonehenge en tissu. J'y inviterai des gens.

J'ai attendu qu'il me demande pourquoi je faisais tout cela. En vain.

– Ce sera un moment formidable, ai-je repris. J'écrirai peut-être un poème. Ou une chanson. Je pourrai jouer de l'ukulélé. Ou danser.

Je me suis levée, j'ai dansé. J'ai dansé jusqu'au rebord du toit, d'où j'apercevais le canal, argenté sous la lumière de la lune. J'ai dansé en rond autour de lui. Quand je suis passée derrière lui, il ne s'est pas retourné pour me regarder, mais il s'est redressé. Quand je me suis rassise, il n'a rien dit. M'a juste contemplée, a hoché la tête.

– Et si tu venais un matin avec moi pour planter un nouveau marqueur ? ai-je proposé.

– Faut voir.

– Ou tu pourrais me retrouver là-bas. J'y vais le jeudi.

– Faut voir.

J'ai le souvenir qu'après ce deuxième « faut voir », nous sommes restés des heures à nous dévisager. En vérité, ça n'a dû durer que quelques minutes, peut-être moins. Il est plus difficile de décompter le temps sur un toit la nuit que lorsqu'on regarde le soleil se lever. À un moment ou un autre, j'ai dit en remettant mes sandales :

– Ben... bonne nuit.

– Bonne nuit.

Je suis retournée vers l'échelle. Il s'était déjà recouché.

– Et je ne suis pas une fille typique, ai-je lancé avant de descendre les échelons et de regagner la Terre.

8 AOÛT

Un oiseau moqueur s'est installé dans le quartier. Il se perche sur un poteau téléphonique, à l'arrière de notre jardin. Tous les matins, il est la première chose que j'entends. Il est impossible d'être malheureux quand on écoute un moqueur. Il connaît tant de chants qu'il semble ne pas arriver à décider lequel il va entonner en premier. Alors, il les siffle tous, une dizaine de mélodies qu'il égrène d'une dizaine de voix différentes. Il trille ainsi sans interruption, encore et encore, plein d'entrain, presque agité, comme si sa voix seule pouvait garder le monde en éveil.

9 AOÛT

Aujourd'hui, avant de marcher jusqu'à la Colline calendaire, j'ai interrogé ma mère sur nos voisins immédiats, les Cantello, qui allument leur porche. J'ai bien remarqué que la lumière brille à chacune de mes virées dans le champ. Au début, j'ai cru qu'ils avaient oublié de l'éteindre. À présent, je me pose des questions. Ma mère m'a avoué avoir raconté mon rituel matinal du jeudi à Mme Cantello, laquelle a décidé de m'aider en éclairant ma route. N'est-ce pas adorable ?

10 AOÛT

J'ai parlé à Betty Lou de ma nuit sur le toit avec Perry.

– Qu'en est-il de Léo ? m'a-t-elle demandé. (Elle est au courant depuis longtemps.)

– Léo est là-bas, ai-je répondu. Perry est ici. J'ai également mentionné l'oiseau moqueur.

– Tu en as de la chance, a-t-elle soupiré. J'aimerais tant en avoir un moi aussi.

11 AOÛT

Cher Archie,

(Une lettre dans la lettre, Léo, mais je t'autorise à y jeter un coup d'œil. Comme je te l'ai déjà dit, je n'ai rien à te cacher.)

J'ai rencontré un garçon. Perry. Je ne connais même pas son nom de famille. Il habite à l'arrière d'un atelier de réparation de motos et de tondeuses à gazon. (Vous rappelez-vous ce qu'est une tondeuse à gazon, espèce de résident du désert ?) Il est brun avec des yeux bleus. Parfois, il dort sur son toit. Il a l'air d'être pauvre. Il fouille les poubelles, il vole. Il a eu des ennuis avec la justice. A été envoyé dans un de ces camps de prétendu redressement. Il suçote des citrons et en recrache les pépins sur moi. Il s'exprime peu (même s'il m'a enguirlandée). Il est souvent bougon. Mais il a été gentil avec mon amie Dootsie. Le mieux que je puisse dire en sa faveur est sans doute que Dootsie l'apprécie. Il lit. Il m'a fait découvrir Ondine. *Il est extrêmement intelligent, bien qu'il faille un moment pour s'en apercevoir. Il lui arrive de se comporter comme s'il était le roi du monde. Il marche en se pavanant. Lorsqu'il grimpe sur le grand plongeoir, à la piscine, il ne saute pas tout de suite mais observe son royaume. Il s'allonge sur un drap de bain en compagnie d'une fille appelée Stephanie. Toutefois, après être retourné se baigner, il ne l'a pas rejointe. Mon amie Alvina-qui-a-la-tête-près-du-bonnet en est amoureuse.*

«Et toi ?» vous entends-je dire.

Aucune idée, Archie. Il y a quelque chose, certes, que je ne saurais qualifier cependant. J'ai passé presque une nuit entière sur son toit avec lui (point de galipettes). Nous avons discuté... enfin, moi surtout – lui m'a juste braillé dessus, à un moment. J'ai dansé pour lui. Il offre si peu qu'il lui suffit de garder les yeux ouverts pour que je me sente bien.

«Et Léo ?»

Vous n'êtes pas le premier à me poser la question. Force m'est d'avouer que, en ce moment, je ne pense pas beaucoup à Léo. D'ailleurs, je m'interdis de penser à lui. Chaque jour au réveil, l'interrogation est là qui m'attend : «Et Léo ?» Je m'en détourne. Je fais comme si je ne l'avais pas entendue. Croyez-vous que la raison est que j'ai peur de la réponse ? Je voudrais que Dootsie rencontre Léo. Pour l'instant, elle le déteste, parce qu'il m'a « laissée tomber ».

Si cela se passait à Mica, je serais en train d'en parler avec vous, dans votre véranda, dans vos fauteuils à bascule blancs, vous tireriez sur votre pipe, l'air embaumerait la cerise. Vous m'écouteriez avec des hochements de tête et des sourires, attendant patiemment que j'en aie terminé. Vous poseriez quelques questions. Vous pourriez ensuite décréter qu'il nous faut prendre l'avis de Señor Saguaro. Alors nous rejoindrions le cactus, vous vous adresseriez à lui en espagnol, il répondrait et vous me traduiriez ses paroles. Entre vous et Señor Saguaro, la situation deviendrait un peu plus claire à mes yeux ; vous m'indiqueriez la voie à suivre.

Votre élève aimante et fidèle,

Stargirl.

14 AOÛT

Aujourd'hui, c'était l'anniversaire de Charlie. Sa date de naissance est gravée sur la tombe qu'il partage avec Grace. Le 14 août 1933. Puis le tiret, puis l'espace vide qui attend. Cela faisait un moment que je pensais à cette journée. J'avais acheté un cadeau à Charlie. Je l'avais emballé dans un papier blanc, avec un ruban bleu.

J'avais décidé que, aujourd'hui, j'irais trouver Charlie et lui parlerais. Je partais pour le cimetière quand Dootsie a débarqué à l'improviste.

– On va se promener ! a-t-elle décrété.

Dilemme.

D'un côté, mon père m'avait, la veille encore, bricolé une petite remorque dans laquelle trimballer Dootsie, sachant qu'elle est une fanatique des balades à vélo. De l'autre, j'avais besoin de toute ma volonté pour trouver le courage d'affronter Charlie. Comment allais-je réussir à gérer cela et l'enfant aux réactions imprévisibles ? Mais comment aussi dire non au visage suppliant qui me contemplait avec adoration ?

– D'accord, ai-je cédé.

Sous ses piaillements de joie, j'ai fixé la remorque à ma bicyclette, et nous sommes parties. Cannelle était installé sur les genoux de Dootsie. À laquelle, en chemin, je me suis efforcée d'expliquer la situation. J'ai raconté que Charlie était triste parce que sa femme lui manquait et qu'il venait au cimetière quotidiennement. J'ai précisé qu'il nous fallait respecter ses émotions et ne pas l'embêter. J'allais me borner à lui donner son cadeau et, peut-être, à prononcer quelques mots, puis nous nous en irions. Dootsie, elle, était priée de rester près de moi et de se taire.

D'ordinaire, j'entre en vélo dans le cimetière. Cette fois, je l'ai laissé devant la grille. J'ai fourré Cannelle dans ma poche. Dootsie s'est extirpée de la remorque, et je me suis agenouillée devant elle, l'ai prise par les épaules et l'ai regardée droit dans les yeux.

– Tu as bien compris ?

– Oui, a-t-elle affirmé en hochant la tête avec vigueur. Je dirai rien.

Pour le prouver, elle a fait semblant de verrouiller ses lèvres et de jeter la clé.

Nous nous sommes dirigées vers la sépulture. Dootsie a tendu le doigt.

– C'est Charlie ? a-t-elle soufflé.

– Oui, ai-je acquiescé sur le même ton. Et maintenant, chut !

Nous l'avons approché latéralement. S'il nous a repérées du coin de l'œil, il n'en a rien laissé voir. J'avais les jambes qui flageolaient. Sans Dootsie, je crois que j'aurais tourné les talons. Je ne cessais de me répéter : « Il a accepté tes beignets. Ce n'est qu'un homme, il ne va pas te mordre. » Parallèlement, j'entendais la voix de Perry : « Tu te prends pour qui ? »

Comme d'habitude, il était assis sur son fauteuil à la toile rayée vert et blanc. Il portait une chemisette à manches courtes, un pantalon et des chaussures noirs, des chaussettes blanches. Ses mollets étaient presque aussi blancs qu'elles, d'ailleurs. La vieille gamelle était posée dans l'herbe. L'écharpe à carreaux rouges et jaunes couvrait ses cuisses. Pour la première fois, je me suis rendu compte que c'était tout : pas de magazine, pas de livre, par de radio ni de télévision portable, pas d'écouteurs. Rien à « faire ». Rien pour passer le temps. Même morte, Grace lui suffisait. À sa façon, il faisait écho à la légende de la vierge Lenape. Il avait déjà sauté dans le vide ; simplement, il mettait plus de temps à tomber.

Nous nous sommes arrêtées à quelques pas de Charlie. Pour autant, il n'a pas semblé remarquer notre présence. Les petits doigts de Dootsie étaient enroulés autour des miens. Lorsque j'ai enfin osé risquer un coup d'œil dans la direction de l'homme, j'ai été horrifiée de découvrir qu'il souriait vaguement. Nul doute qu'il était en train de revivre un souvenir heureux en compagnie de Grace. Ou alors, ils discutaient. J'en ai été mortifiée. « Espèce d'idiote ! Mêle-tout ! Fiche le camp ! Laisse cet homme tranquille ! Cours ! » Je m'y serais en effet résolue, s'il n'avait soudain tourné la tête et ne nous avait dévisagées. Pour la première fois, j'ai pu contempler en face les traits de celui qui avait accompagné Grace toute sa vie. Le sourire s'était évaporé. Les prunelles, perdues dans l'ombre de la visière de sa casquette, nous observaient depuis un autre monde. Le chagrin ne l'avait pas émacié. Il était joufflu, avec des poignets épais comme des branches, des bras rougeauds et tachés, des poils blanchis par le soleil estival. Un slogan publicitaire était brodé sur la poche de sa chemise blanche : *Vêtements de travail Goshen.*

– Excusez-moi, je... je...

J'étais à court de mots. Brusquement, Dootsie m'a arraché le cadeau et le lui a tendu.

– Bon anniversaire, Charlie !

Comme je restais pétrifiée, la petite a pris les choses en main. Constatant que Charlie ne réagissait pas, elle a déposé le présent sur ses genoux. Sans attendre, elle a lancé :

– Tu l'ouvres pas ?

Là non plus, elle n'a pas attendu sa réponse. S'emparant du paquet, elle en a déchiré le papier, puis elle a ouvert la boîte pour en sortir le contenu.

– Regarde ! a-t-elle crié.

Il a obéi, avant de nous fixer tour à tour.

– C'est un brumisateur, ai-je expliqué. Pour vous asperger d'eau fraîche quand il fait chaud.

Dootsie a secoué le flacon.

– T'entends ? On l'a déjà rempli. Tu veux que je te 'sperge ?

Prenant son silence pour un assentiment, elle a humidifié l'un de ses avant-bras. Les gouttes ont étincelé sur le chaume blanc de ses poils sous lesquels se dessinaient des taches de rousseur. Il a contemplé son bras, a tendu la main. Reculant vivement la sienne, Dootsie s'est humecté la figure. Puis la mienne. Et celle de Charlie. Il a cligné des yeux.

– Hourra ! a-t-elle braillé.

Elle a sautillé sur place avant de tournoyer sur elle-même puis de courir deux fois autour de la tombe. Après quoi, elle a passé le brumisateur à Charlie. Qui ne souriait toujours pas. La seule différence, c'est que ses yeux étaient avec nous, maintenant. Dootsie s'est plantée devant lui.

– Alors, Charlie, t'es vieux comment, aujourd'hui ?

Il a répondu avec ses doigts.

– Onze ans ? a calculé Dootsie.

– Soixante-quatorze, l'ai-je corrigée.

Sur le coup, j'ai trouvé charmante cette façon de compter sur ses doigts. Puis j'y ai réfléchi à deux fois.

– Moi, j'ai six ans, pérorait la petite. Stargirl, seize. Son amoureux l'a laissée tomber.

L'homme a paru quelque peu perdu. Quant à moi, j'étais quelque peu vexée. Je me suis interposée entre elle et lui, et j'ai attendu qu'il lève les yeux vers moi. Montrant mon oreille, j'ai demandé le plus distinctement possible :

– Vous entendez ?

Il a eu un geste négatif du menton.

– Charlie est sourd, Dootsie, ai-je dit en la prenant par l'épaule.

Aussitôt, elle a mis ses mains en porte-voix autour de sa bouche et lui a hurlé à la figure :

– Tu... m'en... tends ?

Il m'a regardée. Cette fois, il souriait. Je me suis dit que nous partagions enfin quelque chose. Deux adultes amusés par les clowneries d'une gosse. Puis il est allé pêcher un objet rosâtre dans sa poche, se l'est enfoncé dans l'oreille.

– Maintenant, je t'entends, a-t-il déclaré à Dootsie en se penchant vers elle.

Toujours aussi curieuse, j'ai lâché :

– Pourquoi ne portez-vous pas votre sonotone ?

– Je ne le porte jamais. Ainsi, j'entends mieux Grace.

Sa voix rauque était aussi calleuse que ses grosses mains. Dootsie s'est tournée vers moi, puis vers lui.

– Grace, c'est ta femme qu'est morte ?

Il a opiné.

– T'es triste parce qu'elle est morte, hein ?

Il a opiné derechef.

– Je vais être triste avec toi, Charlie.

Grimpant sur ses genoux, elle l'a serré contre elle. Il a fermé les yeux, a caressé ses cheveux. J'ai fixé la tombe. Dootsie est redescendue de son perchoir, a planté ses coudes sur les genoux de Charlie et a lancé :

– Tu viendras au festibal du Blob ?

– Non.

– Moi si ! a-t-elle triomphé. Je vais me déguiser en Madame Blob. Et c'est moi qui va gagner !

– Madame Blob, a répété Charlie à mon adresse, visiblement surpris.

J'ai haussé les épaules.

– Elle en a eu l'idée. Bon, jeune fille, il est temps de partir. Nous avons suffisamment importuné Charlie comme ça.

Je l'ai remise sur ses pieds. Elle a tendu la main.

– Ravie de t'avoir connu, Charlie.

Il n'a pas eu le temps de répondre, car elle a piaillé :

– Attends ! J'ai oublié !

Tirant Cannelle de ma poche elle l'a fourré sous le nez de Charlie. Elle a pris la patte du rat, l'a agitée.

– Tu dois connaître Quenelle, a-t-elle décrété.

Sans se démonter le moins du monde, le vieux monsieur a serré les griffes de Cannelle entre son pouce et son index. Puis Dootsie l'a obligé à se baisser et a posé l'animal sur son épaule. Il s'est redressé, lui et Cannelle se sont dévisagés. Charlie s'est tourné vers la tombe et, fièrement m'a-t-il semblé, a posé pour Grace.

– Hum... ai-je marmonné, ne sachant que dire.

J'ai récupéré Cannelle et l'ai rangé dans ma poche pendant que Dootsie secouait la main de Charlie.

– Au revoir, Charlie. Au revoir, madame Charlie.

Elle a fait coucou à la sépulture.

– Au revoir, a murmuré Charlie.

Il s'est interrompu, a froncé les sourcils, cherchant à se rappeler s'il connaissait ou non nos prénoms.

– Voici Dootsie, ai-je dit.

Il a continué à avoir l'air perplexe.

– Doot-sie, a répété la petite en l'amenant de nouveau à se pencher vers elle.

Il a acquiescé.

– Dis-le, lui a-t-elle ordonné.

– Dootsie, s'est-il exécuté en souriant presque.

J'ai entraîné la gosse vers la sortie. À un moment, Charlie m'a hélée :

– Hé ! Et toi ?

– Stargirl, ai-je répondu. Je vous jure que c'est vrai, ai-je ajouté devant son air ébahi.

– Vous en avez de drôles de prénoms, toutes les deux, a-t-il rigolé.

Nous avons repris notre marche, il nous a appelées encore.

– Les beignets ? C'était toi ?

J'ai hoché la tête. Il n'a pas prononcé le mot « merci ». C'était inutile.

Alors que j'enfourchais mon vélo, je me suis demandé si je n'avais pas été folle d'hésiter à emmener Dootsie.

16 AOÛT

Jeudi. Le seul jour de la semaine où je suis debout avant le moqueur. Aujourd'hui, je me suis même levée encore plus tôt. En m'efforçant de croire que ma mère n'avait rien remarqué.

« J'y vais le jeudi. » Je lui avais dit cela sur le toit. Y avait-il eu plus qu'une simple information derrière cette phrase ?

J'ai couru pratiquement tout le long du chemin jusqu'à la Colline calendaire.

Il n'était pas là.

Pourquoi l'aurait-il été ? Je ne lui avais pas franchement demandé de m'accompagner (bêtasse).

J'ai marché dans le champ. J'ai fredonné avec les insectes. La lune est montée de plus en plus haut. Le cherchait-elle aussi ? J'ai scruté les ombres de l'horizon. J'ai de nouveau arpenté le champ avec ma torche, traquant la moindre présence. Lorsque le soleil s'est montré, j'ai planté un marqueur et suis rentrée à la maison.

18 AOÛT

Aujourd'hui, j'ai fait quelques courses en ville pour Betty Lou. J'étais au *Tout à un dollar* en train de régler des ampoules et des épingles à cheveux quand, de l'autre côté de la vitrine, j'ai aperçu Perry. Avec une fille. Coiffée d'une queue-de-cheval. Pas la rousse Stephanie. Mademoiselle Queue-de-Cheval lui tendait quelque chose. Il a mordu dedans, et elle lui a donné un coup de pied amical aux fesses. Qu'il lui a aussitôt rendu. Rieurs, ils se sont éloignés dans la rue en chahutant.

J'ai éprouvé le brusque besoin de parler à Alvina. Je me suis ruée chez Margie.

– Alvina est ici ? ai-je lancé, hors d'haleine.

– Derrière, a lâché Margie avec un signe du pouce.

J'ai failli crier de joie. J'ai poussé les portes battantes de la cuisine. Alvina récurait des moules à beignets. Ma première question était prête. Ma vie dépendait de sa réponse, mais je ne voulais pas non plus qu'elle lise en moi. Si bien que j'ai tenté de faire comme si cela venait de me traverser l'esprit.

– À propos... tu te rappelles ce type, Perry ? C'est quoi, son nom de famille ?

Alvina a secoué un torchon plein de miettes.

– Delloplane.

Ah, ah ! Perry Delloplane.

– Tu le trouves mignon ?

Nom d'un chien ! D'où ça sortait, ça ? Je n'avais pas du tout prévu de balancer un truc pareil. Alvina nous gratifiait, ma question et moi, d'un regard furibond quand Margie l'a hélée.

Un client avait renversé son café, et Alvina a dû nettoyer. Puis elle s'est occupée du comptoir pendant que sa patronne allait aux toilettes. Une chose en entraînant une autre, une heure s'est écoulée sans que je puisse reprendre notre conversation. J'ai fini par renoncer et par m'en aller.

Je suis en vrac. Renversée. Comme le café de Margie. Sauf qu'il n'y a personne pour passer la serpillière. Ma journée ne s'est soldée que par un résultat : Perry Delloplane. Le son de ce nom est comme un grain de raisin dans ma bouche. Je le fais rouler sous ma langue – « perrydelloplaneperrydelloplaneperrydelloplaneperrydelloplane » – mais quand j'essaye de le mordre, il glisse et m'échappe.

19 AOÛT

Le moqueur n'a pas l'air content, ce matin. Il semble se déliter, comme si son cœur même – son chant – se brisait en mille morceaux et s'envolait à tous les vents.

21 AOÛT

Je bosse. J'arrache les mauvaises herbes dans les jardins des autres et les mets dans des sacs en plastique que les gens jettent à la poubelle. Mon travail terminé, il ne reste que des fleurs ainsi que de bonnes herbes, des herbes comme il faut. Parfois, j'entends presque les plantes me susurrer : « Ah... merci de nous débarrasser de cette racaille. Elle enlaidissait le coin. » Je suis devenue plutôt douée pour distinguer les mauvaises herbes des bonnes. Même si, de temps à autre, je doute. Par exemple, je tombe sur une racine particulièrement résistante. Je tire dessus, elle ne vient pas. J'insiste, elle s'obstine. J'enfonce mes doigts gantés dans la terre, l'attrape à deux mains, tire de nouveau. Elle commence à céder, mais je devine qu'il va falloir m'acharner encore un peu. C'est alors que le doute s'installe : « Me suis-je trompée ? S'agit-il vraiment d'une mauvaise herbe ? Si elle n'est pas censée être ici, pourquoi s'entête-t-elle ? » Sauf qu'il est trop tard. Lorsqu'une plante a été à moitié arrachée, il ne reste plus qu'à aller jusqu'au bout. Voilà pourquoi je creuse encore, voilà pourquoi la malheureuse s'extirpe de terre dans un éboulis de mottes et de vers. Alors, je me contrains à ne pas entendre son cri de douleur aussi ténu qu'un fil d'araignée.

23 AOÛT

Nouveau jeudi matin sur la Colline calendaire. Seule.

Une équipe de télévision s'est installée dans Bridge Street, aujourd'hui. Ils ont filmé l'affiche du Blob et la façade du Colonial. Ils ont aussi interrogé le maire, qui a déclaré :

– Lorsque le Blob a envahi notre ville, ç'a été notre jour de chance.

Ma mère m'a convaincue de ne pas déguiser Cannelle en Frankenrat, suggérant que, dans une telle cohue, quelqu'un risquait de paniquer en voyant un rat. Ce qui n'augurerait rien de bon pour la sécurité de Cannelle.

Aucune difficulté de ce genre avec Dootsie. Ma mère était si contente du costume de

Madame Blob qu'elle m'a accompagnée chez les Pringle quand je l'ai livré. Dès que Dootsie a découvert son déguisement, elle l'a enfilé. Ce qui était plutôt facile – il lui suffisait de s'y glisser tout entière par le bas. Ma mère avait cousu deux draps teints en rose qu'elle avait rembourrés de blocs de polystyrène. Résultat, une chose informe, rose, bosselée – un Blob –, qui m'a fait penser à une immense chaussette froissée. Il y avait deux trous pour les yeux et, pour que personne ne se méprenne sur le sexe du monstre, un petit chapeau à fleurette. Le tout était volontairement trop long, de façon à ce que l'ourlet dissimule les pieds de Dootsie, et qu'elle donne l'impression de glisser sur le sol. À l'intérieur du costume, la fillette a écarté les bras – on aurait dit qu'il poussait des ailes à Madame Blob – et a décrété :

– Je vais gagner.

Puis elle s'est approchée de nous pour nous boulotter, et nous nous sommes enfuies en hurlant.

24 AOÛT

Vers dix-huit heures, Bridge Street était noire de Blobs et autres créatures méprisables, car les monstres de toute nature ont le droit de participer au concours. Démons, sorcières, zombies, squelettes, extraterrestres, fantômes, cannibales – et Blobs – convergeaient vers *Le Colonial.*

Le hall du cinéma était un rassemblement d'horreurs. J'ai repéré une Carabosse à la robe couverte de sang et à l'élégant ongle rose. Elle était flanquée d'un Frankenstein miniature et d'un homme dont j'ai conclu qu'il s'agissait de M. Klecko. J'ai également aperçu la fille à la queue-de-cheval que j'avais vue en compagnie de Perry. Et la rousse Stephanie. Pas de Perry, cependant.

Tout le monde s'empiffrait de bloboteries. C'est là que Dootsie est tombée sur un os. Ma mère n'avait en effet pas pratiqué de bouche sur son déguisement (« Le Blob n'a pas de bouche, avait-elle affirmé, il *est* une bouche. ») Il a fallu que j'aide Dootsie à manger sa bloboterie à travers un trou des yeux.

Lorsque la salle a été comble, les monstres ont été invités à monter sur scène. Ils ont défilé les uns derrière les autres, émergeant de derrière le plateau et traversant la scène sous les cris et les applaudissements des spectateurs. Dootsie a bien débuté – elle a même eu droit à quelques sifflements admiratifs. Puis elle a trébuché sur l'ourlet et s'est cassé la figure. Quand elle s'est relevée, elle a tâtonné à la recherche de son chapeau, s'est rendu compte qu'il n'était plus sur sa tête. Il était par terre, mais elle ne savait pas où exactement, car le tissu avait tourné, et les trous des yeux se trouvaient à présent derrière elle. Elle a entrepris de ramper à l'aveuglette sur la scène – pour le coup, elle ressemblait à un vrai Blob – et a failli en tomber. Me levant, j'ai hurlé. Par bonheur, un membre du jury l'a rattrapée à temps. Il l'a relevée, lui a planté son chapeau sur le crâne, lui a remis les yeux en face des trous. Alors, elle a relevé les draps, montrant à la terre entière qu'elle ne portait rien d'autre que sa culotte Babar et a décampé sous les rires et l'ovation la plus frénétique de la soirée.

Il y avait deux catégories de concurrents : les petits et les grands enfants. La gagnante des petits a été... « Dootsie Pringle ! » Chez les grands, Alvina a eu droit à une mention honorable. J'aurais tant aimé que Betty Lou assiste à tout cela.

Quand les monstres ont eu réintégré leurs places, les lumières se sont éteintes, et la projection a commencé. Ce qu'on m'avait raconté du film s'est révélé exact – il est plus drôle qu'effrayant, du moins pour les spectateurs les plus âgés. Cela n'a pas empêché les petits de s'en donner à cœur joie en piaillant chaque fois que le Blob apparaissait à l'écran. La grande scène est arrivée après environ une heure, et la pellicule s'est soudain arrêtée sur l'image des silhouettes fuyant la salle en hurlant, femmes en jupes d'une autre époque et hommes aux coiffures ringardes. Les lumières se sont rallumées, et une voix de basse a retenti :

– Et maintenant, Bloboniens, voici le moment que vous avez tous attendu ! La scène la plus célèbre de l'histoire du film d'horreur ! Et elle a eu lieu ici, dans votre salle préférée, *Le Colonial* ! Vous tenez l'occasion de revivre cet épisode. Alors, finissez vos bloboteries, humectez vos cordes vocales et préparez-vous à brailler, Bloboniens ! Et rappelez-vous : parents, tenez bien la main de vos enfants ! Personne n'est piétiné, personne n'est blessé. C'est un charivari civilisé ! Chacun son tour. Rangée par rangée. On commence par ceux du fond, on termine par le premier rang. Rendez-vous lentement et calmement dans le hall, franchissez la porte, et là... lâchez-vous ! Attention, vous êtes filmés... Dernier rang, préparez-vous... c'est parti !

Nous n'étions donc pas censés jouer la terreur avant d'avoir atteint le trottoir. Mais, naturellement, dès le « C'est parti ! » les petits se sont mis à hurler. Les spectateurs se sont engouffrés dans les allées en se bousculant. Dootsie et moi étions à l'avant de la salle. Du coup, quand nous avons débouché dans le hall, le bazar battait son plein, dans la rue. Pour la première fois de ma vie, j'ai goûté à la puissance d'une foule déchaînée. Craignant pour Dootsie, j'ai voulu la prendre dans mes bras, mais elle m'a échappé et s'est jetée dans la cohue en agitant les bras à l'intérieur de son costume rose, poussant les autres petits, feignant la panique face à la masse gluante et dévoreuse. Elle a trébuché sur le drap, est tombée de tout son long, s'est relevée, les autres écrasant son chapeau au passage. Je l'ai perdue de vue, l'ai retrouvée au moment où nous étions éjectées sur le trottoir, sous les néons violents de la marquise et des projecteurs de la télévision. Un instant plus tard, je l'ai saisie par son costume, mais n'ai récolté qu'un pan de tissu rose, cependant qu'elle courait en s'égosillant au beau milieu de Bridge Street, dans sa seule culotte Babar et ses tennis.

Je l'ai rattrapée au feu rouge. Elle riait, hurlait :

– Je suis ternifiée !

Je l'ai enveloppée dans son déguisement, si bien qu'elle ressemblait à une petite Romaine en toge dépenaillée. Nous nous sommes ensuite jointes aux badauds qui, devant le cinéma, s'étaient calmés. Beaucoup de gens rentraient voir la fin du film. Nous nous apprêtions à les suivre, quand Dootsie a crié :

– Perry !

M'échappant de nouveau, elle a filé vers la pizzeria, juste en face du Colonial. Assis à une table en vitrine, Perry regardait les festivités. La rousse Stephanie lui faisait face. Dootsie a foncé dans le restaurant.

– J'ai gagné ! s'est-elle époumonée.

Avant de sauter droit sur les genoux de Perry. Stephanie a éclaté de rire. Telle une fourche, une bouffée de jalousie s'est plantée dans mon cœur.

Je suis entrée à mon tour. Dootsie jacassait comme une pie pour le plus grand bénéfice de Perry qui, levant la tête, m'a souri avant de se tourner vers sa compagne et de lâcher :

– C'est elle.

« C'est elle. »

Stephanie m'a regardée. Sous les néons, ses cheveux roux étaient encore plus étincelants. Retirant un fil de fromage de son menton, elle l'a avalé. Puis elle a essuyé le bout de ses doigts à une serviette et m'a tendu la main. Son sourire semblait naturel.

– C'est vraiment Stargirl ? Ton prénom ?

– Oui, vraiment, ai-je répondu en lui serrant la main.

– Et tu es scolarisée à domicile ?

– Oui.

– Dommage !

– Pourquoi ça ?

– Tu nous serais utile, au lycée. Nous manquons de personnalités fascinantes, ici.

Elle a lancé ce « fascinant » au milieu de la table, à destination de Perry visiblement, et ses yeux se sont assombris un court instant. Puis elle s'est tournée de nouveau vers moi et a lâché :

– Nous débordons de raseurs, en revanche.

– Je n'ai jamais dit qu'elle était fascinante, est intervenu Perry.

– Exact, a-t-elle acquiescé en le mettant en joue avec ses doigts. Il a juste dit que tu étais zarbi.

En rigolant, elle a pris une tranche de saucisse sur sa pizza et l'a jetée par-dessus la table. Perry l'a rattrapée dans sa bouche. Pareil geste, aussi réussi, trahissait de nombreux entraînements.

– Si j'étais toi, a ajouté Stephanie, je le frapperais.

– Je lui ai dit que tu étais intéressante, s'est défendu Perry.

Dootsie a réclamé notre attention. Se dressant sur les genoux de Perry, elle l'a pris par les oreilles et l'a forcé à la regarder droit en face.

– Je suis en train de te dire comment j'ai gagné ! a-t-elle protesté.

Le mot « intéressante » flottait dans ma tête.

– Assieds-toi, m'a lancé Stephanie.

J'ai obtempéré, avec l'impression de passer une audition. À cet instant, une Carabosse éclaboussée de sang s'est approchée de la table.

– Bonsoir, Alvina, ai-je dit.

Mais elle était concentrée sur le seul Perry. Ce dernier s'apprêtait à mordre dans un morceau de pizza. Alvina le lui a arraché.

– Hé, tu n'as qu'à prendre celle-ci, a-t-il râlé en montrant la dernière part de son assiette.

– C'est celle-là que je voulais, a-t-elle rétorqué en se mettant à la dévorer.

– Elle frappe les garçons, a déclaré Dootsie à Perry.

Alvina s'est installée sur la dernière chaise vide.

– Félicitations pour ta mention honorable, lui ai-je dit.

– J'étais nulle, a-t-elle répondu.

– J'ai gagné, moi ! a braillé Dootsie.

– Où sont tes parents ? ai-je demandé à Alvina.

– Ils sont rentrés à la maison.

– Toute seule dans la nuit, quelle grande fille ! a commenté Stephanie.

– Mais elle est grande ! a renchéri Dootsie. Regarde !

Attrapant l'auriculaire d'Alvina, elle a montré l'ongle élégant.

– Impressionnant ! a murmuré la rousse.

Se penchant sur la table, Dootsie s'est emparée d'une tranche de saucisse de la pizza de Stephanie.

– Ouvre ! a-t-elle ordonné à Perry.

Elle lui a lancé le morceau dans la bouche. Prenant une tranche de sa propre part, Alvina l'a imitée. Elle a raté son coup. Dootsie a ramassé la saucisse par terre et la lui a rendue. Cette fois, Alvina l'a déposée au bord des lèvres de Perry. Il l'a prise entre ses dents, a tiré. Elle l'a retenue pendant une seconde avant de la lâcher. Je me suis demandé s'il croyait encore qu'elle n'avait pas le béguin pour lui.

– On dirait bien que je suis la seule fille à cette table à ne pas avoir nourri Perry ce soir, ai-je dit.

– Salut, a lancé une voix derrière moi.

C'était Mademoiselle Queue-de-Cheval. Accompagnée d'un zombie au féminin.

– Miam ! a-t-elle continué en attrapant la dernière part de pizza. Comment avez-vous deviné que j'avais envie de saucisse ?

Miss Zombie lui a volé le morceau, l'a plié en deux et s'est fourré le tout dans la bouche avant d'émettre quelques paroles incompréhensibles. Les trois filles ont commencé à rire tout en échangeant de petites tapes joueuses. Il semblait ne régner aucune animosité entre elles. Brusquement, Miss Zombie s'est penchée et a longuement embrassé Perry sur la bouche. Croisant les bras, Dootsie a toisé le couple d'un air réprobateur. Alvina a détourné la tête, comme si la chaise voisine était vide. Puis, comme le baiser s'éternisait, elle s'est vivement levée et a déguerpi. J'aurais bien aimé faire pareil. Miss Zombie s'est débrouillée pour s'installer à la place libérée par Alvina sans cesser d'embrasser Perry.

– Suffit ! a finalement décrété Dootsie en repoussant le visage de Miss Zombie.

Ce qui a déclenché une nouvelle salve de rires.

– Qui est cette poulette ? s'est enquise Mademoiselle Queue-de-Cheval.

– Je suis pas une poulette, a répliqué Dootsie. Je suis Madame Blob.

– Et voici Stargirl, m'a présentée Perry.

– C'est bien ce que je pensais, a répondu Mademoiselle Queue-de-Cheval. Chouette nom.

– Merci.

– Ce sont tes parents qui t'ont appelée comme ça ?

– Non, c'est moi.

– Et ils ont été d'accord ?

– Bien sûr.

– Sympas, les parents. Tu es déjà allée dans une vraie école ?

– Les cours à domicile sont une vraie école, est intervenu Perry.

Mademoiselle Queue-de-Cheval lui a tiré la langue avant de me dire :

– Tu m'as comprise, non ?

– Oui. Et oui, j'ai fréquenté un lycée l'an passé.

– Ah ouais ? Où ça ?

– En Arizona.

Toutes les filles ont écarquillé les yeux.

– Sans blague ? C'était comment ?

– Très chaud.

– Tu parles des mecs, là ? a ricané Miss Zombie.

« D'un mec », ai-je songé.

– Non, du temps, ai-je répondu.

– Tu n'as pas aimé le lycée ? s'est enquise Mademoiselle Queue-de-Cheval. C'est pour ça que tu as repris les cours à domicile ?

– Disons que ça ne s'est pas passé comme je l'espérais.

– Mais les gens ne te manquent pas ? s'est inquiétée Miss Zombie. Les autres élèves ?

– Je rencontre des tas de gens.

– Je suis un gens, moi, a pépié Dootsie. Un nètrumin.

Sur ce, elle a pincé le nez de Perry et l'a tordu. Fort.

– Ouille !

– Que je t'y reprenne, à embrasser d'autres filles ! l'a sermonné Dootsie en le menaçant du doigt.

– Eh ben, bon courage, petite ! a rigolé Miss Zombie.

– J'ai l'impression que tu as une nouvelle bonne amie, a commenté Stephanie.

Elle s'est tournée vers moi, sans ajouter un mot cependant, se bornant à me dévisager. Elle semblait vaguement amusée.

– Alors, Stargirl, qu'en dis-tu ? a-t-elle finalement lâché.

Tous les yeux se sont posés sur moi.

– De quoi ?

– De te joindre au harem de Perry.

J'ignore combien de temps je suis restée bouche bée. Par bonheur, Dootsie m'a tirée d'embarras.

– C'est quoi un harem ?

Mademoiselle Queue-de-Cheval, la seule debout, a gentiment appuyé son index sur le nez de la petite.

– Un harem, ce sont des tas de filles qui aiment toutes le même type.

– Même quand le type en question est un crétin fini, a précisé Miss Zombie en enfonçant son doigt dans l'oreille de Perry.

Mademoiselle Queue-de-Cheval a posé une main sur mon épaule.

– Le petit Perry ne souhaite s'engager avec personne, a-t-elle annoncé.

– Il est donc à moitié engagé avec tout un tas parmi nous, a renchéri Stephanie.

– Perry n'amasse pas mousse, a conclu Miss Zombie. Il roule, roule sans jamais s'arrêter. Hein, Per ?

Comme d'habitude, ce dernier n'a trahi aucune émotion. J'ai cependant deviné que cette conversation l'enchantait. Les clins d'œil que m'adressaient les filles m'ont amenée à me demander s'il leur avait parlé de notre nuit sur le toit. Pourvu que ce ne soit pas le cas.

– Dis-lui quel est ton surnom, Per, a dit Miss Zombie en lui donnant un coup dans les côtes.

– Dis-lui toi-même.

– Muguet, s'est-elle esclaffée.

– Muguet ? ai-je répété, étonnée.

– Le vieux mot pour désigner un jeune élégant, a-t-elle précisé.

– Et une fleur au parfum suave qui attire les insectes, a enchaîné Mademoiselle Queue-de-Cheval, hilare. Nous autres, autrement dit !

D'un seul geste, les trois filles ont posé une jambe sur la table afin de me montrer les petits tatouages d'abeille noir et jaune qui ornaient leur cheville. Ils avaient l'air faux, du genre qui finissent par s'effacer. Enfin, j'ai espéré qu'ils l'étaient, faux.

– Perry ici présent, a repris Miss Zombie en lui pinçant la joue, est la fleur que nous butinons.

– Hé ! s'est écriée Mademoiselle Queue-de-Cheval en claquant des doigts. Stargirl... nous pourrions nous appeler les Perrygirls.

– Hourra ! Adopté ! ont crié Stephanie et Miss Zombie d'une même voix.

Puis Stephanie m'a dévisagée.

– Elle ne nous prend pas au sérieux, a-t-elle décrété.

– Est-ce que nous mentons, Perry ? a demandé Miss Zombie.

– Elles mentent, a-t-il répondu en me regardant.

– Moi, je mens beaucoup, a gazouillé Dootsie.

Son aveu s'est perdu dans les rires des trois filles qui assenaient des tapes amicales à Perry.

– Il n'y a qu'une seule chose à propos de Perry Delloplane qui soit un mensonge, a repris Stephanie.

– Laquelle ? ai-je eu la complaisance de réagir.

– Quand il prétend que le camp de redressement ne lui a pas plu. En réalité, il a adoré ça parce que ça lui a permis de se bouger un peu le popotin !

Une fois encore, le harem a explosé de rire. En ayant assez d'être tenue à l'écart, Dootsie a saisi l'occasion de ramener l'attention sur elle. Elle a grimpé sur la table et s'est plantée au milieu du plateau métallique sur lequel avait été servie la pizza.

– Moi aussi, je sais remuer le popotin ! a-t-elle hurlé à la cantonade.

Sur ce, elle a soulevé sa toge et a entrepris de se trémousser, faisant danser une dizaine de Babar gris sous nos yeux éberlués. Dans tout le restaurant, ç'a été un déchaînement de sifflets joyeux et de cris d'encouragement.

– Bon, ça suffit, maintenant, ai-je déclaré en me levant.

J'ai ôté Dootsie de la table. Les filles ont protesté, elle aussi.

– Tu devrais être couchée depuis longtemps, lui ai-je dit. Tes parents vont me tuer.

Je l'ai emportée manu militari sous les applaudissements des clients. Au moment où nous sortions, elle a braillé par-dessus mon épaule :

– J'ai gagné !

Sur le chemin du retour, nous sommes passées devant une laverie automatique. À l'intérieur, une dame lisait un magazine. Deux séchoirs fonctionnaient. Derrière les hublots, le linge tournait... tournait...

Comme moi.

25 AOÛT

Le moqueur ne me laisse pas tomber. Le moqueur n'a pas de harem. Le moqueur ne prend rien, n'exige rien. Il ne fait rien d'autre que donner – il donne ses mélodies. Après l'avoir écouté toute la journée, j'ai l'impression que son chant est ma deuxième langue maternelle. J'offre au monde la première traduction de chant moqueur en français, telle que je l'ai enregistrée cet après-midi :

– Ha ha ho ho hi hi ! Et celle-là, tu la connais ? Bip ! Bip ! J'ai envie de roucouler. Bah bah bah bah bah bouh ! Prends garde à toi, Barry Manilow ! Hé, hé, toute la bande est là ! Ha ha ho ho hi hi ! Je suis pas craquant, moi ? Hé, hé, toute la bande est... hé, où est passée toute la bande ? On s'en fiche, après tout. Babababaaaaaa babababababouuuuuu. Dis donc, j'ai entendu un moqueur-chat, l'autre jour. Écoute un peu ça : miaou miaou. Tu as vu comme je l'imite bien ? Prends garde à toi, Carnegie Hall[1] ! Hihihahahoho. Et maintenant, mesdames et messieurs, mon imitation d'un vacher criard : Meuh ! Meuh ! Merci merci. Inutile de vous lever pour applaudir. Je suis pas craquant, moi ? Houpla houpla houpla !

1. Carnegie Hall est une salle de concert new-yorkaise ; et Barry Manilow un célèbre chanteur-compositeur.

29 AOÛT

Reprise des cours. Je suis désormais une jardinière à la retraite. Et Dootsie commence son CP. J'espère que son institutrice se sera bien reposée pendant les vacances.

Pour cette rentrée, les élèves des écoles ne font qu'une demi-journée. Pas moi. Ma mère n'est pas partisane des demi-journées.

– Tu bosses ou tu ne bosses pas, dit-elle. L'instruction est donc si effrayante qu'ils se sentent obligés de l'affronter en douce ? Et ça ne gêne personne de couper le temps en deux ?

J'imagine que ces indignations sont à l'origine de mon premier devoir de l'année...

SORTIE SCOLAIRE :
L'HORLOGE SUR LE BÂTIMENT
DU *MORNING LENAPE*
Les horloges doivent-elles donc être rondes ?
Le temps n'est pas un cercle.
Imaginons un instant que la première
de toutes les minutes ait débuté
juste ici, sur ce trottoir
devant le bâtiment du *Morning Lenape*,
et que le défilé
des minutes qui ont suivi – chacune
mesurant, disons, deux centimètres cinq –
se soit éloigné le long de Bridge Street.

Où se trouverait Maintenant ?
À cette minute ?
Au-delà de la Lune ?
De Jupiter ?
De l'étoile la plus proche ?

Qui a inventé les minutes, d'abord ?
Qui a besoin d'elles ?
Qu'on me cite une bonne chose
qu'une minute ait jamais accomplie.
Les minutes raccourcissent le plaisir
et vous comptent la tristesse.
Qu'on s'en débarrasse, moi je dis.
À bas les minutes !
Et tant que vous y êtes – prenez les heures
aussi. Mieux vaut que je change
de sujet.

L'horloge – telle est la question.
Toute horloge est un repaire de minutes
et d'heures.
Les horloges nous emprisonnent
dans leur forme.
Au lieu de voler vers l'étoile la plus proche,
nous nous bornons
à tourner en rond.
Les horloges nous enferment
dans les minutes, nous transforment
en passagers de grande roue, nous font
tourner et tourner

de chiffre en nombre,
hachent le temps de nos existences
en menus morceaux
jusqu'à ce que nous ne connaissions plus que ces morceaux
et que nous ne songions plus
qu'à poser une seule question :
Quelle heure est-il ?

Comme si les minutes avaient la réponse.
Comme si Arnold pouvait lever les yeux
sur l'horloge
du bâtiment du *Morning Lenape* et lire :
Encore quinze minutes
avant qu'on me trouve.
Comme si le temps de Charlie n'était pas
à jamais bloqué
sur la défunte Grace.
Comme si un essaim de minutes piquantes
guettaient l'instant où Betty Lou
allait sortir.
Comme si l'amour ne renseignait pas
les Huffelmeyer sur toutes les heures
qu'ils ont besoin de savoir.

Ma mère a adoré mon devoir. Elle l'a collé sur le réfrigérateur. Puis elle a filé en me demandant d'attendre un instant. Quand elle est revenue, elle tenait sa montre et un marteau.

– Tu as envie de le faire ? m'a-t-elle demandé.

– D'accord.

J'ai posé la montre sur la dernière marche de l'escalier. J'ai abattu le marteau. Le verre s'est fendu, c'est tout.

– Donne-moi ça ! m'a-t-elle ordonné.

Prenant des poses de bûcheron, elle a brandi le marteau. Paf ! La montre a volé en éclats, et les minutes se sont égaillées comme des mouches affolées.

J'ai fait la même chose avec ma montre. Nous avons enterré les restes dans le jardin. Puis nous avons raflé toutes les horloges et tous les réveils de la maison et les avons jetés à la poubelle.

– Je ne suis quand même pas obligée de démolir la Colline calendaire ? ai-je demandé.

– Non, a-t-elle répondu. Ça, c'est le temps réel.

30 AOÛT

Deux autres porches sont désormais allumés en plus de celui des Cantello pour éclairer ma route jusqu'à la Colline calendaire. Étrange.

1er SEPTEMBRE

J'ai coupé en deux une orange. Au fond de notre jardin, il y a un barbecue. Il était déjà là quand nous avons acheté la maison. Nous ne nous en sommes pas encore servis. Il est en briques, et la dernière rangée de briques est presque aussi haute que moi. J'y ai placé une demi-orange, pulpe vers le ciel.

3 SEPTEMBRE

Aujourd'hui, Margie balayait elle-même son plancher.

– Où est Alvina ?

– Je l'ai licenciée, a-t-elle soupiré en s'appuyant sur son balai et en secouant la tête.

(Peut-on être « licencié » d'un boulot pour lequel on est payé en beignets ?)

– Que s'est-il passé ?

– Elle s'est de nouveau battue avec ces garçons. Combien de fois ne l'ai-je pas avertie ! Ne ramène pas tes embrouilles dans ma boutique. Encore une fois, et je te vire. Ça, elle ne pourra pas dire que je ne l'ai pas prévenue.

– Elle a la tête près du bonnet.

– Ne m'en parle pas... La place t'intéresse ?

– Non merci.

– Tu recevrais un vrai salaire. Et des beignets.

– Je les aime trop pour traîner autour d'eux tout le temps. Si je travaillais ici, à force de les humer et d'en manger tous les jours, ils cesseraient d'être spéciaux à mes yeux. Lorsque je franchis le seuil de votre magasin, j'ai envie de continuer à avoir des frissons.

Margie m'a contemplée comme si j'étais niaise, puis elle a haussé les épaules.

– À ta guise.

Et elle a repris son balayage.

J'ai songé à Betty Lou. Qui allait lui apporter sa livraison du lundi, maintenant ? J'ai posé la question à Margie.

– Ça ne change rien. T'inquiète, jamais je n'oublierais Betty Lou. Quand je l'ai renvoyée, la gosse a dit qu'elle continuerait à passer le lundi pour les beignets de Betty Lou. Moi, j'ai dit super.

« Tu es une chic fille, Alvina », ai-je pensé.

– Apparemment, elle ne s'est pas mise en colère après vous parce que vous l'avez virée.

– Elle ne se met jamais en colère après moi. Elle sait que je ne tolère pas les bêtises.

– Ainsi, vous connaissez Betty Lou ?

– Bien sûr. Nous étions dans la même classe. C'était un beau brin de fille, à l'époque. Au festival du Cornouiller, elle a fait partie de la cour.

– Elle m'a raconté.

– Elle aurait dû être élue reine.

– Ah bon ?

– Oui. Le problème, c'est qu'elle manquait d'éclat. Ses cheveux étaient ternes, ses vêtements banals. Aucun panache. Timide. Parlait jamais. La plus belle de la classe, mais il fallait faire un effort pour le voir. Je suis même surprise qu'elle ait été choisie pour la cour. Elle a sûrement obtenu les voix des autres rosières dans son genre.

Margie avait regagné son comptoir et gribouillait sur une feuille de papier à l'aide d'un marqueur. Elle me l'a montrée. ON EMBAUCHE. Elle a déniché un rouleau de scotch, a fixé son affiche sur la vitrine. Puis elle a donné un coup sur la porte.

– Maudite gamine ! Elle balayait super bien.

5 SEPTEMBRE

En parlant d'Alvina...

Sa mère m'a téléphoné, aujourd'hui. Elle a commencé en m'annonçant qu'Alvina ne cessait de « dire du bien » de moi, que je semblais être l'une de ses rares amies. Elle m'a également répété combien elle avait admiré ma façon de gérer la « catastrophe de l'ongle rogné », et qu'elle était très satisfaite du travail que j'avais accompli dans son jardin. Tout cela était bien joli, mais je m'interrogeais pour savoir où elle voulait en venir. Elle m'a demandé si j'étais au courant du « licenciement » de sa fille par Margie, et j'ai répondu que oui. Puis elle m'a demandé si je savais qu'Alvina avait passé sa journée à la maison, et j'ai répondu que non.

– Eh bien, a-t-elle soupiré, elle a été exclue un jour. (Sa voix a déraillé sur le mot « exclue ».) Vous devinez pourquoi ?

– Une bagarre ? ai-je murmuré, un peu trop vite sans doute.

– Oui. Alors que l'année scolaire commence tout juste. J'ai peur rien qu'à l'idée de ce qui nous attend. C'est de pire en pire, apparemment.

J'ai repensé à l'échange de regards intenses entre Dootsie et Alvina, chez Margie. J'ai aussi repensé à sa promesse de poursuivre ses livraisons à Betty Lou, bien qu'elle ait été renvoyée.

– Je sais que ce ne sont pas mes affaires, je sais que vous en êtes consciente, madame Klecko, mais Alvina est une chouette môme. À mon avis, un peu de temps suffira à la changer. Je crois qu'elle est simplement coincée entre les poupées et les garçons.

À l'autre bout du fil, il y a eu un silence, comme si Mme Klecko tentait de se ressaisir.

– Merci, a-t-elle fini par murmurer. Je suis d'accord avec vous. Enfin, j'espère que vous et moi ne nous trompons pas. En attendant, nous allons tous devoir faire avec, n'est-ce pas ?

Elle a eu un petit rire. Moi aussi.

– En effet.

– Bref... j'ai un grand service à vous demander. Il va de soi que nous vous payerions. Voilà : son père et moi aimerions savoir si vous accepteriez de prendre Alvina sous votre aile, si vous me passez l'expression. Quelques semaines... quelques mois. Vous parviendriez peut-être à arrondir les angles. Elle vous apprécie.

– Wouah !

Parce que je ne savais que dire d'autre.

– Impressionnée ?

– Oui. Je ne me vois pas très bien me charger de quelqu'un. Je ne suis pas certaine d'avoir envie d'une telle responsabilité.

– Ce ne serait pas vraiment ça. Vous n'auriez pas à vous « charger » d'elle. Nous n'attendons pas de vous une espèce de programme, juste que vous soyez là, que vous passiez un peu de temps en sa compagnie. Que, parfois, vous l'emmeniez avec vous quand vous allez quelque part.

– Donc, vous n'envisagez pas... un camp de redressement, par exemple ?

– Oh non ! s'est-elle esclaffée. Contentez-vous d'être vous-même. Une grande sœur qui n'ait pas le caractère autoritaire des aînés. Avec un peu de chance, cela déteindra sur elle.

L'idée continuait à me gêner, mais j'ai fini par accepter. À la seule condition qu'ils ne me paient pas. Mme Klecko a cédé. Bref, je suis désormais la grande sœur d'Alvina. Houps !

6 SEPTEMBRE

Depuis cinq jours, je plaçais une demi-orange sur le barbecue. Aujourd'hui, je l'ai mise sur le toit d'une cabane à outils, trois maisons plus loin que la nôtre en longeant la sente de derrière, celle qui passe au fond du jardin.

7 SEPTEMBRE

Aujourd'hui, ma « petite sœur » Alvina et moi sommes allées à vélo au centre commercial. Je tirais Dootsie dans sa remorque. Comme elles n'avaient pas école, j'ai séché mes cours. Dootsie voulait une boîte à déjeuner Babar. Ce n'est pas qu'elle avait envie d'y mettre son déjeuner ; elle souhaitait juste la trimballer.

Elle a cependant tout oublié dès qu'elle a repéré le présentoir des piercings.

– J'veux un anneau dans le nez ! s'est-elle écriée en essayant de m'entraîner dans l'allée.

– Non. Tu as déjà les oreilles percées, et ta mère ne serait pas d'accord.

Elle a pris ma taille entre ses bras.

– C'est toi mon chef, maintenant. Tu peux dire oui. S'il te plaaaîîîît !

– Inutile de me sortir ton numéro de charme. De toute façon, ils ne proposent pas de piercings dans le nez, ici.

– Cesse tes sonnettes !

Et elle a tapé du pied.

– J'ai envie d'un tatouage, a dit Alvina.

Je me tournais vers elle quand, surgissant de nulle part, une main l'a frappée sur la nuque. Aussitôt après, trois garnements se sont carapatés.

– Je vais vous tuer ! a hurlé Alvina.

Elle s'est jetée à leurs trousses mais n'est pas allée très loin, car je l'ai retenue par le col.

– Aïe ! Tu m'as cassé le cou ! Lâche-moi !

– Non, Alvina. C'est toi qui vas lâcher. Tu n'es pas une guerrière. Tu es une fille de onze ans.

– T'es un nètrumin ! a renchéri Dootsie en lui donnant une petite tape sur la jambe.

Les garçons avaient atteint la boulangerie et nous faisaient face, hilares. Parmi eux, le blondinet dont la photo était punaisée sur la porte de la chambre d'Alvina. C'était lui qui l'avait agressée. En mai, lors du festival du Cornouiller, elle s'était bagarrée avec lui. Lui avait mis le nez en sang. L'avait humilié. Battu par une fille ! Un autre à sa place serait rentré chez lui, se serait glissé sous son lit et n'en serait jamais ressorti. Lui était là, avec ses copains, affrontant son ennemie, la gratifiant de grimaces moqueuses. Cela m'a plu.

Alvina tirait sur mon bras comme un chien sur sa laisse.

– Tu peux numéroter tes abattis ! a-t-elle rugi en tendant le doigt vers son ennemi juré. Tu es mort !

Je l'ai serrée contre moi, elle pantelait. Dootsie l'observait, fascinée.

– Tu vas les battre, Alvina ? a-t-elle demandé.

– Non, ai-je répondu. Alvina ne va battre personne. Alvina va découvrir que ces garçons sont eux aussi des personnes. Pas des adversaires. Alvina va apprendre qu'il est possible d'instaurer d'autres rapports que la guerre avec eux.

Prenant les filles par la main, je les ai emmenées dans la direction opposée à celle qu'avaient empruntée les gamins. Nous avons trouvé la boîte à déjeuner de Dootsie et un DVD pour Alvina. Un cadeau de ma part. Je l'ai autorisée à choisir ce qu'elle voulait, à condition que ce soit une comédie. En maugréant, elle a tenté de me convaincre qu'un film d'horreur serait mieux avant de se résoudre à prendre *Le Professeur Foldingue.*

Notre déjeuner a consisté en une orgie de cochonneries. Gâteaux et glaces (ils n'avaient pas de milk-shakes fraise-banane). Alvina et Dootsie étaient assises en face de moi. Dootsie s'amusait à piquer sa chantilly à Alvina, ignorant mes remontrances en rigolant. À ma grande surprise, Alvina n'a pas semblé agacée. Simplement, chaque fois que Dootsie lui volait une cuillerée de crème, elle lui rendait la pareille. Soudain, la petite s'est emparée de la cerise de sa voisine et l'a engloutie. Puis elle a avalé la sienne avant qu'Alvina ait eu le temps de se venger. Cette dernière lui a assené un coup de cuiller sur la main. Les rires ont stoppé net. Les yeux écarquillés, Dootsie a contemplé avec ahurissement les traces de chantilly laissées sur sa peau. Alvina a continué à manger comme si de rien n'était. La bouche de Dootsie s'est mise à trembloter.

– Viens ici, lui ai-je dit en transférant sa coupe de mon côté de la table.

Elle a obéi. Nous avons fini notre repas en silence.

– Alvina, ai-je repris, as-tu déjà entendu parler du *counting coup* ?

– Non.

– Il s'agit d'une tradition guerrière amérindienne. Tu veux savoir comment ça marchait ?

– Non.

– Super ! Alors je t'explique. Le principe reposait sur la notion selon laquelle il était plus honorable de toucher un ennemi que de le tuer. Imaginons que tu appartiennes à une tribu en guerre avec une autre. Imaginons que tu aies tué un membre de la tribu adverse, tu te serais couverte de gloire. S'ils avaient eu des coupes à l'époque, tu aurais sûrement reçu la plus grosse.

– Moi, j'ai pas eu de coupe pour Madame Blob, a ronchonné Dootsie.

– Ça viendra un jour, l'ai-je consolée en lui tapotant la main. Il existait cependant une gloire encore plus grande et qui te suivait toute ta vie. Et qui consistait à ne pas tuer l'ennemi. Il fallait juste que tu t'approches de lui, que tu le touches l'espace d'une seconde, en effleurant son épaule avec la pointe de ta lance par exemple, puis que tu te sauves. Alors, jusqu'à la fin de ton existence, tu avais le droit de raconter l'histoire du courage qui t'avait permis d'affronter d'aussi près ton adversaire pour ne même pas le blesser. Des générations durant, tes enfants, tes petits-enfants, tes arrière-petits-enfants transmettaient ce récit autour du feu de camp, et tu devenais une légende.

Dootsie était tout ouïe. Alvina raclait le fond de sa coupe de glace à grands renforts de bruits répugnants, mais je savais qu'elle m'écoutait. Frôlant l'épaule de Dootsie avec mon doigt, j'ai conclu :

– Cela s'appelle le *counting coup.*

Ensuite, nous nous sommes encore un peu promenées dans le centre commercial. Dootsie fatiguant, elle m'a demandé de la porter, ce que j'ai fait pendant un moment. Dès que je l'ai reposée par terre, Alvina m'a lancé d'une voix de bébé :

– Les bras !

Elle a rigolé à sa propre blague, bien que son visage, à son habitude, n'ait rien trahi.

– Les bras ! a-t-elle réclamé de nouveau.

– Tu es sérieuse ?

– Bon, très bien. Puisque tu ne veux pas...

Et elle s'est éloignée. Je l'ai rattrapée, l'ai soulevée et portée aussi longtemps que mes forces me le permettaient. Les clients nous ont jeté des tas de regards étranges, et Dootsie n'a pas manqué d'être jalouse.

Sur le chemin de la maison, Dootsie s'est amusée à effleurer l'épaule d'Alvina du bout de doigt en disant :

– Touché !

Finalement, Alvina n'a plus réussi à retenir ses rires.

8 SEPTEMBRE

Sais-tu quel jour nous sommes, Léo ?

Celui de l'anniversaire de notre rencontre. Deux ans aujourd'hui.

Il y a deux ans, nous nous sommes croisés pour la première fois.

Il y a deux ans, deux révolutions autour du soleil, j'entrais dans la cantine du lycée de Mica avec mon ukulélé, fascinée par des yeux qui me fixaient – tes yeux – affolés à la perspective que je puisse chanter pour toi. Et bien que je sois passée sans m'arrêter devant ta table pour aller pousser la ritournelle à un autre, je t'ai abandonné quelque chose : mon cœur. Naturellement, tu n'en as pas eu conscience, sur le moment. Moi non plus, sans doute. Qu'as-tu fait de mon cœur, Léo ? En as-tu pris bien soin ? L'as-tu égaré ?

10 SEPTEMBRE

Je me suis dit que j'allais rédiger cela en sténo, à partir de maintenant. Histoire que ce soit plus amusant pour toi.

O signifiera Orange, bien sûr.

Puis viendra = qui signifiera J'en ai mis encore une aujourd'hui.

Ensuite (S) pour la Sente de derrière avec l'adresse exacte.

Ou (J) pour Jardin, suivi de l'adresse exacte également.

Puis (B) pour Barrière.

Ou (P) pour Poteau.

Ou (A) pour Ailleurs.

Ainsi, aujourd'hui...

O = (S)219RappsDam(B)

Pigé ? Aujourd'hui, j'ai déposé une orange sur la barrière de la sente de derrière, au 219 Rapps Dam Road.

Ai-je éveillé ta curiosité ?

Es-tu intrigué ?

12 SEPTEMBRE

J'étais en ville afin d'acheter des boutons pour ma mère – elle fabrique les costumes de la prochaine pièce de la troupe de théâtre locale, Les Pirates de Penzance – quand j'ai aperçu Perry qui sortait de la pizzeria. Il ne m'a pas vue, car il est parti dans la direction opposée. Nous étions sans doute les deux seuls ados à traîner dans les rues, ce mercredi matin. Moi, la fille scolarisée à domicile ; lui, le hors-la-loi qui fait l'école buissonnière.

Il avait un morceau de pizza dans une main, un gobelet en papier dans l'autre. Il a secoué celle qui tenait la pizza, et quelque chose a voleté sur le sol, puis il a dévoré sa part en trois bouchées. Il a paru grignoter la moitié de la croûte avant de la balancer par terre. Il a avalé sa boisson, a jeté le gobelet dans le caniveau. Je l'ai entendu roter. Tout cela sur un parcours long de moins de vingt mètres.

J'étais furieuse.

– T'as jamais entendu parler des poubelles ? ai-je beuglé.

Il s'est retourné. Quand il m'a reconnue, il a souri et agité le bras.

– Salut !

J'ai foncé sur lui.

– Je viens de te demander si tu n'as jamais entendu parler des poubelles.

Son sourire s'est évanoui. Tirant une barre chocolatée de sa poche, il l'a en partie déballée, me l'a tendue.

– T'en veux un bout ?

– Non.

D'un coup de dents, il a englouti la moitié de la friandise et m'a contemplée en mâchouillant.

– Comment va Dootsie ? s'est-il enquis.

– Ça ne te regarde pas.

Il a éclaté de rire, m'aspergeant d'une gerbe de postillons chocolatés.

– Qu'y a-t-il de si drôle ? ai-je lancé.

– J'allais justement te dire que ce que je faisais ne te regardait pas.

– Ça te semblera peut-être bizarre, mais il se trouve que je vis dans ce monde. Alors, excuse-moi, ça me concerne au premier chef.

Terminant sa barre chocolatée, il a froissé l'emballage et l'a expédié par-dessus son épaule. Sans me quitter un seul instant des yeux.

– Tu salis ma Terre, ai-je assené.

– C'est la mienne aussi, non ?

– Exactement.

Il s'est nettoyé l'intérieur de la bouche avec la langue.

– Bon, a-t-il repris, pas de cours à domicile aujourd'hui ?

– Ne change pas de sujet.

– C'était quoi, le sujet, à propos ?

Il a recommencé à marcher, je n'ai eu d'autre choix que de le suivre.

– Toi et tes habitudes.

– Mes sales habitudes.

– Tes sales habitudes.

– Tu n'as pas de sales habitudes, toi ?

Il s'exprimait sur un ton serein et aimable, comme si nous parlions d'*Ondine*, par exemple.

– Tu essayes encore de changer de sujet.

Il s'est arrêté, a claqué des doigts.

– Désolé ! C'est une autre de mes sales habitudes. Je change de sujet tout le temps. Alors... le sujet... salir... salir...

Il a levé l'index, l'a porté à ses lèvres, faisant mine de réfléchir. Puis il m'a regardée droit dans les yeux.

– La Terre est déjà sale, a-t-il décrété. Alors, un peu plus, un peu moins... Si la Terre est une poubelle, tout est ordure. Compris ?

Il a souri. J'étais sciée. Il s'est penché vers moi et, un instant, j'ai cru qu'il allait m'embrasser. Mais il s'est contenté de tapoter mon front.

– Allô ? Y a quelqu'un, là-dedans ?

– Si la Terre est une poubelle, ai-je répété.

Il m'a serré la main d'un air moqueur.

– Félicitations ! C'est bien ce que je viens d'énoncer.

– Sauf que la Terre n'est pas une poubelle.

– Que tu dis.

– Mais toi, tu estimes qu'elle en est une.

– Que je dis.

J'étais si ébahie que, un instant, les mots m'ont manqué.

– Tu te trompes.

– Si ça te fait plaisir.

– Tu ne peux croire que...

– Je peux croire tout ce que je veux.

Il est reparti. J'ai suivi le mouvement. Je commençais à me rendre compte que je le connaissais vraiment très peu.

– Pourquoi ? ai-je demandé.

– Retour à la case départ, a-t-il rigolé. Ça ne te regarde pas, a-t-il ajouté d'une petite voix d'enfant colérique.

– Et je suis censée faire quoi, moi ? me suis-je énervée. T'encourager quand tu voles et cochonnes ? Ouais, vas-y, Perry !

– Tu n'es pas censée faire quoi que ce soit, m'a-t-il sermonnée en brandissant le doigt. Je te signale que c'est toi qui essayes de me changer. En ce qui me concerne, tu peux faire ce que tu veux.

– Sauf te critiquer.

– Ma foi, si tu as envie de consacrer ta vie à mon triste cas, à ta guise. De toute façon...

Il a posé ses prunelles bleues sur moi, ricaneur. J'ai eu soudain l'impression que le sol tanguait sous mes pieds.

– Quoi ?

– Je sais pourquoi tu agis comme ça.

Je me suis arrêtée net, lui a poursuivi sa route.

– Et comment j'agis, hein ? Quoi ? Pourquoi ?

J'en balbutiais. Par-dessus son épaule, il m'a jeté sa réponse à la figure aussi allégrement qu'un emballage de bonbon :

– Comme si tu ne le savais pas !

14 SEPTEMBRE

Petite annonce dans le *Morning Lenape* :
Il dit que le monde est un endroit nul
mais je l'ai vu sur le plongeoir,
de la fierté plein les yeux.

15 SEPTEMBRE

Dori Dilson m'a écrit et m'a dit dans quelle fac tu étais inscrit. J'aime savoir où tu es. Je saurai toujours où tu es.

16 SEPTEMBRE

O = (J)303RappsDam(P)

22 SEPTEMBRE

Bien que nous ne soyons pas jeudi, je suis montée sur la Colline calendaire, parce qu'aujourd'hui c'est l'équinoxe d'automne. Le début de l'automne. À midi, le soleil se trouve juste au-dessus de l'équateur, ce qui signifie que le jour et la nuit ont une durée égale. À partir de maintenant et jusqu'au solstice d'hiver, la nuit va s'allonger. La lumière nous quitte.

J'ai dû pédaler comme une forcenée pour arriver à temps sur place et planter mon marqueur. Le soleil a bien failli me devancer. C'est que je ne suis pas encore complètement habituée à vivre sans horloges ni réveils. Le plus difficile est de me lever tôt les jours du Calendrier. Hier, quand je me suis couchée, je me suis dit : « Lorsque le soleil ne sera plus qu'à un trajet en vélo, je l'entendrai. Il fera le bruit du vent dans les arbres. Je m'éveillerai. » Eh bien, ça a fonctionné !

Mon père n'était pas très content, le jour où il est rentré à la maison pour découvrir que les réveils en avaient été bannis.

– Et comment le laitier est-il censé se lever à deux heures du matin ? a-t-il demandé.

Ma mère et moi avons été forcées d'admettre que c'était une bonne question.

– J'imagine que tu vas devoir dormir à la cave, a répondu ma mère en m'adressant un clin d'œil. Les réveils qui sonnent à deux heures du matin ne font plus partie de ma vie.

Bref, mon père s'est acheté une montre dotée d'une petite alarme qui le réveille mais ne dérange pas ma mère. Comme il n'aurait pas supporté que nous démolissions son ancienne montre à coups de marteau, il l'a abandonnée sur le banc d'un parc en espérant qu'elle servirait à qui la trouverait. J'avoue qu'il a été plutôt sympa. Quand on y réfléchit, en un an, il a accepté de déménager d'Arizona en Pennsylvanie et de quitter son boulot d'ingénieur en électronique pour adopter celui de laitier. En comparaison, la montre n'était pas grand-chose. Mon père s'adapte drôlement bien aux circonstances.

Petits incidents exceptés, je tiens à te dire que j'adore vivre dans un univers sans montres. Mes chaînes se sont envolées. Je suis un chiot lâché dans la prairie du temps. Tandis que j'observais le soleil levant, ce matin, j'ai ressenti un nouveau lien de parenté entre lui et moi. Une émotion primitive s'est réveillée en moi, une mémoire ancestrale qui se souvient de l'aube, d'un temps où les minutes, les plannings et les calendriers n'existaient pas, d'un temps où même des mots comme « matin » n'existaient pas.

J - 90 avant le solstice.

28 SEPTEMBRE

J'ai emmené ma nouvelle sœur, Alvina, faire la tournée du laitier, aujourd'hui. L'idée avait séduit sa mère. Toutes deux nous attendaient dans leur véranda. Quand sa fille a grimpé dans le camion, Mme Klecko a agité la main.

– Amusez-vous bien ! a-t-elle crié.

Je n'avais pas songé au problème de place. Malheureusement, le strapontin installé pour moi par mon père était le seul siège. Alvina et moi nous y sommes donc tassées côte à côte.

– J'en reviens pas que tu m'infliges ça, a-t-elle bougonné. Il fait encore nuit.

En souriant, j'ai adressé un signe de la tête à mon père. Je l'avais averti de ne pas s'attendre à rencontrer l'enfant la plus joyeuse qui soit. L'instant d'après, Alvina s'est relevée pour s'avachir sur mes genoux. Elle s'est endormie en quelques secondes, la tête ballant sur mon épaule.

Elle n'a guère eu l'occasion de somnoler, car mon père s'est rapidement garé devant le boui-boui de Ridgeview.

– Petit déjeuner ! ai-je claironné.

Il a presque fallu que je porte Alvina à l'intérieur. Nous avons pris une table donnant sur la vitrine. Alvina s'est affalée sur la banquette.

– J'y crois pas, a-t-elle eu la force de grommeler avant de se rendormir.

Lorsque la serveuse s'est approchée pour nous proposer du café, j'ai réveillé ma « sœur ». La serveuse a dû se demander pourquoi une fillette de cet âge était debout à ces heures indues.

– Alvina ? Que veux-tu boire ? Du lait ? Du thé ?

– Café, a-t-elle maugréé, les yeux fermés, le menton sur la poitrine.

– Pas de café pour toi, ai-je objecté. Tu n'es qu'une enfant.

– Je prends toujours du café, a-t-elle marmotté. Je veux du café.

Elle mentait, je le savais. Comme je savais que les gamins de onze ans et le café ne font pas bon ménage. Toutefois, la journée serait gâchée si elle dormait durant toute l'expérience. J'ai interrogé mon père du regard. Il a hoché la tête.

– Très bien, va pour trois cafés, alors.

Dix minutes plus tard, Alvina était réveillée, et l'on déposait du bacon et une pile de crêpes devant elle.

– Classe ! a lancé la serveuse en tapotant l'ongle de l'auriculaire d'Alvina.

Cette dernière l'a gratifiée d'un regard torve tout en découpant une crêpe.

– Classe ? a-t-elle bougonné.

La serveuse a étalé ses mains sur la table.

– Tu as vu les miens ?

Le fond était rouge sombre, avec des incrustations roses. Poussant force soupirs excédés, Alvina a daigné y jeter un coup d'œil.

– Le mien est mieux, a-t-elle décrété ensuite en retournant à son repas.

Fronçant les sourcils, la serveuse a examiné ses doigts et a hoché la tête.

– Tu as raison, a-t-elle admis en m'adressant un grand sourire. Bon appétit !

Et elle a filé. Mon père s'est attaqué à sa brioche parfumée à la cannelle.

– Très impressionnant, a-t-il dit en montrant l'ongle d'Alvina avec sa fourchette. Je parie qu'il attire les garçons comme le miel attire les abeilles.

– Je déteste les garçons, a-t-elle rétorqué.

Elle a inondé ses crêpes de sirop.

– Les garçons sont des rats, est convenu mon père.

– Mollo ! ai-je protesté. Il se trouve que je suis la mère d'un rat.

– Désolé, j'avais oublié. Les garçons sont des ânes.

Alvina avait beau avoir à demi vidé la bouteille de sirop, elle n'en continuait pas moins à verser. Je la lui ai enlevée. Mon père s'efforçait d'arracher un sourire à notre invitée, en vain. Il n'a pas baissé les bras pour autant.

– On devrait, lorsqu'ils atteignent l'âge de dix ans, suspendre tous les garçons du monde par les pieds et leur fourrer un ver de terre dans chaque narine.

J'ai éclaté de rire, recrachant une bouchée de ma propre brioche dans mon assiette. Alvina a continué à manger, sans même ciller.

J'ai senti que mon père s'échauffait. Il n'est pas du genre à renoncer sans avoir livré bataille. Il est également équipé d'un radar particulier qui lui permet de détecter les résistances à la bonne humeur. Pour peu qu'il y ait un ronchon dans les parages, il le devine aussitôt. Et se sent obligé d'y remédier. Je considère cette manie comme un inoffensif trouble obsessionnel compulsif. Par ailleurs, il ignore tout du syndrome taiseux. La plupart des enfants, paraît-il, ont tendance à ne pas parler en présence des adultes. Malheureusement pour lui, mon père n'a pas été habitué à cela, dans la mesure où ça fait seize ans que je jacasse comme une pie. Et Dootsie a pris le relais, à présent. Bref, il n'est pas coutumier des enfants taciturnes.

– Il existe une théorie, a-t-il enchaîné en jetant son dévolu sur Alvina comme elle-même avait jeté le sien sur ses crêpes, selon laquelle les garçons seraient une espèce entièrement différente des filles. Certains scientifiques affirment que les garçons descendent de petits mammifères malodorants. On parle de mouffettes.

Il s'est tu, guettant une réaction. N'en a obtenu aucune. Alvina mettait du sirop sur son bacon, maintenant.

– Qu'en penses-tu ? lui a-t-il demandé.

– De quoi ? a-t-elle riposté, la bouche pleine.

– De ce que je viens de dire.

– Et qu'avez-vous dit ?

Mon père a levé les yeux au ciel. Je crois qu'il commençait à comprendre qu'il se retrouvait devant le plus grand défi de son existence. Silencieusement, je lui ai lancé : « Je t'avais prévenu. »

– Chouette collier, Alvina, a-t-il ré-attaqué.

Elle n'a pas relevé. Comme d'ordinaire, le visage souriant du nounours tranchait avec le sien.

– As-tu également un ongle d'orteil classe ?

– Non.

Il était en train de sonder sa carapace, cherchant une faille.

– Ainsi, tu hais les garçons. Tous ?

– Ouais.

– Sans exception ?

– Nan.

– Moi aussi ? Je suis un garçon, je te rappelle.

– Vous êtes le laitier.

– J'ai entendu dire que tu avais un frère. Et lui, est-ce un garçon ?

– Surtout lui.

Mon père a sifflé doucement.

– Tu es une dure à cuire, toi.

Il a esquissé un geste vers ses crêpes.

– Tu m'en donnes un petit morceau ?

– Non.

– Rien qu'un tout petit ? a-t-il fait semblant de bouder.

Relevant la tête, elle l'a fusillé du regard avant d'énoncer férocement :

– Non !

Mon père a reculé. La scène était bien plus divertissante que *The Blob*. Après m'avoir adressé un coup d'œil et un sourire, il est reparti à l'assaut.

– Tu prétends détester tous les garçons, Alvina, mais je suis certain qu'il y en a un de spécial. Un que tu hais plus tous les autres réunis. Je me trompe ?

Elle a mâché un moment, a haussé les épaules.

– C'est possible.

– Il va à la même école que toi ?

– C'est possible.

– Il t'arrive de penser à lui, parfois ? Je veux dire, de penser à l'intensité de ta haine à son encontre ? Comme tu aimerais le torturer. Lui verser une pleine brouette de fourmis rouges dessus, par exemple. Des trucs comme ça.

– C'est possible.

– Je te comprends. J'ai moi aussi détesté quelqu'un de cette manière, un jour. Une fille.

– Ah ouais ? a-t-elle marmonné en avalant son dernier morceau de crêpe.

– Ouais. Nous étions en cinquième. Dans la même classe. Je la haïssais comme personne au monde.

– Ah ouais ?

– Ouais. Eh bien, tu sais ce que je lui ai fait ?

Il avait toute son attention, à présent.

– Non, quoi ?

Il a ri, a montré son alliance.

– Je l'ai épousée.

J'ai eu envie de me lever et d'applaudir, mais j'ai réussi à me retenir. Alvina a levé les yeux au ciel et plissé le nez comme si elle sentait une mauvaise odeur.

Par hasard, mon regard est tombé sur la pendule accrochée au-dessus du comptoir.

– Nous sommes en retard, papa, ai-je annoncé.

Mais il était lancé. Comme moi, il ne sait pas s'arrêter.

– Dis-moi, Alvina, quel âge as-tu ?

Elle a versé du sirop dans le fond de son café refroidi. Lorsque la serveuse était venue pour une deuxième tournée, nous ne l'avions pas autorisée à remplir la tasse d'Alvina.

– Onze ans trois quarts.

– Tu es sûre que ce n'est pas onze quatre cinquièmes ?

– Sais pas.

– Quel dommage ! s'est-il écrié avec un désarroi exagéré.

Elle a goûté une gorgée de son café sirupeux, a décidé qu'il lui plaisait et a avalé le reste d'une traite. Puis elle a regardé mon père, se demandant visiblement si elle devait poser la question qui s'imposait. Elle a fini par se décider :

– Pourquoi ça ?

Il a secoué la tête d'un air sombre. Pour qui ne le connaissait pas, on aurait pu croire qu'il revenait d'un enterrement.

– Pourquoi ? Parce que tu arrives à la fin d'une époque merveilleuse et magnifique. Ta petite enfance est presque terminée. Et tu sais ce qui se passe ensuite, hein ?

Une fois encore, Alvina a mordu à l'hameçon.

– Non, quoi ?

– Douze ans. Voilà ce qui arrive. Et après, tu sais ?

Elle n'avait franchement pas besoin de répondre à une question aussi bête, mais elle n'a pu résister à l'envie de découvrir où menaient ces âneries.

– Treize.

– Exactement ! En d'autres mots, tu seras devenue une adolescente. Quelle pitié !

Il a poussé un soupir lugubre.

– Pourquoi ? a demandé Alvina après avoir posé un regard surpris sur nous deux, tour à tour.

– Eh bien, tu sais ce qu'on dit.

– Qui ça, on ?

« Un point pour toi, ma fille », ai-je songé. Sauf que mon père a ignoré la question.

– On dit que les adolescents sont des horreurs. Qu'ils se transforment d'enfants adorables et mignons en monstres exigeant de pouvoir rentrer tard le soir et de marcher à cent mètres derrière leurs parents.

Soudain, j'ai commencé à être mal à l'aise. J'avais beau avoir deviné que mon père jouait avec Alvina, essayant de la provoquer, je n'étais pas certaine qu'elle l'avait compris. Elle m'a longuement contemplée. Il me semble que, pour une fois, elle m'a réellement vue. Elle a failli dire quelque chose, je suis prête à jurer que les mots se sont formés sur ses lèvres : « Stargirl n'est pas une horreur. » Mais ils ne sont jamais sortis. Elle a tourné sa cuiller dans sa tasse vide, a secoué le menton.

– Pas moi, a-t-elle lâché.

Tant mon père que moi avons été pris au dépourvu. La cuiller tintait toujours dans la porcelaine.

– Pas toi ? a fini par demander mon père.

La cuiller a cessé son manège. Alvina a contemplé le fond de sa tasse.

– Non, a-t-elle marmonné. Moi, je marche à l'envers. Je suis une horreur d'enfant mais je serai une adolescente géniale.

J'ai beau savoir que mes sens m'ont trompée, j'ai eu l'impression que tout le boui-boui retenait son souffle, comme conscient qu'une phrase extraordinaire venait d'être prononcée, qui se devait d'être accueillie par un silence adéquat. Mon père et moi nous sommes regardés. J'ai ravalé mes larmes. Alvina s'est remise à jouer avec sa cuiller. Au bout d'un moment, mon père a posé sa main sur les siennes.

– Je pense que tu as raison, Alvina, a-t-il dit. Sauf pour une chose.

Elle n'a pas relevé la tête. Il était inutile qu'elle demande laquelle.

– Tu n'es pas une horreur d'enfant.

Elle s'est détournée et a scruté la nuit, de l'autre côté de la vitrine.

Ensuite, nous sommes partis. J'ai expliqué à Alvina quelles seraient ses tâches : récupérer les bouteilles vides dans les vérandas des clients ainsi que leurs commandes qu'elle me lirait ; moi, je remplirais les casiers, et mon père les porterait. À notre premier arrêt, chez les Turner, elle s'est emparée du panier que je venais d'assortir.

– Je m'en occupe, a-t-elle décrété.

– Vas-y, a acquiescé mon père sans hésiter.

Dans un bruit de verre entrechoqué, elle est partie déposer la commande des Turner sur leur perron. À partir de là, tant que les livraisons se déroulaient à l'extérieur des maisons, Alvina s'en est chargée.

Nous avions pris du retard, et le ciel se teintait de gris quand nous nous sommes garés devant le 214, White Horse Road, chez les Huffelmeyer. Un litre de babeurre et un litre de lait chocolaté. Après avoir recommandé à Alvina d'être la plus discrète possible, nous sommes entrés. Quand mon père a allumé la lampe à abat-jour frangé, Alvina m'a offert ma deuxième grosse surprise de la nuit – elle a retiré ses chaussures. Au début, elle est restée derrière moi, tandis que je désignais mes photos préférées de la collection qui s'exposait dans le salon et la salle à manger. Puis elle s'est déplacée seule dans les pièces, passant de cliché en cliché. Mon père est revenu de la cuisine, a tapé sur son épaule. Elle n'a pas réagi.

– Un instant, papa, ai-je chuchoté.

Elle était complètement perdue dans les générations de Huffelmeyer. Son doigt a effleuré à plusieurs reprises telle ou telle photo. Nous avons attendu une bonne dizaine de minutes (temps d'horloge), puis j'ai ramassé ses tennis et l'ai entraînée dehors.

Le soleil se levait. Je craignais que le jour inhibe Alvina, ça n'a pas été le cas. Elle a continué à s'asseoir sur mes genoux, elle a même semblé fière que les passants la prennent pour l'arpette du laitier.

Nous avons déjeuné (à l'heure du petit déjeuner pour les autres) chez le glacier, où mon père a recommencé à assassiner les garçons, histoire d'arracher un sourire à Alvina. « Quelle est la différence entre les tortues et les garçons ? Les tortues ont une cervelle. » « Si tu soustrayais tous les garçons du monde, tu aurais vingt sur vingt en maths. »

Il a continué ainsi durant tout le repas, de plus en plus agacé. À ma grande admiration, Alvina n'a pas craqué une seule fois.

Lorsque nous l'avons ramenée chez elle en milieu d'après-midi, elle est descendue de mes genoux pour la dernière fois. Elle s'est éloignée avant de revenir et de murmurer à mon oreille :

– Ton père, il est dingo ou quoi ?

29 SEPTEMBRE

O = (J)1334Cranberry(B)

5 OCTOBRE

Ce matin, j'ai médité sur la table de pique-nique du parc où Dootsie a fait irruption dans ma vie. J'ai mis plus de temps que d'habitude à démarrer, car je n'arrêtais pas de repenser aux paroles d'Alvina : « Je suis une horreur d'enfant. » Naturellement, j'avais adoré les mots qui avaient suivi et j'espérais vraiment qu'elle y avait cru. En même temps, qu'elle se définisse comme une horreur m'indisposait. Quoi qu'il en soit, petit à petit, j'ai commencé à disparaître. Ici, maintenant, Alvina, Stargirl – tout cela s'est évaporé comme les bulles d'une limonade.

J'étais à l'extérieur de moi. Je n'étais nulle part, et j'étais partout. Plus de « quand ». Ni de « alors ». Juste « tout de suite ». Dans cet état, l'existence est si pure que la mémoire n'a nul endroit où s'agripper. Plus ma méditation est réussie, moins je me la rappelle. Et je ne me souviens pas du tout de celle d'aujourd'hui, juste de son début, du moment où mes ultimes réflexions au sujet d'Alvina se dissipaient, et de sa fin, lorsque j'ai ouvert les yeux... et que j'ai découvert...

Perry !

Assis en face de moi !

Il était en tailleur, paumes en calice sur les genoux, le dos bien droit, les épaules détendues, les yeux fermés. Comme moi. M'imitait-il ou s'était-il entraîné pendant des années ?

J'ai attendu en le toisant. Pas un battement de cils. J'ai repensé à toi et moi dans le désert, lors de ta première leçon de méditation. Mon cœur s'est brutalement serré. Tout était si nouveau pour toi (mais tant de choses me concernant étaient des découvertes pour toi !). Tu n'as pas compris, tu n'as pas été très bon, mais tu as au moins essayé, tu as fait de ton mieux. Pour me faire plaisir, je pense.

Quand Perry a enfin ouvert les paupières, il a regardé droit devant lui, comme si je n'étais pas là.

– Tu as menti, ai-je assené.

Seuls ses yeux ont frémi, se sont posés sur moi.

– Mmm ?

– Tu as menti. Sur le toit, tu m'as dit que tu ne méditais pas.

– Tu as raison, j'ai menti.

– Tu ne vas donc jamais en cours ?

– Et toi ?

– Je suis en cours. Ceci est inscrit à mon programme.

– Méditation avancée ?

– Éléments de la vacuité. Je crois que je n'arriverai jamais au niveau que je vise. (Je me suis demandé s'il allait enfin se tourner vers moi.) Serais-tu en train de te moquer de moi ?

Il s'est tourné vers moi.

– Non.

– Tu médites souvent ?

– Non.

– Tu es doué ?

– Oui. Très.

Cela ne m'a pas du tout étonnée.

– C'est donc ainsi que tu t'échappes du sale monde dans lequel tu vis ?

– J'imagine que oui, a-t-il répondu en haussant les épaules.

– Et quand tu grimpes sur ton toit aussi ?

– Oui.

– Félicitations, ai-je lâché après avoir contemplé les alentours. Tu es ici depuis un moment, et tu n'as pas encore cochonné les lieux.

– Maintenant que tu en parles...

Il a pris un paquet de chewing-gums dans sa poche, m'en a offert un. J'ai décliné. Il a déballé le sien, l'a mis dans sa bouche, a froissé le papier, a regardé autour de lui, a souri, m'a donné l'emballage. Je l'ai empoché.

– Sans rire, ai-je enchaîné, tu n'as pas d'ennuis, à force de sécher ?

– Je ne sèche pas, je suis juste malade. Je suis un être souffreteux.

– À moins que ce ne soit qu'un moyen d'échapper à ton harem, Muguet.

– C'est vrai qu'un gars a besoin d'un peu de tranquillité, parfois.

– Raconte-moi comment ça marche, Muguet. Tu sors avec elles les unes à la suite des autres ou avec toutes en même temps ?

– Question classée secret défense. Secrets du harem.

– Et le nombre d'Abeilles, il est également classé secret défense ? Y en a-t-il plus que les trois que j'ai rencontrées à la pizzeria ?

– Juste elles. Mais il n'y a pas de limites. Nous pouvons en accueillir une quatrième. La place t'intéresse ?

– Désolée, je ne suis pas du genre harem.

– Tu pourras avoir un tatouage d'abeille.

– Génial ! Où je signe ?

Il a ri.

– Tu es du genre fidèle, hein ? a-t-il enchaîné.

Bien que peu douée pour jouer les saintes nitouches, je suis entrée dans son jeu.

– Peut-être.

– Arizona Léo ?

Il s'en était souvenu. Fallait-il y voir un signe quelconque ?

– Tu as bonne mémoire.

– Le type qui t'a larguée.

– Je n'ai jamais dit ça.

– Dootsie l'a dit.

– Dootsie ment beaucoup. Elle le reconnaît elle-même, d'ailleurs.

Perry a promené son regard sur le parc.

– En tout cas, qu'il t'ait laissée tomber ou non, il est là-bas...

– Et tu es ici.

– Disponible et tout près ! s'est-il exclamé en écartant les bras.

Une prémonition m'est venue de ces bras se refermant autour de moi. Et un souvenir des tiens faisant pareil.

– Je loupe sûrement quelque chose de formidable ! ai-je raillé. Moi et mes principes idiots contre la merveilleuse institution du harem !

Ses yeux d'un bleu intense se sont posés sur moi.

– Oui, c'est vraiment dommage.

Ses mots étaient à l'unisson de notre flirt sarcastique, mais ses prunelles trahissaient autre chose. Nous étions toujours assis en tailleur, nos genoux se touchaient. J'ai éprouvé le besoin de continuer à jacasser.

– Tu es donc là pour ça ? Pour me recruter ?

– Où es-tu allée chercher une idée pareille ? s'est-il défendu, feignant l'innocence. Pourquoi aurais-je envie de toi dans mon harem ?

– Je te renvoie à la scène de la pizzeria. Tu me trouves *fascinante*.

– C'est Stephanie qui a employé ce terme. Moi, j'ai juste dit « intéressante ».

– Explique-moi ce que j'ai de si fascinant, ai-je insisté en poussant son genou du mien.

– Intéressant.

– Je préfère fascinant.

Il a fait mine de réfléchir.

– Eh bien... pour commencer, tu n'es pas une fille typique.

– Rien de neuf là-dedans, je te l'ai moi-même signalé sur le toit.

– Tu avais raison.

– Et toi, tu avais tort.

– Mea culpa.

– Alors ? En quoi suis-je atypique ?

– Tu veux des détails ?

– Oui. Et des flatteries.

Il a tourné à quatre-vingt-dix degrés pour m'envisager de profil. Son regard était un laser bleu qui semblait m'arracher la peau.

– Tu as des taches de rousseur sur le nez, elles te picorent un peu les joues.

– Pipi de chat ! Les taches de rousseur sont couramment répandues.

– Il y en a onze.

– Tu les as comptées ? me suis-je exclamée, ahurie.

Personnellement, je ne m'étais jamais donné cette peine.

– À la bibliothèque, le jour où tu m'as engueulé.

– Tu crachais des pépins de citron partout. Et je ne t'ai pas engueulé. Juste réprimandé. Quoi d'autre ?

Il m'a observée. Gênée d'être de profil, je me suis déplacée pour être face à lui.

– Tu ne portes pas de vêtements griffés.

– Je déteste les marques. Toi aussi, apparemment.

Il a paru tressaillir, puis a hoché le menton. J'ai regretté mes paroles. Il avait la chemise que je lui avais toujours vue. Il vivait dans un endroit exigu, à l'arrière d'un atelier de réparation de motos et de tondeuses à gazon. Il volait de la nourriture. Il fouillait les poubelles. Perry Delloplane n'évitait pas les vêtements de marque par conviction. Il était pauvre, tout simplement.

J'aurais dû m'excuser, sauf qu'il m'aurait demandé pour quelle raison je le faisais. J'aurais été contrainte de me justifier, or j'avais peur d'aborder le sujet de sa pauvreté. Je suis donc revenue à un terrain moins mouvant.

– C'est tout ? Griffes et taches de rousseur ?

– Tu n'es pas obsédée par ta petite personne. Tu ne te touches pas les cheveux toutes les dix secondes. Tu ne te contemples pas dans un miroir toutes les cinq minutes. Tu ne te maquilles pas.

– Je me suis épilé les sourcils, un jour.

– Ben ça date, alors.

Nous avons ri à l'unisson.

– Tu ne te comportes pas comme si tu étais superbe.

– Alors que je le suis ?

– Non, a-t-il décrété d'une voix si décontractée que j'ai compris qu'il le pensait. Mais rares sont les filles qui le sont. Ce qui ne semble pourtant pas les empêcher d'agir comme si elles l'étaient.

– Une petite minute ! Revenons à l'instant où tu me dis que je ne suis pas superbe.

– Ça te pose un problème ? a-t-il demandé en reprenant son air innocent.

Une fois encore, j'étais déroutée. Les discussions avec lui semblaient ne jamais tourner comme je le souhaitais.

– Non. Je crois. Pas tant que la beauté est dans les yeux de celui qui regarde. Toi, en l'occurrence, vu que nous sommes seuls ici pour le moment.

– Bien, a-t-il approuvé.

– Si je résume, je suis comme toutes les filles parce que je ne suis pas superbe, et je suis atypique parce que je ne me comporte pas comme si j'étais superbe ?

– Quelque chose comme ça, oui.

– Si je ne suis pas superbe, que suis-je ?

– Voilà que tu demandes à être griffée ? s'est-il marré.

– Un point pour toi.

Il a soufflé une bulle de chewing-gum, l'a fait exploser.

– C'est quoi, son nom de famille ?

J'ai sursauté.

– Quoi ? À qui ? Pourquoi me poses-tu cette question ?

– À Arizona Léo, le type qui ne t'a pas larguée.

– Je n'ai pas encore épuisé notre précédent sujet de conversation. Je veux connaître les autres raisons pour lesquelles tu m'apprécies.

– Attention ! s'est-il récrié en levant un doigt. J'ai dit que tu étais intéressante...

– Fascinante.

– Fascinante. Je n'ai jamais dit que je t'appréciais.

– Ouf ! Me voilà rassurée. Vu que je ne t'apprécie guère non plus. Heureusement que nous sommes d'accord, sinon ç'aurait été dégoûtant.

Il a craché son chewing-gum.

– Dégoûtant, oui.

– Borlock.

– Borlock, a-t-il répété, tout sourires.

Il a tiré une deuxième tablette de sa poche, l'a déballée, m'a donné le papier.

– Léo Borlock, hein ? a-t-il repris, l'air de mâcher à la fois son chewing-gum et le nom.

J'ai eu l'impression qu'il avait envie de poser toute une foule de questions. À la place, il a lâché :

– Ah oui ! Le calendrier !

– Hein ?

Décidément, un entretien avec Perry Delloplane suivait un chemin aussi direct qu'un ballon de foot pendant un match !

– Ton calendrier. Ça aussi, c'est plutôt atypique.

– Vraiment ? Tu ne crois pas que des tas de filles plantent des spatules dans un champ toutes les semaines pour, à la fin de l'année, fabriquer un cadran solaire maison énorme destiné à saluer le solstice d'hiver ?

– Pas plus des filles que des garçons.

– Bref, tu es épaté.

– En quelque sorte.

– C'est tout ?

– Très en quelque sorte.

– Et ta planète crasseuse, est-ce qu'elle a un solstice ? Le soleil se lève-t-il jamais sur ta Terre poubelle ?

Sa réponse n'a pas été le sourire et la moquerie que j'attendais. Juste :

– Ça arrive parfois.

– Dans ce cas... (Je me suis interrompue, puis j'ai foncé.) J'ai un cadeau pour toi. Cela te tenterait-il d'accompagner cette fille épatante et fascinante la prochaine fois qu'elle ira planter un marqueur sur la Colline calendaire ?

– Oui, a-t-il répondu sans hésiter.

Je me suis souvenue de ce matin d'août où il n'était pas venu. Certes, ce n'avait pas été une invitation en bonne et due forme. Je ne réitérerais pas cette erreur.

– Jeudi matin, alors. Nous sommes vendredi. Dans six jours. Tu n'oublieras pas ?

– Je sais compter jusqu'à six.

– Avant le lever du soleil.

– Avant le lever du soleil.

Je lui ai indiqué l'endroit en songeant que je ne l'avais jamais vu à vélo.

– Tu te débrouilleras pour arriver jusque là-bas ?

– Ouais.

– Tu arriveras à te lever assez tôt ? Tu as un réveil ?

J'avais conscience d'enfoncer un peu trop le clou, mais c'était plus fort que moi.

– Je n'en ai pas besoin.

– Moi non plus. J'habite une maison sans réveils ni horloges.

– Moi aussi.

Je l'ai cru. Qu'il soit riche ou pauvre, il était ce genre de personne à vivre sans heure. Visiblement, nous avions pas mal de points communs. Tout à coup, j'ai eu de nouveau envie de flirter.

– Es-tu jaloux ?

C'est lui qui a été pris au dépourvu, cette fois.

– Pardon ?

– De Léo.

Il a eu un grand sourire.

– Aucun commentaire.

– Léo m'a répondu la même chose, un jour. Lors de notre première conversation.

– Ah bon ?

– Oui. Il était déjà accro aux étoiles, pour ainsi dire. Je lui avais envoyé une carte de Saint-Valentin, je lui avais pincé l'oreille à la cantine, bref je l'avais submergé de mes charmes. Ce qui ne te surprendra pas, j'imagine.

– En effet.

– Malheureusement, il était très timide, et je le terrorisais. Du coup, il ne m'avait encore jamais adressé la parole. Puis, un soir, j'ai regardé par la fenêtre, et je l'ai vu arpenter notre rue, rassemblant son courage pour venir à moi.

– Et il a réussi ?

Tant l'expression que la voix de Perry laissaient entendre qu'il n'était pas vraiment intéressé. Mais je devinais que ce n'était qu'une façade.

– Non. C'est moi qui suis sortie. Dès que j'ai ouvert la porte, il s'est caché derrière notre voiture, dans l'allée. Nous avons bavardé sans nous regarder. Du moins, pas directement. Cannelle est allé vers lui en se faufilant sous la voiture. Lui l'a vu, par conséquent. Je lui ai demandé s'il me trouvait chouette.

– Et ?

– Question idiote. Un « oui » tonitruant, bien sûr ! Ensuite, je lui ai demandé s'il trouvait Cannelle chouette. C'est là qu'il a répondu « aucun commentaire ».

– Tu te souviens de tout ce que les gens te disent ?

– Tout ce que me disent certaines personnes, ai-je précisé en le fixant droit dans les yeux.

Le silence s'est installé, tandis que nous nous dévisagions, assis sur la table de pique-nique. Comme au cours de mes méditations, je n'ai pas eu conscience du temps qui s'écoulait, j'ai seulement ressenti que l'air nous séparant était électrisé par nos yeux.

Lorsque nous sommes descendus de la table, je me suis surprise à me découvrir chewing-gum. Nous avons traversé le parc, et je pense que nous avons été tous deux soulagés de passer à des sujets plus sûrs, à un bavardage anodin, à tout sauf nous-mêmes.

6 OCTOBRE

Je devine que tu as des questions, Léo. Comme je suppose que tu es très occupé à la fac, je vais les poser à ta place.

TOI : Il te plaît ?

MOI : Oui.

TOI : Tu l'aimes ?

MOI : Question suivante.

TOI : J'ai cru comprendre qu'il avait compté tes taches de rousseur.

MOI : Oui. Tu y crois, toi ?

TOI : Tu lui plais, hein ?

MOI : Hmm... oui.

TOI : Mais ?

MOI : Mais il n'amasse pas mousse. Son surnom, c'est Muguet. Il a un harem.

TOI : Or tu le veux pour toi seule.

MOI : Je n'ai jamais dit ça.

TOI : Tu as peut-être peur que, si tu t'attaches trop à lui, il te largue.

MOI : Peut-être.

TOI : Comme moi.

MOI : Je préférerais que tu formules ça d'une autre manière.

TOI : C'est pourtant ce que j'ai fait. Je t'ai laissée tomber. Et j'en suis désolé. Je le regrette, aujourd'hui.

MOI : Hé ! ça suffit ! C'est mon interview imaginaire à moi. C'est moi qui décide de tes paroles.

TOI : Pardon.

MOI : Tu ferais mieux de me demander si j'ai de la peine pour lui.

TOI : As-tu de la peine pour lui ?

MOI : Ce n'est pas le bon mot. J'ai plus envie de l'aider.

TOI : Tu voudrais réparer son monde crasseux ?

MOI : Ce n'est pas dans mes cordes. En revanche, je peux sans doute le réparer, lui. Un petit peu, du moins.

TOI : Réparer quelqu'un. On pourrait t'accuser de te mêler de ce qui ne te regarde pas.

MOI : Qu'importe.

TOI : Alors, ce Perry, il est quoi, au juste ? Un projet de mise en valeur ou une histoire d'amour en construction ?

MOI : À toi de décider.

TOI : Es-tu surprise qu'il n'ait pas encore tenté de t'embrasser ?

MOI : Oui.

TOI : Tu désires qu'il le fasse ?

MOI : Oui.

TOI : Et moi, dans tout ça ?

MOI : Aucun commentaire.

7 OCTOBRE

O = (J)201Birch(B)

8 OCTOBRE

J'ai retrouvé Alvina après ses cours. J'ai fait ce qu'il y a de plus basique au monde : je l'ai emmenée manger un morceau à la pizzeria. En priant pour que ses ennemis intimes, les trois garçons, ne surgissent pas. Cela ne s'est pas produit. Elle a piqué une petite crise parce qu'un champignon de ma demi-pizza avait contaminé sa moitié à elle, à la saucisse. À part ça, elle s'est montrée d'une mauvaise humeur ordinaire et sans conséquence. Suivant les instructions de Mme Klecko, je me suis bornée à essayer d'être moi-même. J'ai le sentiment que mon caractère ne déteint en rien sur elle.

9 OCTOBRE

Margie a une nouvelle collaboratrice. Cette femme effectue les tâches qui incombaient à Alvina – balayer, aider à la cuisine, faire du café. La différence, c'est qu'elle reçoit un vrai salaire, pas des beignets. Elle s'appelle Neva.

Margie m'a présentée à elle en précisant que j'étais sa meilleure cliente.

– Bonjour, ai-je dit. Joli prénom.

– Merci, a-t-elle répondu.

Puis elle est repartie vers la machine à café. Pas franchement le genre à copiner. Tout à coup, Alvina la ronchonne ne m'a plus paru aussi pénible.

Neva semble avoir la trentaine bien tassée, voire la petite quarantaine. Ses cheveux bruns sont longs, bouclés et striés de mèches blondes. Très maquillée, elle porte de grands pendants d'oreilles. Pour d'aucuns, elle incarnerait sûrement le glamour (à partir du cou), mais elle est si timide qu'on le note à peine. Elle ne parle pas. Elle ne regarde pas Margie quand cette dernière lui adresse la parole. Elle ne lève pas les yeux quand la clochette de la porte résonne pour laisser entrer un client. Elle a au doigt un énorme diamant criard, sûrement un faux. Elle est habillée de robes larges. Bien obligée, j'imagine, car elle est enceinte. Très enceinte.

10 OCTOBRE

Demain, c'est jeudi. Jour de la Colline calendaire.

11 OCTOBRE

Il n'est pas venu. Ça me scie.

Cette fois, je ne l'ai pas attendu. J'ai planté mon marqueur et suis repartie en courant à la maison. J'ai expliqué à ma mère que j'avais envie de faire un tour à vélo. Je suis allée chez Betty Lou. Le soleil se levait tout juste, et elle dormait sans doute encore, mais ça m'était égal. J'ai appuyé comme une sourde sur sa sonnette jusqu'à ce qu'elle m'ouvre. Elle a été tellement choquée en me voyant qu'elle a fait un pas dehors. Quand elle s'en est rendu compte, elle a frissonné, m'a attirée à l'intérieur et a claqué la porte.

– Que se passe-t-il, Stargirl ?

J'ai entrepris de lui raconter.

– Un instant.

M'attrapant par la main, elle m'a entraînée dans la cuisine, où elle a préparé du café et sorti des beignets. Elle s'est assise en face de moi. Puis elle a changé d'avis, a tiré une chaise et s'est installée près de moi. Elle s'est de nouveau emparée de ma main, l'a caressée tout en me dévisageant.

– Je ne t'ai jamais vue aussi en colère, a-t-elle dit. À la réflexion, je ne t'ai jamais vue en colère.

Elle a continué son inspection, puis a posé ses paumes sur mes oreilles, qu'elle a tirées d'avant en arrière.

– Je fais des signaux de fumée à partir de celle qui sort de tes oreilles, m'a-t-elle expliqué.

Malgré moi, un rire m'a échappé.

– Ne me faites pas rire, Betty Lou, je ne suis pas d'humeur.

– Je sais, a-t-elle répondu en cessant de sourire. Parfois, je traite les choses à la légère au mauvais moment. Je dois penser qu'une personne assez chanceuse pour avoir un oiseau moqueur sous sa fenêtre ne peut connaître de mauvais jours. Allez, raconte-moi.

Je lui ai rapporté ma conversation avec Perry sur la table de pique-nique et sa défection en ce jeudi.

– Je suis tellement furax que j'ai failli ne pas m'arrêter chez vous et aller jusque chez lui.

– Tu te sens lâchée.

– C'est exactement ça.

– Parce qu'il a promis de venir et qu'il n'est pas venu.

– Oui.

– Et tu as du mal à y croire, parce que l'autre jour, un vrai courant est passé entre vous.

– Oui.

Elle a poussé un beignet devant moi. J'ai secoué la tête.

– Je n'ai pas faim.

– L'amour coupe l'appétit, a-t-elle soupiré en mordant elle-même dans une pâtisserie.

– Il n'est pas question d'amour. Enfin, j'ignore de quoi il s'agit.

Elle a mâchonné tout en réfléchissant. Son regard posé sur moi était empreint d'une tendresse intense.

– C'est plus que de la colère, n'est-ce pas ?

– Vous pensez ?

– Tu es paumée.

– Oui.

– Déconcertée. Désarçonnée. Décontenancée.

– Oui.

– J'ai toujours aimé cet adjectif, « décontenancé ». Il est si parlant, on a perdu sa contenance, sa substance.

Se levant de sa chaise, elle a lancé les bras au ciel en affichant un air terriblement égaré.

– Décontenancé ! a-t-elle crié.

Malgré moi, j'ai ri.

– J'ai compris, Betty Lou, inutile d'en rajouter.

Elle s'est rassise, sans cesser cependant de marmonner le mot. J'ai vaguement songé que, s'il lui arrivait parfois de se montrer théâtrale, c'est parce que, ainsi confinée à la maison, elle est son seul divertissement. Elle a repris son sérieux.

– Il est normal que tu sois paumée. Qui ne le serait pas, à ta place ? Il te cherche, te rejoint en douce lorsque tu médites – ce qui, entre nous soit dit, est d'un culotté ! –, il t'envoie toutes sortes de signaux amoureux, puis il rompt sa promesse et te pose un lapin.

– Il a l'air en effet d'être de cette eau, ai-je confirmé. Il est même réputé pour cela. Les filles de son harem le traitent de pierre qui roule.

– Et tu connais le dicton. Pierre qui roule n'amasse pas les amoureuses très longtemps.

– Je n'en suis pas à exiger du long terme.

Son regard, toujours aussi intense, a perdu sa tendresse.

– Et qu'exiges-tu, Galaxy Girl ?

Bonne question.

– Aucune idée. Quelque chose. Quelque chose à la place de rien.

– Ne serais-tu pas en train de te montrer injuste à son égard ? Il n'est pas rien. Il est Perry... c'est quoi, son nom de famille ?

– Delloplane.

– Il est Perry Delloplane, et ce qui va avec. Voilà ce qu'il est. Tu t'efforces peut-être un peu trop de mettre un nom sur ce qu'il est.

– Une griffe, une marque, une étiquette.

– Exactement.

– Alors que je lui ai confié que je détestais les marques. Je me mentais à moi, si ça se trouve.

– Ou plus simplement, tu es mal à l'aise avec l'imprécis. Comme tous les humains.

– Me voici rassurée. Au moins, je ne suis pas la seule.

– Oh que non ! s'est-elle esclaffée. Tu es en bonne compagnie, même. Assise dans une salle de classe avec des milliards d'élèves qui tentent d'apprendre la même leçon.

– Laquelle ?

– Comment accepter l'imprécis, l'incertitude ?

J'attendais qu'elle développe, je n'ai eu droit qu'à :

– Tu veux que je réchauffe ton café ?

– Non merci. Donnez-moi un indice. Sur la façon de l'accepter.

Elle a ouvert de grands yeux, a porté ses mains à sa gorge.

– Qui ça ? Moi ? Je suis époustouflée que tu puisses penser qu'une pauvre agoraphobe comme moi ait la réponse à l'une des questions les plus importantes de l'existence. Je suis flattée.

– Bien. Et maintenant, oubliez la flatterie et répondez-moi.

Elle a adopté une pose de penseuse pleine de sagesse.

– Eh bien... il me semble que si quelqu'un a la solution, ce sont les bouddhistes.

– Les bouddhistes.

– Oui. Tu sais ce qu'ils disent... enfin, ils disent des tas de trucs. Au passage, ça ne te ferait pas de mal de les lire. Ils ont beau être originaires de l'Orient, ils ont plein de choses à nous apprendre, à nous Occidentaux des temps modernes. Je me rappelle un jour, j'avais vingt-huit ans...

– Betty Lou... s'il vous plaît.

– Ah oui, la réponse. Vis au jour le jour. Là !

– Au jour le jour, hein ?

– Oui. Oublie hier, oublie demain, profite juste des instants présents. Habite le maintenant. Ne le remets pas au lendemain. As-tu conscience de ce que tu fais quand tu gâches de précieuses heures à te demander comment les choses vont tourner avec Perry ?

– Non.

– Tu te voles de l'instant présent. Aujourd'hui t'appelle, il essaye d'attirer ton attention, mais toi, tu es scotchée sur demain, et aujourd'hui s'évacue comme de l'eau dans une bouche d'égout. Tu te réveilles le jour suivant, et ce présent que tu as dilapidé la veille a disparu à jamais. Aujourd'hui est demain. Or, certains des moments d'aujourd'hui recelaient des choses magnifiques, si ça se trouve. Et tu ne le sauras jamais.

Elle m'a regardée, a ri.

– Tu verrais ta tête ! Quelle solennité ! Si j'étais prof, j'en voudrais trente comme toi dans ma classe.

– C'est que... vous avez tellement raison, ai-je balbutié. Je crois que, quand je médite, je m'efforce d'agir comme vous le décrivez. Mais le reste du temps, je collectionne les fiascos. Ces derniers mois, en tout cas.

– Bienvenue à Fiascoville ! s'est-elle exclamée en levant les bras. Nous collectionnons tous les fiascos. Personne n'est parfait tout le temps. *C'est la vie !*[1]

J'ai acquiescé. Je l'ai contemplée. J'ai contemplé la pièce. J'ai contemplé le jardin, dehors. J'ai entendu le souffle ténu d'aujourd'hui qui passait dans les parages.

– Être à l'aise avec l'incertitude, hein ?

– Embrasser le mystère.

– J'adore les mystères. Quand je n'y figure pas.

– Trinquons au mystère !

Nous avons entrechoqué nos tasses et avons poussé trois hourras par respect pour le mystère.

– Alors, a repris Betty Lou, toujours en rogne ?

1. En français dans le texte.

J'ai réfléchi, me suis esclaffée.

– Quoi ? a-t-elle demandé.

– Je suis désolée, mais je crois que je suis encore un peu fâchée. Malgré toute la sagesse que vous venez de déverser sur moi.

Je me suis brusquement arrêtée de rigoler.

– Qu'est-ce qui débloque, chez moi ?

Ses traits n'exprimaient plus que douceur et compassion, à présent. Elle décelait en moi quelque chose que je me refusais à regarder.

– Au risque de passer pour une madame-je-sais-tout, je crois avoir la réponse à cette question.

– Oui ? ai-je murmuré, les lèvres tremblantes.

– Tu es si seule, a-t-elle chuchoté, à peine audible, en prenant mes mains dans les siennes. Léo te manque. Ça te rend vulnérable. Tu n'es pas en possession de toutes tes forces.

J'ai hoché la tête, les yeux pleins de larmes. Nous sommes restées un instant comme ça, silencieuses, nous tenant les mains – nous tenant plus que les mains.

– D'ailleurs, a-t-elle fini par dire, je suis contente que tu sois encore un peu fâchée.

Elle m'a tendu un mouchoir en papier.

– Ah oui ?

– Je te préfère en colère qu'accablée de chagrin.

– Vous croyez ?

– Oh que oui ! Le chagrin mène parfois à des actes peu recommandables.

– Comme ?

– Ramper.

– Je ne rampe pas.

– Si tu t'étais rendue chez lui, ce matin, qu'aurais-tu fait ?

– Aucune idée.

– Tu ne te serais pas abaissée devant lui ?

– Non.

– Tu ne te serais pas jetée à ses pieds ?

– Non.

– Ne te jette jamais aux pieds d'un homme

– Je vous le promets.

– Je te crois, a-t-elle admis après m'avoir observée.

Puis elle m'a tendu l'assiette de beignets. Cette fois, j'en ai pris un.

– Vous, vous ne me lâchez jamais, Betty Lou, ai-je murmuré en caressant sa joue. Je sais toujours où vous trouver.

Elle a secoué la tête, un sourire amer aux lèvres.

– Triste mais vrai. Nonobstant, ne t'emballe pas, jeune fille. Je n'ai pas renoncé. J'imagine que, un jour, tu viendras chez moi, tu sonneras à la porte, et elle ne s'ouvrira pas, parce que... je ne serai pas là !

Elle a ponctué ses paroles d'une grande claque sur la nappe.

12 OCTOBRE

TOI : Tu l'as entendue.

MOI : Oui.

TOI : Elle a dit que je te manquais.

MOI : Elle m'a aussi conseillé de vivre les instants présents.

TOI : Vrai.

MOI : Toi, tu es hier.

TOI : Houps ! Mais... attends ! Je ne t'ai jamais posé de lapin, moi.

MOI : Tu as fait pire. Tu m'as tourné le dos.

TOI : Deux fois houps !

MOI : Je précise comme ça, par souci de la vérité. Je t'ai pardonné.

TOI : Ouf ! Bon, tu crois tout ce qu'elle a dit ?

MOI : Oui. Sauf que...

TOI : Sauf que ?

MOI : Il y a une chose que je n'ai pas avouée à Betty Lou. Deux mots.

TOI : Lesquels ?

MOI : Le baiser.

TOI : Aïe ! je commence à regretter ma question.

MOI : Moins il m'embrasse, plus j'ai envie qu'il m'embrasse.

TOI : À la réflexion, je regrette totalement ma question. Officiellement.

MOI : En même temps, ce n'est pas banal.

TOI : Ah bon ?

MOI : Parce que je désire à la fois qu'il m'embrasse et ne le désire pas. Est-ce que c'est logique ?

TOI : Pour n'importe qui sauf toi, non.

MOI : J'en ai envie, mais j'ai peur aussi.

TOI : De quoi as-tu peur ?

MOI : De ne plus être décontenancée. J'ai peur qu'un baiser réponde à une question dont je ne suis pas certaine de vouloir la réponse.

TOI : Laquelle ?

MOI : Il me semble que tu sais laquelle.

13 OCTOBRE

O = (J)340Birch(B)

16 OCTOBRE

Chaussette-pantoufle rouge à la fenêtre.

Avec la bénédiction de nos mères respectives, Dootsie et moi avons séché l'école afin d'aider Betty Lou à affronter ce mauvais jour. Elle allait bien mieux à l'heure du déjeuner, mais comme nous nous amusions comme des folles, nous sommes restées jusqu'au soir.

18 OCTOBRE

Aujourd'hui, j'ai emmené Cannelle avec moi sur la Colline calendaire. Il a effectué le trajet dans ma poche. Je pense que, dorénavant, il m'accompagnera tous les jeudis. Au moins, je n'ai aucun doute sur ce que lui ressent à mon égard.

Alors que je marchais dans Rapps Dam Road, j'ai eu vaguement conscience que quelque chose s'efforçait d'attirer mon attention. Toutefois, j'avais l'esprit ailleurs. Puis, au moment où je m'apprêtais à traverser la nationale 113, j'ai perçu le souffle d'un murmure ténu : « Retourne-toi. » J'ai inspecté ma poche, Cannelle dormait. De nouveau : « Retourne-toi. » J'ai obtempéré. Et là, j'ai compris. De la nationale 113 à chez moi, tous les porches de Rapps Dam Road étaient illuminés. J'avais dû m'en rendre compte inconsciemment, puisque ma torche n'était pas allumée. À commencer par les Cantello, tous nos voisins s'étaient donné le mot au fur et à mesure des semaines et, désormais, mon chemin était entièrement éclairé. J'en ai été si émue que, plantée au carrefour, j'ai lancé à voix haute dans ce couloir lumineux :

– Merci !

20 OCTOBRE

– J'vais être une gaufre !

C'est sur ce cri que je me suis réveillée. La nuit dernière, je suis sortie avec mes parents. Nous sommes allés voir une pièce en ville. Même les élèves scolarisés à domicile ont droit à leur liberté, le samedi. Je m'octroyais donc une grasse matinée. Du moins, j'essayais. Parce que Dootsie, tel un jockey, crapahutait sur mon dos et me secouait par les épaules en braillant :

– J'vais être une gaufre ! Ta maman va me faire un costume pour Halloween !

J'ai grogné. J'ai été aussi revêche que possible.

– Fiche-moi le camp, Dootsie !

Elle s'est glissée sous la couette. Se serrant contre moi, elle m'a soufflé à l'oreille :

– J'vais être une gaufre !

M'attrapant la tête, elle a tourné mon visage vers le sien. M'a ouvert un œil avec son doigt.

– J'vais être une gaufre !

Abandonnant la lutte, je me suis extirpée de mon lit. J'ai enfilé ma robe de chambre et j'ai titubé jusqu'au rez-de-chaussée. Je me suis avachie devant la table de la cuisine, tandis que ma mère, hilare, me racontait que Dootsie avait déboulé tôt ce matin (ne le dis à personne, mais ma mère déverrouille la porte quand elle se lève afin de faciliter les fréquentes visites matutinales de Dootsie) en expliquant à ma mère qu'elle voulait être déguisée en gaufre pour Halloween, alors veux-tu s'il te plaît me fabriquer un costume de gaufre ?

Ma mère a suggéré de me transformer en fourchette, une fourchette qui ferait semblant de manger la petite gaufre.

– Oui ! Oui ! Oui ! S'il te plaaaîîît ! m'a suppliée Dootsie.

Je pense cependant que je vais passer mon tour sur ce coup-là. Je me contenterai d'accompagner la gaufre de maison en maison.

Dans l'état second où j'étais, j'ai préféré ne rien dire, mais je rends grâce à Dootsie de l'attention – même importune – qu'elle me porte ces jours-ci. Cela m'évite de penser à tu sais qui. Je ne l'ai croisé qu'une fois depuis sa défection. C'était peu de temps après le lapin. J'étais chez Margie quand je l'ai vu approcher avec deux de ses Abeilles. J'ai bondi.

– Je reviens ! ai-je lancé à Neva, histoire qu'elle ne débarrasse pas ma table.

J'ai foncé dans la cuisine en priant Margie de répondre que je n'étais pas là si on demandait après moi. La clochette de la porte a retenti, de même que des piaillements féminins. Puis plus rien. Ma colère s'était estompée. Elle s'était durcie, croûte sur ma blessure. Elle me protégeait d'autres souffrances, et il était exclu que je le laisse l'arracher, y compris en s'excusant. La clochette n'a pas tardé à sonner de nouveau. Quand j'ai passé la tête dans la boutique, ils avaient disparu.

21 OCTOBRE

Je me suis dit qu'il fallait que je fasse quelque chose avec Alvina. Rien de spectaculaire, une simple balade dans le parc, ne serait-ce que pour que les magnifiques couleurs de l'automne l'influencent, adoucissent peut-être ses piquants toujours prêts à se hérisser. J'allais l'appeler quand le téléphone a sonné. C'était elle. Pas de bonjour. Juste des hurlements :

– Espèce de sale menteuse ! Hypocrite ! Je te hais !

J'ai balbutié un « Quoi ? ».

Elle m'a raconté qu'elle avait entendu ses parents parler de moi, de leur demande de la prendre sous mon aile. J'ai essayé de lui expliquer que les choses étaient plus complexes que cela, elle ne m'a pas écoutée.

– Ne t'approche plus jamais de moi, sinon, je te cogne ! D'ailleurs, je suis contente d'être débarrassée de toi. Parce que je t'ai jamais aimée. Tu me fais pitié, tiens, tellement t'es nulle ! Et moche !

Elle a raccroché.

22 OCTOBRE

Je n'en veux pas vraiment à Alvina. Si j'avais l'impression que quelqu'un me fréquente uniquement par devoir, je serais moi aussi furieuse. Je suis persuadée que les mots justes, les paroles apaisantes existent – seulement, je ne parviens pas à les trouver.

O = (J)422Birch(A)

24 OCTOBRE

Dootsie est incontrôlable. Sa maîtresse de CP a téléphoné à Mme Pringle, aujourd'hui.

– Si j'entends encore une fois votre fille crier « J'vais être une gaufre ! », je crois que je vais mourir de rire.

Mme Pringle a été obligée de cacher le costume de gaufre, sinon Dootsie irait tous les jours avec à l'école. La petite n'est pas entièrement satisfaite, cependant. Elle s'offusque qu'il n'y ait aucune récompense. Le défilé de l'école n'est que cela, un défilé, pas un concours. Pas de félicitations pour le plus joli déguisement. Après son éclatant premier prix au festival du Blob, Dootsie a soif de nouvelles victoires.

– J'vais gagner, a-t-elle décrété l'autre jour.

– Non, ai-je répondu. Il n'y a rien à gagner. Tu vas juste défiler avec les autres.

– J'vais perdre, alors ? a-t-elle rétorqué, boudeuse.

– Non plus. Il n'y aura ni gagnants ni perdants. Juste des fantômes, des sorcières, des gnomes. Et une gaufre.

– Carrée, la gaufre !

Ma mère lui avait donné le choix entre une gaufre ronde et une carrée.

– Oui, carrée, ai-je acquiescé en la prenant dans mes bras. Et toutes les gaufres carrées du monde compteront sur toi pour montrer à l'univers à quel point une gaufre peut être merveilleuse. (Je l'ai embrassée sur le nez.) Peuvent-elles compter sur toi ?

Elle a réfléchi. Finalement, elle a haussé les épaules et a poussé un soupir peu enthousiaste.

– D'accord.

Lorsque j'escorterai Dootsie le soir de Halloween, nous resterons dans le quartier. Nous commencerons par la maison de Betty Lou. Nous ne serons d'ailleurs pas les seules à nous rendre à cette adresse. M'est revenu aux oreilles que Betty Lou Fern est l'une des destinations les plus prisées de la ville. Son agoraphobie attire les enfants comme une maison hantée attire les spectres. Affronter le perron d'une demeure sombre que sa locataire n'a pas quittée depuis neuf ans les remplit d'une délicieuse appréhension. Ils frissonnent à l'idée d'apercevoir son visage. Ils sonnent. Ils frappent. Ils attendent. Ils tremblent. Mais, tout ce à quoi ils ont droit, c'est une porte qui s'entrebâille juste assez pour laisser passer une main – la main d'une dame presque âgée – qui tient un saladier en bois plein de beignets coupés en deux.

Prenant mon courage à deux mains, j'appelle Alvina pour lui proposer de venir avec nous. Elle raccroche dès qu'elle entend ma voix.

Je ne serais pas surprise que nous tombions sur Perry lors de notre tournée. Je suis certaine qu'il ne loupera pas l'occasion de se remplir gratuitement la panse.

À propos, Cannelle sera déguisé en fourchette.

1er NOVEMBRE

J'ai raté Halloween. J'ai raté toute la semaine dernière. Voici ce qui s'est passé.

La dernière fois que je t'ai écrit, c'était un mercredi. Par conséquent, le lendemain aux aurores, comme d'ordinaire, je suis partie pour la Colline calendaire, talkie-walkie dans une poche, Cannelle dans l'autre. Comme d'habitude aussi, j'ai dit au revoir à ma mère assise dans notre véranda. Comme d'habitude, je suis allée de flaque de lumière en flaque de lumière, accompagnée par les porches éclairés des voisins. Comme d'habitude, au bout de l'impasse, j'ai traversé la nationale 113.

C'est là que les habitudes se sont modifiées.

J'ai aperçu des flammes sur ma droite. Aujourd'hui encore, les mots me manquent pour décrire la scène. Le feu. La nuit. Le silence. La solitude. Rien ne semblait réel. Rien ne semblait « maintenant ». Ma première pensée a été : les Indiens Lenape ! Puis, par talkie-walkie, j'ai prévenu ma mère :

– Maman ? Il y a un incendie. Appelle les pompiers !

Ensuite, je me suis ruée vers le petit bungalow en criant :

– Au feu ! Au feu ! Réveillez-vous ! Réveillez-vous !

J'ai marché dans un trou, y suis tombée de tout mon long. Puis me suis relevée. Cannelle ! Écrasé ? J'ai vérifié, il n'avait rien. Le prenant dans ma main, je suis repartie en courant.

– Levez-vous ! Debout !

Le toit n'était plus qu'une couverture jaune et orange qui chauffait mon visage et illuminait la nuit. La boîte aux lettres brillait comme en plein jour. Sur son flanc, des lettres blanches faisaient la réclame du *Morning Lenape*. Le petit drapeau rouge était baissé[1]. Les yeux de Cannelle étaient deux points orangés.

Comment aurait réagi un pompier ? Je me suis ruée vers le perron.

– Réveillez-vous ! Sortez !

Je suis retournée à la boîte aux lettres, y ai installé Cannelle, ai refermé le battant métallique. L'ai rouvert, par crainte qu'il n'étouffe.

– Ne bouge pas ! lui ai-je ordonné.

Suis repartie vers la maison.

– Debout, là-dedans !

J'ai tenté d'ouvrir la porte d'entrée, elle était fermée à clé. Au-dessus de ma tête, la toiture en feu faisait un bruit de draps claquant au vent. Il régnait une odeur âcre de goudron. J'ai regardé frénétiquement autour de moi. Des chaises en osier. J'en ai attrapé une, l'ai jetée sur une fenêtre, pieds en avant. Elle a rebondi sur la

1. Aux États-Unis, les boîtes aux lettres des maisons individuelles sont équipées d'un petit drapeau rouge qu'on dresse quand on veut indiquer au facteur la présence de courrier à expédier. C'est lui qui le relève, ce qui évite de se rendre à la poste.

vitre. Des flammes éclairaient l'intérieur du bungalow. J'apercevais une horloge ancienne. Quelque part, une sirène a ululé. J'ai de nouveau balancé la chaise dans le carreau en hurlant comme un karatéka. La fenêtre a explosé. J'ai tenté de crier : « Réveillez-vous ! », mais la fumée m'a engloutie...

Quand je suis revenue à moi, quelque chose obstruait mon visage. Un homme était penché sur moi.

– Respire calmement, me disait-il. Nous sommes en train de te donner de l'oxygène.

Puis j'ai distingué ma mère. Elle avait une expression que je ne lui connaissais pas. J'ai voulu appeler Cannelle, mais mon souffle n'était que bitume acide. Puis il y a eu les gyrophares... le brancard... les sirènes...

Je suis restée une semaine à l'hôpital.

Comme les médecins s'inquiétaient surtout pour mes poumons et que j'étais trop mal pour me plaindre, ce n'est que bien plus tard qu'une infirmière a remarqué ma cheville. Elle ressemblait à un pamplemousse, suite à ma chute dans le trou. Ils se sont empressés de l'empaqueter dans de la glace, puis dans un pansement avant de la surélever. J'avais des coupures plein les mains, à cause de la vitre brisée. Un tube à oxygène me rentrait dans le nez. J'avais le souffle rauque. J'étais incapable de parler.

Mais je pouvais écrire. J'ai griffonné un mot à mes parents, qui attendaient dans le couloir, pour leur indiquer où j'avais caché Cannelle. Mon père est aussitôt parti pour revenir un quart d'heure plus tard. Le volet de la boîte aux lettres était toujours ouvert, et Cannelle avait disparu. À la vérité, je n'ai pas été surprise. Il ne reste tranquille qu'en ma compagnie. Il avait dû se lasser de patienter, avait dégringolé de son abri et...

– Arrête de pleurer ! m'a sévèrement ordonné l'infirmière. Tu vas encrasser tes tubes.

Au début, seuls mes parents ont été autorisés à me rendre visite. Le deuxième jour, ils m'ont enfin donné de bonnes nouvelles. Personne ne s'était trouvé dans l'incendie. Les propriétaires du bungalow étaient alors dans leur appartement de Floride.

Dootsie et sa mère sont venues le troisième jour. Dootsie portait son costume de gaufre pour me remonter le moral et parce que j'allais rater Halloween. Mais, dès qu'elle m'a vue, elle a éclaté en sanglots. J'étais encore sous oxygène. Je ne pouvais toujours pas parler. Elle a voulu arracher le tube, croyant qu'il me faisait mal. Elle a demandé des nouvelles de Cannelle. Elle a lu la réponse sur mes traits. Sa mère l'a emmenée, en larmes. Il n'existe rien de plus triste qu'une gaufre qui pleure.

Une heure plus tard, Alvina est apparue. Elle m'a braillé dessus durant toute sa visite, pas du tout perturbée par la présence de mes parents.

– Je te croyais maligne ! Tu l'es pas, t'es complètement idiote même. Alors, compte pas sur ma compassion. Heureusement que tu peux pas parler, sinon tu sortirais une idiotie, c'est sûr et certain. T'as voulu entrer dans une maison en feu. T'as tenté de sauver des gens qu'étaient même pas là ! Plus idiot, y a pas. Dès que tu seras en état de parler, la première chose que tu me diras, c'est : « Je suis idiote. » Si t'es pas trop idiote pour comprendre ce que je viens de te dire, hoche la tête.

J'ai hoché la tête.

– Bien. Salut.

Et elle est partie en tapant des pieds.

J'en ai conclu qu'elle n'était plus fâchée contre moi.

Les Abeilles sont venues. Elles m'ont apporté un ourson en peluche rose pour me tenir compagnie. Je me rends compte que je les apprécie malgré moi. Quand on songe que chacune d'elle n'a droit qu'au tiers du garçon qu'elles se partagent, elles s'entendent étonnamment bien. Elles se charrient à propos de celle des trois qu'il préfère. Elles insistent pour que je me joigne au harem. À leurs yeux, je ferais une super Abeille. Je suis presque certaine (presque) qu'elles plaisantent, mais j'ai joué le jeu. Je leur ai demandé si Muguet n'avait pas son mot à dire.

– T'inquiète, m'ont-elles répondu. Il l'a déjà fait.

Hum.

Le lendemain Monsieur en personne s'est présenté. Il apportait un exemplaire du *Morning Lenape*. En une, un article sur l'incendie et une photo de moi (prise au lycée de Mica). La journaliste me qualifiait d'« héroïne scolarisée à domicile ». D'après elle, l'absence des résidents – les Van Buren – « ne diminue en rien la valeur de cette jeune fille qui a mis sa vie en danger pour sauver celle de ses voisins. »

J'ai rendu le canard à Perry en ricanant.

– Sonnettes, comme dirait Dootsie.

– Sonnettes ? a-t-il répété, surpris.

– Je ne suis pas une héroïne. Il se trouve simplement que j'étais la seule dans les parages cette nuit-là.

Nous nous sommes disputés pour savoir si j'étais ou non une héroïne. Il a gagné sur abandon, car ma gorge irritée m'a lâchée. Il effleurait une des cicatrices de mon visage quand ma mère est entrée dans la chambre. Je les ai présentés l'un à l'autre. Il a semblé timide, soudain. Son côté poseur s'était volatilisé. Jusqu'alors, je l'avais toujours vu plein d'audace. Après une caresse à mon nounours, il s'est éclipsé.

Betty Lou m'a appelée tous les jours. Elle s'en voulait à mort de ne pas me rendre visite, mais dès le départ je lui avais interdit de sortir de chez elle, ne voyant pas pourquoi elle aurait dû affronter sa peur du dehors alors que je n'étais pas dans un état critique. Donc, nous avons discuté au téléphone, et je ne la laissais raccrocher que quand je l'avais persuadée, une fois de plus, qu'elle n'avait à se sentir coupable de rien.

Je suis rentrée de l'hôpital ce matin. Mon premier geste a été de vider mon chariot du bonheur de tous ses cailloux. Il est vide à présent. Cannelle a disparu.

Je ne supporte pas d'imaginer ce qui a pu lui arriver. C'est un rat domestique. Il ignore tout des chats et des faucons. Il ne sait même pas qu'il existe des personnes détestant les rats. Je suis terrifiée à l'idée qu'il tombe sur un homme... un homme aux pieds énormes et aux yeux pleins de haine.

J'ai découvert qu'on m'avait caché quelque chose. Le lendemain de sa visite à l'hôpital, Dootsie a été portée disparue. Toute la journée. La police l'a retrouvée près des ruines de la maison incendiée. Elle cherchait Cannelle.

Les premières nuits, je n'ai pas très bien dormi. Un test sanguin a révélé la présence de toxines dues à la fumée. On m'a donné des médicaments. Mon conduit respiratoire était endommagé, alors on m'a également donné des médicaments pour ça. J'ai développé un début de pneumonie – encore des médicaments. Ma salive était grise : pas de médicaments pour ça. Peu à peu, les choses se sont arrangées. On m'a retiré le tube à oxygène, on a laissé tomber les cachets. La nourriture a cessé d'avoir un goût de fumée. À présent, ma salive est toute blanche, toute jolie.

Bref, mon corps se rétablit, ce qui n'est pas le cas de mes rêves. Je rêve de Cannelle. Parfois, il erre dans un terrain dénudé qui rappelle le désert d'Arizona. Señor Saguaro se penche vers lui pour lui parler, et des vautours à bec rouge surgissent du nid de la chouette du désert. D'autres fois, Cannelle est sur un trottoir encombré de passants, il slalome entre les chaussures, lève la tête pour tenter d'attirer l'attention de quelqu'un. Il arrive aussi que je ne le voie pas, que je l'entende seulement, qui m'appelle encore et encore.

5 NOVEMBRE

La journaliste du *Morning Lenape* est venue à la maison, aujourd'hui. Elle s'entête à vouloir faire de moi une héroïne. Elle souhaite faire un portrait de moi. Je n'ai pas été très sympa. Après avoir répondu à deux ou trois questions, j'ai montré ma gorge et croassé :

– Peux pas parler.

Elle m'a aussitôt tendu son calepin.

– Vous n'aurez qu'à m'écrire vos réponses.

– Peux pas écrire.

Attrapant mes béquilles, j'ai monté l'escalier en boitillant et me suis enfermée dans ma chambre. J'ai entendu sa voiture démarrer. Elle songeait sans doute à changer son gros titre : UNE SORCIÈRE HÉROÏQUE.

Je m'en fiche. Mes aisselles sont douloureuses à cause des béquilles. Ma jambe me démange à cause de l'attelle en plastique que je suis obligée de porter quand je ne dors pas. Je ne peux toujours pas respirer profondément. De toute façon, si je le pouvais, ça n'aiderait pas mon cœur. Cannelle me manque. Mon ami. J'ai mal là où ni les béquilles ni l'attelle ne m'atteignent.

8 NOVEMBRE

Je me suis disputée avec ma mère hier soir. (Ça t'étonne ?) Lorsqu'elle a découvert que j'avais l'intention de me rendre sur la Colline calendaire ce matin, elle a pété un câble :

– Tu n'iras nulle part ! Tu marches avec des béquilles et tu es encore essoufflée !

– Je ne suis pas essoufflée, ai-je rétorqué avec un calme très mature, dans la mesure où elle avait apparemment décidé de jouer le rôle de l'enfant.

– Non ! a-t-elle décrété, toute rouge, en me menaçant de l'index.

– Si.

– Non. Fin de la discussion.

Elle a tourné les talons.

– J'irai, ai-je lancé, toujours aussi calme et mature.

Elle s'est arrêtée net. Ses épaules se sont raidies. Elle a pivoté, ses yeux luisaient. Elle n'a dit qu'un mot, un seul – « Susan » –, avant de s'en aller.

Elle ne m'appelle jamais par mon prénom, à moins d'être très, très mécontente. Cela m'a rappelé une scène qui s'est produite le deuxième jour de mon hospitalisation. Mes parents étaient dans ma chambre, mon père debout, ma mère assise dans le fauteuil. Ils arboraient des visages enjoués, défiant ma salive grise et mes halètements de m'achever. Soudain, je me suis mise à tousser avec tellement de vigueur, que ma perfusion s'est redressée, manquant d'arracher mon tube à oxygène. Mon père est sorti en courant pour appeler une infirmière, qui s'est précipitée pour me calmer. Lorsqu'elle est partie, je me suis tournée vers mes parents. Mon père se tenait devant ma mère, si bien que je ne la voyais pas. Il souriait, toujours aussi enjoué, me serrait la main. Au bout d'une minute, il s'est écarté, laissant apparaître le visage souriant et également enjoué de ma mère. Je sais maintenant ce dont je ne me suis pas rendu compte alors – que mon flirt avec le danger a plus fragilisé mes parents qu'ils ne me l'ont montré.

N'empêche...

Donc, ce matin, je me suis réveillée bien avant l'aube, songeant à mon calendrier que j'avais négligé, avec l'impression que le temps fuyait à toute vitesse – plus que quarante-trois jours avant le solstice d'hiver, pensant à tout ce que j'avais à faire. Plus j'y réfléchissais, plus j'étais persuadée que j'allais réussir à m'éclipser de la maison, à filer sur la Colline calendaire, à rentrer et à me recoucher sans que ma mère ne s'en aperçoive. J'ai mis mon attelle et mes vêtements, ai tendu la main pour attraper mes béquilles : elles n'étaient plus là. Elles n'étaient nulle part dans ma chambre. J'ai ouvert la porte, allumé la lumière, cherché dans le couloir, boitillé jusqu'à la salle de bains. Rien. C'est là que j'ai pigé. Je me suis rendue dans la chambre de mes parents. Les béquilles étaient là, sous la couette, avec ma mère. Mon rire l'a réveillée.

– Je parie que papa a été ravi, ai-je dit.

Je me suis couchée avec elle, les béquilles entre nous, et nous avons dormi jusque bien après le lever du soleil.

9 NOVEMBRE

Cannelle est vivant !

Il est revenu !

Perché sur mon épaule, il me mordille l'oreille au moment où j'écris ces lignes.

C'est un jour à vingt galets !

Ce matin, j'étais sur le divan où j'exerçais ma cheville comme les médecins me l'ont montré quand la sonnette a carillonné. Deux personnes se tenaient sur le perron. L'une d'elles était Arnold. L'autre, une femme que je n'ai pas identifiée. Elle était élégamment vêtue, pantalon beige et veste matelassée vert pâle à col de fourrure grise. Ses pendants d'oreilles étaient une mosaïque d'éclats multicolores. Elle avait des cheveux blonds striés de mèches plus sombres. J'ai brusquement constaté qu'elle était plus âgée qu'elle n'en avait l'air. Elle arborait un sourire étincelant et sûr de lui, comme si elle me connaissait.

– Stargirl Caraway, a-t-elle dit.

– Oui ?

Elle a tendu sa main. Comme ma main droite était occupée par une béquille, j'ai serré la sienne avec la gauche.

– Je m'appelle Rita Wishart, s'est-elle présentée. Je crois que vous connaissez mon fils, a-t-elle ajouté en s'écartant, avec un geste du pouce par-dessus son épaule.

J'ai souri, hoché la tête.

– En effet. Bonjour, Arnold.

Il portait son habituel bonnet vert mousse à pompon et son caban marine.

– Bonjour, a-t-il répondu d'une voix atone.

C'était la première fois que je l'entendais prononcer autre chose que : « Tu me cherches ? » Je les ai invités à entrer. Il faisait froid, dehors.

Je ne comprenais pas du tout ce qu'ils fichaient chez nous. Arnold était costaud et sombre ; sa mère, petite et brillante.

– Je ne peux rester qu'une minute, a-t-elle dit. Je suis partiellement à la retraite, mais je continue à travailler comme agent immobilier, et j'ai une maison à faire visiter ce matin. Arnold a quelque chose à vous montrer, a-t-elle poursuivi en prenant la main de son fils.

Ce dernier contemplait quelque chose dans le lointain.

– Arnold ?

Il a fourré ses doigts dans la poche de son caban. Il en a tiré Cannelle. En me voyant, celui-ci a bondi sur ma poitrine et s'est accroché à mon T-shirt de toute la force de ses petites griffes. J'ai hurlé si fort que Rita Wishart a sursauté. J'ai pris Cannelle entre mes paumes, et nous nous sommes embrassés en roucoulant sans façon, comme si nous étions seuls dans la pièce. Au son de ma voix, ma mère avait accouru.

– Que se passe-t-il ? a-t-elle demandé.

Puis elle a vu Cannelle et elle est devenue hystérique à son tour.

J'ai fait les présentations. Rita nous a raconté les événements.

Tôt le matin de l'incendie, Arnold est passé dans le coin (ils habitent au-delà de la nationale

113). Quelques pompiers traînaient encore sur les lieux du sinistre, occupés à éteindre les restes fumants. Arnold s'est arrêté pour regarder. Il a repéré le rat couleur cannelle dans la boîte aux lettres et l'a pris. Il l'a emporté avec lui dans son errance incessante de la journée, puis l'a ramené chez lui et l'a gardé dans sa chambre. Le lendemain, sa mère a piqué une crise en découvrant un rat dans sa maison. Heureusement, elle s'est vite calmée en constatant combien il était propre et amical, sans parler de son pelage si beau. Elle a soupçonné qu'il s'agissait d'un animal domestique – Arnold lui a juste dit qu'il l'avait trouvé –, mais elle ignorait que faire. Coller des affiches : *TROUVÉ RAT DOMESTIQUE* ?

Puis elle a lu la suite du récit de mes mésaventures dans le *Morning Lenape*. Elle nous a d'ailleurs montré l'article, qu'elle avait découpé.

– Vous ne l'avez pas vu ? m'a-t-elle demandé.

– Non.

Ma mère a pris un air penaud. Elle a avoué l'avoir lu elle aussi, et me l'avoir dissimulé. J'ai compris pourquoi. La journaliste était passée de mon « héroïsme » à mon « angoisse d'avoir perdu [mon] rat ».

– Je ne voulais pas ajouter à ton bouleversement, s'est justifiée ma mère.

– Et qui a parlé de Cannelle à cette journaliste ? ai-je râlé.

– C'est qu'elle s'accroche, tu sais. Elle m'a téléphoné pendant ta sieste.

J'ai vaguement parcouru l'article. Bizarrement, il était plutôt gentil, vu mon manque d'amabilité envers la signataire.

– J'ai tout de suite compris à qui appartenait le rat, a repris Rita.

À présent, ma mère et moi inondions quasiment le tapis de nos larmes de joie.

– S'il vous plaît, a rigolé Rita, arrêtez, sinon je vais m'y mettre aussi. Je ne peux pas me permettre d'avoir le visage maculé de mascara devant des clients. Allez, viens, Arnold.

Avant qu'ils ne partent, j'ai tendu Cannelle à Arnold, qui a caressé sa tête de son index épais. Puis j'ai passé Cannelle à ma mère pour embrasser son sauveur. Il était raide comme un piquet, mais je m'en moquais. J'ai enfoncé mon visage dans la laine sombre de son caban. J'ai contemplé ses yeux qui paraissaient toujours ne pas me voir.

– Merci, Arnold, lui ai-je dit. Sans toi, Cannelle aurait fini dans l'estomac d'une chouette. Tu lui as sauvé la vie.

– Nous irons demain matin à l'animalerie du centre commercial, a annoncé Rita en ouvrant la porte. Nous allons lui acheter son rat à lui, n'est-ce pas Arnold ?

Le prenant par la main, elle l'a entraîné dehors. Ma mère et Cannelle les ont regardés partir. Moi, j'ai téléphoné à Dootsie pour lui apprendre la bonne nouvelle.

13 NOVEMBRE

Je suis débarrassée de mes béquilles. Et de mon attelle. Les couleurs de ma cheville ont viré à un jaune très laid. Je fais mes exercices tous les jours. Il m'arrive encore de tousser quand je respire très profondément. Ou quand je ris. Et je ris beaucoup depuis que Cannelle est revenu. Je peux marcher, mais pas trop loin. Je peux aussi faire du vélo.

Je suis allée chez Margie. Elle avait scotché mon histoire relatée par le journal sur la vitrine.

– Décrochez-moi ça, lui ai-je dit.

– Occupe-toi de tes oignons, a-t-elle rétorqué. C'est mon magasin.

Neva portait un pull de maternité beige et paraissait encore plus grosse que d'habitude, pour peu que ce soit possible. En me voyant, elle m'a souri et s'est empressée de me conduire à une chaise, de me retirer ma veste et de me poser des millions de questions sur l'incendie et ses conséquences.

– Elle n'est plus timide, ai-je chuchoté à Margie quand Neva s'est éloignée.

– Tu rigoles ? s'est-elle marrée. Elle n'arrête pas de jacter.

Margie m'a obligée à accepter une dizaine de beignets. Gratuits.

– Ça accélérera ta guérison, a-t-elle déclaré.

J'ai rendu visite à Betty Lou. Nous nous sommes enlacées et avons pleuré comme deux sœurs s'étant trop longtemps perdues de vue.

Je suis allée en vélo au cimetière. La seule vision de l'écharpe à carreaux rouges et jaunes a suffi à me mettre de belle humeur. J'avais donné la moitié de mes beignets à Betty Lou. J'ai offert le reste à Charlie. Il a mis son sonotone, a plissé les yeux et a lâché :

– C'était toi, hein ?

– Moi quoi ?

– Dans cet incendie. C'était toi, la gosse.

– Je plaide coupable, ai-je admis en tendant mes poignets pour qu'il me passe les menottes.

Il a agité un doigt en direction de la tombe.

– Ha ! Qu'est-ce que je t'avais dit ? C'était bien la fille au drôle de nom.

Il a levé la tête vers moi.

– C'est quoi, déjà ? Un truc avec le ciel, non ?

– Stargirl.

– C'est ça, Stargirl, a-t-il marmonné avant de s'adresser de nouveau à Grace : je te l'avais bien dit !

Il m'a proposé son fauteuil, mais j'ai préféré m'asseoir par terre près de lui. Nous avons parlé. Ou plutôt, il a parlé. De Grace. De leur rencontre, à six ans, autour d'un poisson. À cette époque, il y avait un poissonnier à la place du *Tout à un dollar* actuel. Tous deux étaient avec leurs mères. Lesquelles voulaient acheter le même poisson. Charlie n'a rien oublié de cette première fois.

– C'était un flétan d'Alaska.

Leurs mères étaient cependant si bien élevées qu'elles insistaient, chacune de leur côté, pour céder le poisson à l'autre.

– Je vous en prie.

– Non, non, allez-y.

Grace et Charlie ne s'étaient encore jamais croisés. Le poissonnier dans son tablier blanc patientait, les mères rivalisaient d'amabilité.

– Je vous en prie.

– Non, non, allez-y.

Charlie riait chaque fois qu'il répétait ça. Même ses rires étaient rauques. Grace, qui était toute petite et maigrichonne, avait fini par lever les bras au ciel et, à la stupéfaction générale, avait braillé :

– Puis que c'est comme ça, c'est moi qui le prends !

En me racontant cela, Charlie s'est redressé sur sa chaise et a levé les bras au ciel comme Grace. Nos rires ont secoué le cimetière. Puis il s'est rassis, s'est essuyé les yeux et a conclu :

– C'est comme ça que la mère de Grace a eu le poisson.

– Et vous sa fille !

J'avais parlé sans réfléchir. Je n'avais pas voulu me montrer impertinente ni interférer dans ses affaires, c'était sorti tout seul. Charlie a vivement tourné la tête vers moi. Au soleil, le chaume gris de ses joues a étincelé comme de la laine d'agneau. Oh, Léo, jamais on ne m'avait souri ainsi.

Il a parlé des heures durant de sa voix rauque. Il m'a dit que Grace et lui avaient eu une fille. C'est ainsi qu'il se rend sur la tombe. Sa fille l'y conduit et l'en ramène sur le chemin du travail. J'ai eu droit à des dizaines d'histoires. Ils se sont mariés à dix-huit ans. Cinquante-deux ans de vie commune.

Non... soixante-quatre si tu commences au flétan.

Non... soixante-huit si tu ajoutes les années de cimetière.

Comme Neva, Charlie était intarissable. Pendant qu'il jacassait à en perdre haleine, j'ai commencé à comprendre qu'il faisait plus que raconter, que se souvenir. Il revivait son histoire, de cette façon qui n'est possible qu'en la partageant avec quelqu'un d'autre. Et il m'accordait le plus bel honneur qui soit en me présentant à Grace.

Lorsque je me suis levée pour m'en aller, il a longtemps tenu ma main dans la sienne. J'ai emporté le sac vide de beignets. Je tenais à me rappeler ce jour.

O = (S)431Ringgold(B)

15 NOVEMBRE

Pas de bagarre, cette fois. Encore à moitié endormie, ma mère s'est blottie sur le rocking-chair de la véranda. J'ai posé une couverture sur elle. Les jours deviennent froids.

Les porches allumés de Rapps Dam Road m'ont guidée jusqu'à la Colline calendaire. Ce matin, le champ était particulièrement sombre. Seul perçait un rayon de lune. J'ai appelé ma mère : « Stargirl a bien atterri. Je répète : Stargirl a bien atterri. » puis j'ai dirigé le faisceau de ma lampe vers les ruines du bungalow des Van Buren, mais sans l'atteindre. Je regrettais un peu de ne pas avoir apporté une béquille.

Dans la lumière de ma torche, le quart de cercle presque complet de mes spatules a semblé surgir d'un autre monde, sorte de trace qu'auraient abandonnée des extraterrestres ou des ancêtres très lointains. J'avais pris soin de numéroter les marqueurs à l'aide d'un feutre gras. J'en étais au numéro quinze avant l'incendie. À cause du trou de trois semaines, le numéro dix-neuf était dans ma poche. Je me suis approchée du dernier marqueur, me suis agenouillée, l'ai éclairé. Quelque chose clochait. Je m'étais attendue à voir le numéro quinze, or, il n'y avait pas de numéro du tout. J'ai inspecté le précédent – idem. Et idem avec celui d'avant encore. Ce n'est qu'à la quatrième spatule que j'ai repéré mon dernier numéro, le quinze.

Que se passait-il ? Quelqu'un avait-il planté mes spatules en mon absence ? Oui, apparemment. Mais qui ? Ma mère ? Je m'apprêtais à la contacter par talkie-walkie quand une voix a résonné dans l'obscurité :

– Les héroïnes scolarisées à domicile ne dorment donc pas la nuit ?

Perry.

Il est entré dans le cercle de lumière de ma lampe.

– Qu'est-ce que tu fiches ici ? ai-je demandé.

– La même chose que toi, a-t-il répondu en brandissant une spatule.

– C'est toi qui as fait ça ? ai-je continué en illuminant les marqueurs non numérotés.

– Il fallait bien que quelqu'un s'y colle.

– Tu as su t'y prendre ?

– Pas la peine d'être un prix Nobel de sciences non plus.

Il a allumé sa propre torche, et nos faisceaux se sont entremêlés. Le temps s'est écoulé. Les étoiles se sont déplacées. Il a ri.

– Quoi ?

– Toi. Tu es plantée là, bouche ouverte, comme si j'avais trois têtes.

– Je suis seulement surprise que tu... d'autant que...

– Que je ne suis pas venu la dernière fois ?

– Quelque chose comme ça, oui.

– C'est une longue histoire.

Il a éteint sa lampe, s'est retourné.

– Le ciel est déjà gris, a-t-il enchaîné. Mieux vaut nous mettre au boulot.

J'ai également éteint ma torche. Il a déroulé la corde de son piquet. Je lui ai passé la truelle que j'apporte maintenant que le sol est dur. Épaule contre épaule, nous avons contemplé l'horizon, à l'est. Aux premières lueurs du soleil, il a creusé un trou, et j'ai planté mon marqueur. Lorsque je me suis relevée, mes cheveux ont frôlé son menton tant il était près de moi. Tout est tombé à mes pieds – la truelle, sa spatule, la corde. C'est là qu'il l'a fait ; qu'il m'a embrassée. Au bout de l'arc de mon calendrier, le quarante-sixième jeudi de l'année, le trois cent dix-neuvième matin de l'année, trente-six jours avant le solstice d'hiver. Bien des filles ont été courtisées sous la lune. Je ne prétends pas que la lumière de la lune soit surfaite, mais peu ont connu la magie d'un baiser au lever du soleil.

Nous avons retraversé le champ, main dans la main. À la nationale 113, nous avons pris des directions opposées et sommes rentrés chacun chez soi.

18 NOVEMBRE

Cher Léo...

Voilà comment je comptais commencer mon laïus d'aujourd'hui, puis j'ai trouvé que ça sonnait un peu trop comme un adieu, alors oublie.

Nous sommes dimanche après-midi. Je suis assise dans la véranda, en pull. On qualifie le temps d'un jour comme celui-ci d'été indien. Je me demande comment les Lenape l'appelaient.

Je contemple la nationale. Je distingue tout juste un coin du champ. J'aperçois les ruines noircies de la maison des Van Buren. On les a autorisés à rebâtir s'ils le souhaitaient. Ils ne se sont pas encore décidés. Entre-temps, ils habitent une caravane garée dans l'allée d'un cousin.

Installée à cette place, je suis maintenant en mesure d'apprécier la perspective sous laquelle ma mère m'observe tous les jeudis matin. Elle me regarde – moi sa fille, son unique enfant – m'éloigner d'elle dans le couloir que forment les ampoules des porches. Elle me voit m'amenuiser jusqu'à ce que je disparaisse quasiment dans l'obscurité qui m'attend, au-delà de la dernière lumière. Quasiment, parce qu'elle continue de distinguer la petite tache sautillante et rassurante de ma lampe. Cette luciole tressaute dans la main de sa fille lorsque cette dernière traverse la nationale 113 et grimpe vers le champ. Puis elle s'évanouit quand sa fille se dirige vers le calendrier. Un instant d'anxiété, un sentiment de perte, puis le talkie-walkie grésille soudain, et la voix de sa fille, parfaitement normale, sans l'ombre d'une trace d'angoisse prouvant qu'elle vient de flirter avec l'oubli, la voix de sa fille à la fois ordinaire et irremplaçable, qui dit : « Stargirl a bien atterri. Je répète : Stargirl a bien atterri. »

Je te donne peut-être l'impression de divaguer ? C'est vrai. Voilà trois jours que je divague, tourbillonne, m'enfuis comme cette feuille sous mes yeux qui volette dans le caniveau. Mes sentiments ont été une bourrasque qui m'a baladée dans tous les sens, et je crois à présent que, enfin, ils m'ont lâchée, m'ont permis de retomber sur terre et de trouver les mots pour tout dire. Ce qui, franchement, bêtement, définitivement se résume à ça   je t'aime encore ; je n'aime pas Perry.

TOI : Je suis étonné.

MOI : Tu n'es pas le seul.

TOI : Si l'on repense à ce que tu m'as dit récemment.

MOI : Je sais.

TOI : Ça t'embêterait de m'expliquer ?

MOI : Eh bien, il est évident que si tu avais été ici depuis le début, il n'y aurait pas eu compétition. Mais... tu es là-bas, il est ici et, pour citer Betty Lou, je suis seule et vulnérable. Elle m'a également conseillé de vivre l'instant présent, d'habiter maintenant, d'embrasser l'incertitude et le mystère de Perry. J'imagine que c'est ce que j'ai fait, l'autre jour, sur la Colline calendaire. J'ai plongé dans le moment présent. Je m'y suis noyée. L'endroit, le lever du soleil – quel meilleur moment ? Qui résisterait ? Ce maintenant a perduré toute la journée et celle du lendemain. C'est alors qu'un phénomène bizarre s'est produit. Le maintenant a commencé à s'effilocher à un bout et à s'éloigner de l'une de ses principales composantes – Perry, pour ne pas le nommer – jusqu'à ce qu'un espace vide se forme entre eux deux : le maintenant ici, Perry là-bas. Finie, l'unicité. Et j'ai ressenti une chose dont je n'avais été, jusqu'à présent, que vaguement consciente. Un étonnant et ténu sentiment de déception quand il m'avait embrassée, mais les violons jouaient si fort, en cet instant, que je n'avais rien entendu d'autre. Là, la déception resurgissait et, avec elle, la compréhension que la magie n'était venue que du moment présent, pas de lui. C'était différent d'avec toi, Léo. Dans les yeux et les oreilles de mon cœur, toi et la magie ne faites qu'un. L'endroit n'a jamais eu aucune importance. Sur le trottoir devant chez moi, dans le désert enchanté, dans les couloirs du lycée – où que je sois avec toi, j'entendais les violons.

TOI : Wouah ! Je ne sais que dire. Je ne te mérite pas.

MOI : Tu as raison, une fois n'est pas coutume.

TOI : Après tout ça, comment puis-je ne pas t'aimer ?

MOI : Ça me dépasse.

TOI : D'accord, je l'avoue : je t'aime.

MOI : Non ! Je ne veux pas l'entendre. Pas comme ça. Je refuse d'entendre cette phrase, à moins qu'elle ne sorte de tes lèvres. De toi en chair et en os. Pas du toi fantasmé.

TOI : Je croyais que tu voulais que je le dise. Tu es illogique.

MOI : Le cœur est illogique.

TOI : Qu'attends-tu de moi, alors ?

MOI : La réponse est dans ta question. J'attends ces mots de toi. Je veux que tu les prononces parce qu'ils se seront envolés de ta bouche, parce que tu ne pourras pas les retenir, pas parce que je t'aurai conduit à les exprimer. Et je veux savoir qu'ils m'auront été adressés. À moi. Pas à la première fille de film ou de livre venue. Pas à une idée de fille que tu te seras forgée en route, à force de fréquenter d'autres garçons et d'autres filles. À moi. Stargirl. Me connais-tu, Léo ? Franchement, me connais-tu ?

TOI : Il m'est difficile de répondre par l'affirmative, maintenant.

MOI : Très bien. Bref résumé, fais attention... Cours niveau un sur Susan Julia Souriceau Pâté de Sable Hulahoplaboum Stargirl Caraway. Elle rêve beaucoup. Elle rêve d'Ondines, de vierges déchues et de maisons qui brûlent dans la nuit. Mais tu auras beau fouiller ses rêves de fond en comble, tu n'y trouveras jamais de prince charmant. Nul chevalier galopant sur son destrier blanc pour l'enlever. Quand elle rêve d'amour, elle rêve de purée. Elle raffole de la purée, et elle rêve qu'elle et Starboy en mangent, éventuellement sur une couverture, sur une plage déserte et, alors que Starboy s'apprête à en prendre une nouvelle cuillerée, il lâche sa cuiller, sa bouche s'ouvre (offrant le spectacle peu ragoûtant de purée mâchouillée, mais Stargirl trouve ça chouette), et la regarde comme elle n'a jamais été regardée – il la voit ! –, et elle distingue presque les mots qui bouillonnent en lui – impossibles à stopper ! – et surgissent, entraînant avec eux la purée : « Je t'aime, Stargirl ! » Ils ne cessent de venir, cependant que volent les bribes de purée – « Je t'aime, Stargirl ! Je t'aime, Stargirl ! » – et sont semblables à une reine de la nuit qui ne fleurirait pas une mais des milliers et des milliers de fois durant une seule et même nuit. Comprends-tu ce que je suis en train de te dire, Léo ?

TOI : Tu dis que l'amour crée sa propre magie.

MOI : Dieu soit loué ! Il y a de l'espoir, finalement.

TOI : Je crois que j'aimerais bien passer au cours niveau deux.

MOI : Le niveau deux est identique, mais du point de vue de Starboy. La leçon, c'est qu'il doit entendre les violons aussi, les mêmes que ceux qu'elle entend.

TOI : Il les a entendus. Je les ai entendus.

MOI : Peut-être. Mais tu as également entendu les tambours des autres. Et les roulements des tambours ont supplanté les chants des violons.

TOI : Je peux changer.

MOI : Je l'espère.

19 NOVEMBRE

Je suis au bord de la panique. Plus que trente-deux jours avant le solstice, et je ne sais même pas ce que je vais faire. J'ai écrit à Archie pour lui demander des idées. Certes, il y a au moins une chose dont je suis sûre : l'événement central, le moment M se produira quand le soleil surgira au-dessus de l'horizon (pourvu qu'il fasse beau ce jour-là !). Je capterai sa lumière dans le trou de ma tente (ma mère a promis d'en coudre une), et quand elle ressortira de l'autre côté, elle aura été modelée en un unique rayon doré.

Le reste cependant n'est encore que questionnement. Où atterrira ce rayon d'or ? Il faut qu'il y ait une cérémonie – en quoi consistera-t-elle ? Qui inviter ? À cette heure du jour, qui viendra ?

O = (S)335Ringgold(B)

20 NOVEMBRE

J'allais entrer chez Margie, aujourd'hui, quand j'ai aperçu Perry à l'intérieur. Assis au comptoir, il parlait avec Neva. J'ai continué mon chemin. L'idée de le revoir me rend nerveuse. Que vais-je lui dire ? Qu'éprouve-t-il ? Je ne veux pas le blesser, mais je ne veux pas lui mentir non plus.

La tente sera à peu près de la taille et de la forme de ma chambre. Ma mère ayant des tonnes de relations dans le secteur des tissus, elle a déniché un coton enduit à la trame extrêmement dense. Comme le matériau qu'on accroche devant les fenêtres pour les occulter, il repousse la lumière. C'est ce que je souhaite. Qu'il fasse nuit noire à l'intérieur de la tente pour renforcer l'effet du rayon doré canalisé par le trou. D'après ma mère, une machine à coudre normale ne pourrait travailler ce matériau, mais son équipement de costumière professionnelle y parviendra. Mon père a dessiné les plans de la tente. Il ira aussi acheter les piquets et les sardines nécessaires.

Mis à part un léger boitillement et une cicatrice au-dessus d'un sourcil – de même qu'une tendance à sentir l'odeur du goudron dans les endroits les plus inattendus – j'ai recouvré la santé. Dootsie y est pour beaucoup. Elle ne cesse de brosser mes cheveux et de me fredonner des airs qu'elle invente. Parfois, elle débarque à la maison avec une petite sacoche blanche sur laquelle est marqué : DOCTEUR. Elle en sort un thermomètre qu'elle me fourre dans le bec, elle écoute mon cœur avec son stéthoscope en plastique, ferme les yeux, hoche la tête et marmonne : « Hmm... hmm... » Elle me donne un verre d'eau et m'oblige à avaler un cachet (une pastille de menthe). Pendant un temps, chaque fois qu'elle me croisait, elle me retirait chaussure et chaussette afin de me masser le pied. Bien que j'apprécie énormément, j'ai été obligée d'y mettre un terme lorsque, l'autre jour, nous sommes tombés sur les Pringle à *La Comète Bleue*, et que Dootsie a voulu exercer là-bas ses talents de kiné.

21 NOVEMBRE

Demain, c'est jeudi. Jour de calendrier. Et je pense à l'impensable. Je pense ne pas y aller. Je crains que Perry n'y soit. Je ne m'attendais pas à ce que pareille complication interfère avec ma routine calendaire.

22 NOVEMBRE

J'y suis allée, finalement. Parce que j'ai eu une idée géniale – j'ai téléphoné la veille à Alvina pour lui demander de venir dormir à la maison et de m'accompagner à l'aube.

– Ça me permettra de louper le collège ? m'a-t-elle demandé.

– Non. Tu auras tout le temps de t'y rendre après le lever du soleil.

– Alors, des clous ! a-t-elle rétorqué.

– Bon, d'accord. Si tu veux, tu pourras passer la journée avec moi. Mais à condition que ta mère t'en donne la permission.

Elle s'est renseignée auprès de Mme Klecko.

– Pas de souci, m'a-t-elle annoncé ensuite. Ma mère dit que ça sera comme une sortie scolaire.

– Et que, avec moi, tu ne risqueras pas de te fourrer dans les ennuis.

– Hé ! a-t-elle grogné. Comment as-tu deviné qu'elle avait aussi dit ça ?

– J'ai des dons de voyance.

Je ne ressentais pas vraiment de culpabilité. Sa mère avait raison, l'expérience ferait du bien à Alvina, sans parler d'une petite chance supplémentaire pour que je déteigne sur elle. Inutile qu'elle apprenne qu'elle jouerait également les trouble-fêtes – au cas où Perry se montrerait, je me disais que la présence d'Alvina permettrait d'éviter les tensions.

Mais ensuite, j'ai commencé à regretter ma riche idée et à souhaiter que nous ayons une maison plus vaste, dotée d'une chambre d'amis. Alvina a dormi avec moi, et elle n'est pas du genre à sombrer tout de suite, contrairement à Dootsie. De toute la nuit, elle n'a cessé de se tortiller et de me donner des coups de pied. Bref, je n'ai pas fait preuve de beaucoup de compassion quand je l'ai tirée du lit. J'ai été pratiquement obligée de l'habiller. Sans la valeur anti-Perry qu'elle incarnait, je l'aurais laissée sous la couette. Nous avons dû offrir un joli spectacle, ma mère et moi luttant contre la léthargie d'Alvina tout en essayant de ne pas tomber dans l'escalier. Sans surprise, elle a tenté de se blottir dans la véranda avec ma mère, mais je l'ai tirée sans trop de ménagement le long de Rapps Dam Road, cependant que de petits flocons de neige voletaient dans la lueur des lampes.

Perry n'était pas au calendrier. J'en ai été soulagée, pas rassurée pour autant, et j'ai promené ma torche dans tous les sens, m'attendant à moitié à ce qu'il surgisse de l'obscurité, à ce que sa voix résonne soudain. Le froid avait réussi là où j'avais échoué – Alvina était réveillée, à présent. En découvrant le cercle de marqueurs blancs, elle s'est exclamée :

– Cool !

Je lui ai expliqué le fonctionnement de mon calendrier, lui ai raconté que c'était de cette façon que les hommes préhistoriques se situaient dans le temps, dans le cycle éternel des saisons.

Je l'ai laissée s'occuper de la corde. Il avait cessé de neiger. Nous avons patienté. Le ciel était gris et nuageux. Quand il s'est levé, le soleil n'était qu'une tache floue, mais ça nous suffisait amplement. J'ai vivement creusé le trou, et Alvina a planté la spatule en damant la terre de son poing. Puis elle a rembobiné la corde autour de son piquet de croquet et a contemplé pendant un moment le soleil nouveau qui s'étirait jusqu'à notre étoile, à cent cinquante millions de kilomètres de distance.

– Cool ! a-t-elle répété.

– Accorde-moi une minute, lui ai-je demandé.

Je me suis assise sur le sol froid et bosselé, dos tourné à l'astre brouillé de façon à faire face à l'ouest, à te faire face. Fermant les yeux, j'ai accompli l'acte auquel je songeais depuis longtemps : je t'ai envoyé un message. Une question. J'espère que tu la recevras.

Puis je me suis relevée, et nous sommes rentrées.

Plus tard, j'ai emmené Alvina déjeuner chez Betty Lou. J'allais sonner quand la gamine a décrété :

– Pas question que j'entre.

– Pourquoi ?

– Parce que c'est une sorcière.

– Tu tiens ça d'où ?

– Tout le monde le dit.

– Parce que tu écoutes les autres, toi, maintenant ? Ça ne te ressemble guère, Mademoiselle Fichez-moi-la-paix.

– Elle est pas sortie de cette maison depuis des années et des années. Elle a le visage blanc comme de la craie. Elle ouvre jamais ses fenêtres. Y a de la crasse et de la moisissure partout. Et des poux. Ça me dégoûte.

– Si tu es aussi dégoûtée, pourquoi lui livres-tu des beignets toutes les semaines ?

J'ai sonné. La porte s'est tout de suite ouverte. Alvina a reculé. Une main a surgi, et un doigt crochu nous a invitées à entrer, tandis qu'une voix grêle et terrifiante susurrait

– Entrez, entrez, mes petites chéries.

J'ai éclaté de rire. Alvina a poussé un couinement et a décampé vers le trottoir. Je l'ai rattrapée par le pan de sa veste et l'ai tirée à l'intérieur de la maison. Debout derrière elle, je l'ai enlacée, l'ai obligée à se tourner vers Betty

Lou. Cette dernière était toujours aussi magnifique, dans son peignoir mauve et ses chaussettes-pantoufles écarlates.

– Permettez-moi de vous présenter...

– Je sais qui c'est, m'a coupée Betty Lou. Alvina-qui-a-la-tête-près-du-bonnet. Mon ange des beignets.

Elle a tendu la main, Alvina a enfoncé les siennes dans ses poches.

– Alvina ! l'ai-je morigénée.

Loin de se vexer, Betty Lou a éclaté de rire.

– Pas de souci. Moi non plus, je ne serrerais pas la main à une pouilleuse !

– Vous avez entendu ? me suis-je étonnée.

– Je vous ai vues arriver et je vous ai espionnées de derrière la porte. Très intéressant, d'ailleurs. Alors, Alvina, que raconte-t-on d'autre sur mon compte ?

– Rien, a marmonné Alvina.

– Allons, allons, un peu de courage. Si tu ne réponds pas, je secoue la tête, et mes poux te sauteront dessus.

Alvina s'est pressée un peu plus contre moi.

– Qu'il y a un cadavre à l'étage, a-t-elle murmuré. Que vous dormez avec. Que c'est votre mari, qui est mort il y a quarante ans.

– Impressionnant ! s'est exclamée Betty Lou en sourcillant. Apparemment, je suis bien plus intéressante que je ne le croyais. Allez, vous deux, suivez-moi à la cuisine, je vous ai préparé des brioches aux poux.

Nous nous sommes installées à la table, la main d'Alvina dans la mienne. Betty Lou a sorti un plateau d'appétissantes brioches maison.

– Miam, miam, a-t-elle fait en passant le plateau sous le nez d'Alvina. Il y en a aux raisins secs et d'autres aux noix de pécan.

– Vas-y, ai-je dit à Alvina, prends-en une de chaque.

– J'ai pas faim, a-t-elle maugréé.

Prenant sa tête entre mes paumes, je l'ai obligée à regarder autour d'elle.

– Aperçois-tu des traces de moisissure ou de saleté ?

– Laisse-la tranquille, m'a ordonné Betty Lou. Elle mangera quand elle aura retrouvé son appétit. Il n'y a rien de pire au monde que d'être forcé de se nourrir. Surtout de brioches maison. N'est-ce pas, Alvina ?

Cette dernière a acquiescé après un bref coup d'œil au plateau de pâtisseries.

– Je crois que je vais les réchauffer au micro-ondes, a poursuivi notre hôtesse. Rien de tel que des brioches toutes chaudes avec du thé parfumé à la framboise. Miam !

Serrant le visage ébahi d'Alvina entre ses mains, elle a ajouté en prenant un accent péquenot :

– Crois-moi, petiote, tu mangeras jamais rien d'aussi génial.

Un arôme délicieux n'a pas tardé à envahir la cuisine. Betty Lou nous a préparé, à elle et à moi, deux tasses de thé avant de poser le plateau de brioches sur la table en s'arrangeant pour qu'Alvina ne puisse en rater l'odeur. J'étais morte de rire.

– Si tu veux, a-t-elle repris à l'adresse d'Alvina, tu peux monter regarder mon cadavre.

– Non merci, a répondu la gamine en haussant les épaules. Pourquoi vous sortez jamais de chez vous ?

– La grande inquisition, maintenant ! Écoute, ange des beignets, je te propose un marché. Tu acceptes de goûter une de mes brioches, et je crache le morceau. Je te raconte tout ce que tu as toujours voulu savoir. Je me confesse. Je me dénonce. Affaire conclue ?

Cette fois, Alvina a accepté de lui serrer la main. Pendant que Betty Lou narrait son histoire, qu'elle a intitulée *L'Abominable Agoraphobe*, n'omettant rien, même pas son règne en tant que Fleur de Cornouiller, ajoutant des détails que je ne connaissais pas, Alvina a englouti toutes les brioches et ingurgité trois tasses de thé.

23 NOVEMBRE

Jour après jour, le chuchotement ténu devient de plus en plus fort. Ce matin, il m'a carrément réveillée :

IL N'A PAS ESSAYÉ DE TE CONTACTER DEPUIS CE JOUR-LÀ.
ÇA FAIT PLUS D'UNE SEMAINE.
DEVINE UN PEU ?
C'EST PEUT-ÊTRE MUTUEL ?
PEUT-ÊTRE QUE LUI NE T'AIME PAS NON PLUS ?

C'est une révélation choquante. Je me sens .

a. Embarrassée (parce qu'il m'a fallu tant de temps pour m'en apercevoir)

b. Embarrassée, suite (d'avoir cru que j'étais la seule à ne pas être amoureuse)

c. Insultée (comment peut-il ne pas m'aimer ?)

d. Soulagée

e. Intriguée (qu'arrive-t-il, maintenant ?)

24 NOVEMBRE

Aujourd'hui, j'ai reçu le coup de fil que j'espérais depuis des mois. C'était Betty Lou, aux anges.

– J'ai un moqueur ! a-t-elle roucoulé. Sur le fil du téléphone, dans mon jardin. Écoute ! Je tends le combiné.

J'ai entendu une fenêtre s'ouvrir, perçu un faible chant.

– Tu as capté ?

– Oui.

– Je suis tellement contente ! Mon propre oiseau moqueur ! Je suis terrifiée à l'idée qu'il parte.

– Essayez de mettre une demi-orange dehors. On m'a dit qu'ils aimaient ça. Contentez-vous de la jeter dans le jardin, il finira bien par la trouver.

– Oui, tu as raison !

Pause, puis un cri :

– Je n'ai pas d'oranges !

– Je vous en apporte.

– Dépêche !

As-tu deviné, cher Léo, à quoi correspondaient les mystérieuses équations ? J'ai attiré le moqueur de rue en rue, de pâté de maisons en pâté de maisons, avec des oranges, jusqu'à ce que nous arrivions au 335, Ringgold Street, l'adresse de Betty Lou. Ne lui révèle jamais ce secret. Je tiens à ce qu'elle croie que cette affaire ne concerne qu'elle et l'oiseau.

J - 27 avant le solstice.

25 NOVEMBRE

J'ai eu des nouvelles d'Archie, hier. Il me conseille d'oublier l'histoire. De ne pas m'embêter à rendre mon solstice conforme aux descriptions que j'ai pu lire dans des livres. Pendant des milliers d'années, chaque civilisation, chaque pays, chaque époque a célébré le solstice à sa manière – pourquoi agirais-je différemment ? Toutes ces célébrations reposent sur le même Soleil, la même Terre, la même aube si particulière. Il est grand temps de tourner la page. L'important est de savoir que les beaux jours reviendront, qu'il y aura de nouvelles semailles, de nouvelles récoltes. Le tout est de se réjouir. De communier avec les gens. Il l'a souligné : communier.

Le suspense Perry me tape sur les nerfs. Avant, je m'efforçais de l'éviter. À présent, je ne tiens plus en place. J'aimerais en avoir terminé avec notre prochaine rencontre, de façon à être prête pour tout ce qui pourra m'arriver ensuite.

26 NOVEMBRE

Bref, je suis passée à vélo devant le lycée, à l'heure de la sortie des cours. Je ne l'ai pas vu.

(Et j'ignore ce que j'aurais fait dans le cas contraire.) Je suis allée en ville afin de vérifier chez Margie. Pas de Perry.

– Tu peux dire au revoir à Neva, m'a annoncé Margie. C'est son dernier jour.

L'intéressée se tenait juste à côté de nous, occupée à essuyer des moules à beignets. Elle était cependant renfrognée et silencieuse, comme les premières fois que je l'avais rencontrée. Margie a tapoté son ventre.

– Bébé approche, a-t-elle commenté, un sourire triste aux lèvres.

Les mèches blondes de Neva ainsi que ses pendants d'oreilles étincelants semblaient rire de l'humeur sombre de Neva. Lorsque je l'ai félicitée, elle s'est bornée à hocher la tête. Toujours aussi infichue de m'arrêter, j'ai risqué une question :

– Vous savez si ce sera une fille ou un garçon ?

– Une fille, a-t-elle marmonné.

Difficile de croire qu'il s'agissait de la même personne que celle qui me soûlait de paroles il y a deux semaines encore.

– C'est super ! me suis-je écriée. Très chouette cadeau de Thanksgiving [1], ai-je ajouté,

1. Journée d'action de grâces, chaque quatrième jeudi de novembre. En 1621, un an après leur arrivée au Massachusetts sur le *Mayflower*, les premiers colons (des puritains ayant fui l'Angleterre pour pratiquer librement leur religion)

parce que j'avais le sentiment qu'une remarque de secours m'était nécessaire.

Sur ce, j'ai filé.

Une fois sur le trottoir, j'ai continué ma quête de Perry. J'ai arpenté Bridge Street de long en large. En chemin, je suis tombée sur deux des Abeilles. Elles ont essayé de m'entraîner manger une pizza avec elles, mais j'ai décliné en prétextant une course. Reprenant mon vélo, j'ai traversé le canal pour me rendre chez Perry. J'ai tourné autour de *Ike – réparation de motos et de tondeuses*, en me gardant bien cependant de m'arrêter pour frapper à la porte. Finalement, je suis rentrée chez moi : mission non accomplie.

Et là, qui je vois ? Perry.

Et Dootsie.

J'ai rangé mon vélo. Dootsie m'a sauté dans les bras.

– On te cherchait, justement, a expliqué Perry. Ta mère nous a dit que tu étais partie, mais elle ne savait pas où.

Il a rougi. Première fois que je voyais ça.

– Je me suis juste baladée, ai-je répondu. Histoire de faire un peu travailler ma cheville.

organisèrent une fête destinée à marquer une année de sacrifices récompensée par des récoltes abondantes. Aujourd'hui symbole de liberté et de prospérité. Pour les Américains, fête la plus importante avec le 4 Juillet (Indépendance).

Sentant son regard bleu perçant me scruter, j'ai volontairement gardé le mien posé sur Dootsie qui jouait avec la cicatrice de mon sourcil. Quelques jours plus tôt, j'avais emmené Alvina avec moi sur la Colline calendaire en guise de protection. Je me suis demandé si Perry utilisait la petite de la même façon.

– Alors, ai-je repris, on sort avec des CP ?

Il a rigolé, a haussé les épaules. Son habituel bagout décontracté l'avait déserté. Dootsie a tapoté mon nez.

– Il t'aime bien, a-t-elle dit.

J'ai tapoté son nez.

– Bien sûr qu'il m'aime bien, ai-je répondu. Et je l'aime bien aussi. C'est ce que font les amis, ils s'aiment bien.

– Mais non, bêtasse, a-t-elle objecté en secouant la tête. Ce que je veux dire, a-t-elle ajouté en chuchotant à mon oreille, c'est qu'il t'aime bien comme amoureuse.

– Vraiment ?

Je me creusais les méninges pour changer de sujet de conversation quand mon père a garé son camion dans l'allée. Il en est descendu, les bras chargés de piquets et de sardines, a foncé dans un tintamarre de ferraille à l'intérieur de la maison, avant d'en ressortir aussitôt, sourcils froncés à mon adresse.

– Eh bien, Mademoiselle Hospitalité, tu as manqué à deux devoirs. Un, me présenter ton ami (il a hoché le menton en direction de Perry), et deux, ne pas laisser tes visiteurs dans le froid.

– Moi aussi, je suis son amie, a protesté Dootsie.

Mon père l'a prise dans ses bras.

– Tu n'as pas besoin d'être présentée, toi. Tu es célèbre.

J'ai donc présenté Perry à mon père, et nous sommes entrés. Parfois, la vie n'en fait qu'à sa tête, et on est obligé de suivre le mouvement.

Son manteau à peine enlevé, Dootsie a soulevé son T-shirt en criant :

– Regarde !

J'ai eu un coup au cœur. Sur son petit ventre dodu, s'étalait fièrement un tatouage. Noir et jaune. Une abeille.

– Franchement, Perry, me suis-je emportée, c'est pousser le détournement de mineur un peu loin.

Il s'est empourpré, a pris un air innocent.

– Hé, s'est-il défendu, c'est elle qui l'a voulu. Je l'ai forcée à demander la permission à sa mère. Ça s'efface. Rien de grave, donc.

Fouillant dans sa poche de pantalon, Dootsie a sorti un tatouage sur papier.

– Pour toi ! a-t-elle annoncé en me le tendant.

– Non merci. Je ne suis pas portée sur le muguet. Sur les harems encore moins.

L'expression de Perry laissait clairement entendre qu'il comprenait à quel point ç'avait été une mauvaise idée.

– Ça s'efface, a-t-il répété sans beaucoup de conviction.

– En effet, ai-je grogné en prenant le tatouage à Dootsie pour le lancer à la figure de Perry. Mais tout ne s'efface pas, monsieur Delloplane.

Je ne sais même pas ce que j'entendais par là, mais j'ai trouvé ma réplique plutôt bonne. Soudain, ma mère a surgi dans le salon, enveloppée d'arômes de cuisine, et les a invités tous les deux à dîner. Au lieu de crier : « Non ! » comme j'en avais envie, j'ai demandé à Dootsie de téléphoner à sa mère pour l'avertir.

Nous avons mangé des spaghettis aux boulettes de viande (boulettes végétariennes pour moi). Dootsie a fait le clown, mes parents se tordaient de rire.

Plus tard, mon père a raccompagné chez eux Perry et Dootsie, cette dernière insistant pour prendre le camion de laitier plutôt que la voiture. Pendant que ma mère et moi débarrassions la table, elle a dit :

– Alors... Perry...

– Oui ?

– Petit ami ?

– Pas vraiment, non.

– Ah bon ?

– Non. J'ai cru que ce serait possible. Mais non.

– Donc ?

– Un ami. Je pense. J'espère. Une fois que ma colère sera retombée. C'est un gars plutôt chouette.

– Et Léo ?

– Léo est là-bas, ai-je répondu en indiquant la fenêtre. Et ici, ai-je ajouté en montrant mon cœur.

Elle a souri, m'a embrassée.

– Je suis heureuse que Dootsie soit entrée dans ta vie.

– Moi aussi.

– La petite sœur que tu n'as jamais eue.

J'ai acquiescé, incapable de prononcer un mot.

27 NOVEMBRE

J'ai besoin d'une pause dans mes relations avec Perry. Je suis allée voir Charlie au cimetière. Il somnolait dans sa chaise pliante. Je repartais en poussant mon vélo quand j'ai entendu :

– Hé !

– Je ne voulais pas vous réveiller.

Il a mis son sonotone, a sorti un thermos de sous son fauteuil.

– Du chocolat chaud ? m'a-t-il proposé en brandissant le bouchon en plastique rouge.

– Non merci.

Il a tiré une deuxième tasse de sa poche. (C'était nouveau, ça.) Il me l'a tendue.

– Viens !

C'était un ordre.

– D'accord.

Il nous a servis tous les deux. Puis il a fait apparaître une couverture de sous sa chaise. Ça aussi, c'était nouveau. Sa couverture à lui était déjà étalée sur ses jambes. Il n'en avait pas besoin d'une deuxième. Il l'a étalée à côté de lui.

– Assieds-toi.

Nous avons bavardé de tout et de rien. À un moment, j'ai dit :

– J'aimerais en apprendre plus sur vous. Sur quand vous étiez petit. Avant Grace. Rien que Charlie.

Il m'a regardée en clignant des paupières. Je l'ai presque entendu réfléchir. Puis il a contemplé la tombe, a secoué la tête, a renoncé.

– Y a pas d'avant Grace.

Comme pour confirmer ces paroles, un gros corbeau s'est posé avec audace sur une stèle voisine, a croassé bruyamment, hargneux, avant de s'envoler.

J'ai invité Charlie pour le dîner de Thanksgiving. Nous nous réunissons chez Betty Lou. Il a décliné, a affirmé préférer rester ici. Sa fille lui empaquettera de la dinde. Et ce qui était la grande réussite de Grace : un gratin de patates douces à la guimauve. Il a souri.

– Ce sera pas la même chose. Elle savait faire griller la guimauve juste comme il faut. Brune, pas noire. Croustillante à souhait.

Il a fermé les yeux. Il dégustait.

28 NOVEMBRE

J'étais à vélo sur la nationale 113 aujourd'hui quand j'ai croisé Arnold. Il promenait son nouveau rat. En laisse ! Ils étaient de l'autre côté de la chaussée. J'ai failli heurter un poteau téléphonique. Je me suis arrêtée, les ai suivis des yeux. L'animal était gris et blanc. Ce qu'on appelle un rat à capuche, car la tête est entièrement grise jusqu'aux épaules. Quelqu'un – la mère d'Arnold sans doute – avait bricolé un petit harnais, accroché à une laisse ordinaire. La bestiole trottinait derrière Arnold, dont la démarche traînante paraissait un peu plus lente que d'habitude. Je suis repartie. J'ai rigolé comme une folle durant tout le trajet en ville, au risque de me casser la figure.

J - 23 avant le solstice.

29 NOVEMBRE

Le jeudi de Thanksgiving a commencé pour moi sur la Colline calendaire. Comme il était en congé, mon père s'est chargé de la corvée je-m'assois-dans-la-véranda-et-je-garde-un-œil-sur-Stargirl. Pour un laitier, se lever juste avant le soleil relève sans doute de la grasse matinée.

J'étais moins anxieuse quant à l'éventuelle présence de Perry, cette fois. Je ne m'attendais pas vraiment à ce qu'il soit là. Il n'y était pas, d'ailleurs. Le ciel était tellement bouché par les nuages qu'il n'y avait pas une once de soleil, et j'ai dû jauger au pif l'emplacement du marqueur. Reculant d'un pas, j'ai observé l'arc de cercle blanc des spatules. Plus que trois. S'il faut absolument compter le temps, ceci est la bonne méthode. Une bouffée d'enthousiasme m'a traversée.

Comme la semaine précédente, je me suis assise face à l'ouest et t'ai envoyé mon message. Je compte réitérer l'opération toutes les semaines à partir d'aujourd'hui.

Betty Lou s'est révélée être une merveilleuse hôtesse. Pas de peignoir de bain. Habillée d'une jupe et d'un gilet, elle avait l'air parfaitement normale – enfin, à condition d'oublier le diadème en forme de dinde piqué dans ses cheveux.

– Je le porte à chaque Thanksgiving depuis que j'ai six ans, nous a-t-elle précisé.

Elle a obligé tout le monde, Cannelle compris, à s'asseoir dans la cuisine pendant qu'elle s'affairait, a posé des milliers de questions à mon père sur son métier de laitier et à ma mère sur celui de costumière. Sa faconde était telle que j'ai failli rater une phrase, lâchée au-dessus de sa casserole de sauce aux abats :

– Vous savez, monsieur et madame Caraway, votre fille et Dootsie sont ma bouée de sauvetage.

Ma mère m'a serré la main.

À la table, des cartes décorées marquaient nos places. Il y en avait même une pour Cannelle, près d'une ancienne soucoupe de service à thé pour poupées dans laquelle étaient posées trois canneberges au sucre. La mère de Cannelle a eu droit à du tofu, les autres à de la dinde, le tout accompagné de purée de pommes de terre à l'ail et au fromage. Le déjeuner a duré des heures tant nous avons ri. Au lieu de poser des questions sur le monde extérieur, Betty Lou s'est transformée en conteuse. Elle nous a fait revivre des événements hilarants de ses années de lycéenne, s'est moquée de son agoraphobie, a même raillé son unique et désastreux mariage avec Monsieur Nez-en-Patate. Ma mère rigolait tellement qu'elle s'est étranglée avec son café.

Plus tard, au salon, dans une atmosphère détendue, Betty Lou a captivé mes parents en leur racontant la floraison de sa reine de la nuit (rentrée à l'intérieur pour l'hiver par le voisin, M. Levanthal) et les heures passées au clair de lune en ma compagnie. Il faisait froid, car elle avait laissé une fenêtre ouverte (« afin d'entendre mon moqueur »). Deux fois, elle a levé le doigt :

– Écoutez ! a-t-elle chuchoté.

Nous avons obtempéré, yeux fermés, souriants, bercés par le chant de l'oiseau, nos mains réchauffées par nos tasses de cidre tiède aux épices.

Ça a été le meilleur Thanksgiving de toute ma vie.

3 DÉCEMBRE

Je pense à toi dans ton université. Je me demande combien tu as de colocataires. Tu seras sûrement ravi d'apprendre que ta fac se situe sur la même latitude que ma ville de Pennsylvanie. Certes, tu es encore bien trop loin de moi à mon goût, mais c'est l'ouest qui nous envoie sa météo, et il est bon de savoir que la pluie et la neige qui tombent sur toi tomberont un ou deux jours plus tard sur moi.

Aujourd'hui j'ai entrepris de dresser ma liste d'invités. La quantité m'a surprise, et j'ai demandé à ma mère si elle pouvait fabriquer une tente plus grande, ce à quoi elle a répondu non – elle n'a plus le temps de commander du matériel supplémentaire.

J'ai mis Dootsie et Alvina au travail. Dans une boutique de loisirs créatifs, j'ai acheté des planches de polystyrène jaune peu épaisses et tout un tas d'épingles de sûreté. Puis j'ai dessiné un soleil dans du carton et j'ai tout donné aux filles. Dootsie doit tracer des soleils dans le polystyrène à l'aide du modèle, et Alvina les découpera. Dootsie m'a suppliée parce qu'elle voulait découper elle aussi, mais Alvina a l'ordre de ne pas la laisser s'approcher des ciseaux. Alvina ne cesse de se plaindre de la lenteur de Dootsie.

J - 18 avant le solstice.

5 DÉCEMBRE

À nouveau, j'ai vu Arnold promenant son rat. À mon propre étonnement, je suis descendue de vélo et me suis mise à marcher avec lui. Je lui ai dit bonjour, il m'a dit bonjour. Je lui ai demandé le nom de son rat, il m'a répondu :

– Tom.

– Joli nom.

– Tu me cherches ?

J'ai eu l'impression d'entendre cette sempiternelle question pour la première fois. Est-ce que je le cherchais, en effet ? Est-ce que je l'avais cherché depuis le début sans en avoir conscience ? Et si je disais oui, comment réagirait-il ? J'ai observé son visage barbu. Ses yeux paraissaient vides et perdus, mais j'ai deviné que ce n'était qu'une apparence. Ils regardaient simplement ailleurs, dans un autre lieu, une autre époque.

– Je ne sais pas trop, Arnold. Il faudra qu'on en reparle.

Et là, me surprenant derechef, je me suis mise à bavasser. Ce que je n'avais pas du tout prévu de faire. Les mots m'ont échappé. J'ai évoqué Perry et le problème qu'il me posait, le baiser, des choses que je n'avais confiées ni à Betty Lou ni à mes parents, ni même à Archie. Assez vite, je suis passée de Perry à toi. À nous. Je lui ai raconté le premier jour, quand Kevin m'avait demandé : « Pourquoi lui ? », et que j'avais répondu : « Parce qu'il est mignon » en te tirant l'oreille. J'ai aussi raconté le premier soir, quand j'étais sortie de chez moi et que j'avais lâché Cannelle pour qu'il te rende visite de l'autre côté de la voiture, quand nous avions eu une conversation des plus charmante, moi sur le porche, toi accroupi dans l'allée, sans nous voir. Puis, j'ai mentionné, plus tard sur le même trottoir, le premier baiser. Le baiser définitif.

J'ai donc soûlé Arnold de paroles. Je crois que, aujourd'hui, j'ai découvert que la meilleure façon de revivre le passé était de raconter mon histoire à quelqu'un. À la bonne personne.

Ce retour en arrière a été merveilleux. Lorsque je suis revenue dans le temps présent, Tom était juché sur l'épaule d'Arnold, et nous avions traversé la ville. Je suis remontée sur mon vélo, ai pédalé quelques instants au côté de mon compagnon.

– Arnold ?

Il n'a pas réagi.

– Je crois que la réponse est oui, ai-je enchaîné. Oui, je te cherchais. Et je suis heureuse de t'avoir trouvé.

Il a semblé ne pas m'entendre, a continué à avancer de son pas lourd, tandis que je restais en arrière. De petites bouffées de vapeur émanaient du museau de Tom.

6 DÉCEMBRE

Sur la Colline calendaire, le sol est vraiment dur et glacé, à présent. J'ai dû utiliser un tournevis pour planter ma spatule, aujourd'hui. Plus que deux marqueurs. Deux jeudis. Deux occasions de t'envoyer ma question.

Pensées soudaines : « Et si le temps est nuageux le jeudi du solstice ? S'il n'y a pas de soleil ? S'il neige ? Si la neige est tellement épaisse qu'elle recouvre mon arc de cercle ? »

– Balivernes, a commenté ma mère.

– Broutilles, a commenté mon père. *Qué será, será.*

– De l'espagnol, maintenant ? me suis-je étonnée.

– Ouais. Ça signifie : Ne te tracasse pas avec les détails.

Alvina et Dootsie en sont à la phase numéro deux de leur boulot : fixer les épingles autocollantes au dos des soleils en polystyrène. Dootsie a du mal à les placer bien au centre. Alvina lui répète à l'envi qu'elle est virée, mais la petite, sachant que c'est moi la patronne, se contente de tirer la langue à sa collaboratrice et continue à saboter le travail.

J - 15 avant le solstice

10 DÉCEMBRE

La ville est dans tous ses états. Du moins, on pourrait le croire à la lecture du *Morning Lenape*.

Voici ce qui s'est produit :

Chaque Noël, l'église luthérienne installe une crèche sur son parvis. Les personnages sont grandeur nature, la grange est assez vaste pour Joseph, Marie, l'auge, les vaches et les moutons. Ils y mettent de la vraie paille, on la sent depuis le trottoir. De la rue, on n'aperçoit pas la poupée qui incarne Jésus, mais on voit très bien la couverture bleu ciel qui retombe sur les côtés de la mangeoire. Grâce aux éclairages, la scène est chaleureuse, même par les nuits les plus froides. Les voitures qui passent ralentissent, certaines s'arrêtent, même.

Vendredi dernier, le pasteur a découvert que la couverture avait disparu. Le petit Jésus était tout nu sur son lit de paille.

CRÈCHE VANDALISÉE
UN POUPON DANS LE FROID

proclamait la une du *Morning Lenape*.

Le journal d'aujourd'hui a organisé un micro-trottoir pour demander aux passants leur avis sur le scandale du moment. L'un d'eux a déclaré :

– C'est honteux. Il n'y a donc plus rien de sacré ?

– Quand ils trouveront le coupable, a dit un autre, j'espère qu'ils le colleront en prison et qu'ils jetteront la clé.

Et un troisième :

– C'est une honte pour toute la ville.

Et un quatrième :

– Bah, il ne s'agit pas réellement de Jésus, juste d'un poupon en plastique ! Faut se calmer, là.

Je suis presque certaine d'avoir deviné qui a fait le coup. En revanche, je ne comprends pas pourquoi.

Depuis, une nouvelle couverture a été mise dans l'auge.

J - 11.

11 DÉCEMBRE

Les prévisions météo à long terme annoncent de la neige pour le 21 décembre, jour du solstice. Autrefois, les Indiens faisaient la danse de la pluie. J'ai rameuté Dootsie et Alvina, et nous avons fait une danse pour qu'il ne neige pas. Dootsie s'est carrément lâchée. Après avoir commencé par décréter que c'était stupide,

Alvina a tourbillonné cinq bonnes minutes de plus que Dootsie et moi.

Mon père ne renonce pas à tenter d'apaiser mes craintes. D'après lui, même si le ciel est trop couvert pour qu'on voie le soleil, ce dernier se lèvera quand même. Il sera bien au rendez-vous.

– Mais justement, ai-je objecté. Le but est de le voir.

– Ah bon ?

J - 10.

12 DÉCEMBRE

L'émoi de la ville a fait comme tous les émois, il s'est vite calmé. Je ne cesse d'y réfléchir cependant. Je cherche les motivations du coupable.

J - 9.

13 DÉCEMBRE

J'ai planté l'avant-dernier marqueur de mon calendrier, aujourd'hui. Plus qu'un. Plus qu'une occasion de t'envoyer ma question.

Plus tard, j'ai aperçu Perry qui se rendait en ville. Rien d'inhabituel là-dedans, une énième

« maladie », sauf que... il poussait un landau ! J'ai failli en avoir un accident de vélo.

Nous nous sommes dévisagés. Il avait l'air normal, comme s'il promenait quotidiennement un bébé. Il avait aussi l'air différent, plus vieux. Ma première pensée a été : « Il est père ! »

Ma deuxième : « Laquelle des Abeilles est la mère ? »

Ma troisième : « Dans ce cas, pourquoi m'a-t-il draguée ? »

Il a fini par éclater de rire.

– Tu verrais ta tête !

J'ai marmonné quelques mots dont je n'ai aucun souvenir.

– Eh bien, a-t-il poursuivi en tournant le landau pour me montrer le visage du bébé endormi, je te présente Clarissa. Ma sœur.

Prenant un bras minuscule de sous la couverture – la fameuse couverture bleu ciel –, il a agité une menotte dans ma direction.

– Salut, Stargirl, a-t-il pépié d'une voix de fausset.

J'ai eu les larmes aux yeux.

– Salut, Clarissa, ai-je murmuré en agitant moi aussi la main et en espérant que j'arrivais à sourire. Quel âge a-t-elle ?

La réponse a été immédiate.

– Vingt-deux jours et sept heures.

– Tu n'en as pas parlé, ai-je lancé en caressant les tout petits doigts.

Il a haussé les épaules puis a remis le bras au chaud sous la couverture. Quelques passants ralentissaient pour jeter un coup d'œil dans le landau. Quelques-uns nous ont également contemplés curieusement, Perry et moi. Un silence pesant s'est installé et, soudain, un rouage s'est débloqué dans mon esprit – clic ! Plusieurs autres clic ! ont suivi. La couverture... une femme enceinte... Perry chez Margie, en compagnie de...

– Perry... Neva ? ai-je bégayé. De chez Margie ? Oh mon dieu ! C'est... ta mère ?

Il a souri, a pointé deux doigts en forme de pistolet sur moi.

– Bingo !

J'ai dû rester ainsi comme une andouille au moins une heure. Des milliers de questions tourbillonnaient dans ma tête, mais je me suis finalement bornée à un :

– Jolie couverture.

Il l'a regardée, m'a gratifiée d'un sourire espiègle, conscient que j'avais deviné.

– Ouais, a-t-il acquiescé.

– Une couverture bien chaude est nécessaire pour promener son petit bébé de sœur les jours d'hiver, hein ?

– Comme tu dis ! a-t-il lâché en s'éloignant.

Margie a eu du mal à reprendre son souffle tant elle riait.

– En prison ? a-t-elle répété entre deux éclats d'hilarité avant de se laisser tomber sur un tabouret. En camp de redressement ? Lui, un criminel ? Qui t'a raconté ces âneries ?

J'ai tenté d'oublier ma bêtise et mon embarras.

– Alvina.

– Tu aurais mieux fait de m'interroger. Il était chez une de ses tantes, à Scranton. Afin de gagner un peu d'argent pour aider sa mère. Il avait trois boulots, là-bas. Je t'en ficherais, du camp de redressement, moi.

Margie a consacré l'heure suivante à me raconter la vie de Perry Delloplane.

Il est rentré de Scranton parce qu'il manquait trop à sa mère, Neva. Cette dernière est dépressive. D'où ses sautes d'humeur. Elle est sous médicaments. Elle souffre également d'une faiblesse incurable pour le père de Perry, Roy. Lequel souffre d'une incurable faiblesse pour le jeu. Il a claqué tout leur argent dans les casinos d'Atlantic City, a contracté des emprunts auprès de gens peu recommandables qu'il a été incapable de rembourser. Ils sont venus le trouver, et il a mis les bouts pour de bon. Perry avait cinq ans.

Sauf que Roy finit toujours par revenir. De temps à autre, quand il est d'humeur, il frappe à la porte et, au grand déplaisir de Perry, Neva le laisse entrer. Roy est le père de Clarissa. Ce n'est pas Ike. Ike les loge gratuitement derrière son atelier. Il est le petit ami de Neva pendant les absences de Roy.

Perry déteste son père et dort sur le toit quand ce dernier est à la maison. Pas parce qu'il fait trop chaud dans la maison.

Margie m'a également confié une chose que Perry ignore : il est persuadé de voler, mais il est bien le seul. La plupart du temps, les commerçants qui sont au courant de la situation (« Grâce à ma grande gueule », a reconnu Margie en riant.) se font un point d'honneur de regarder ailleurs quand le garçon pique un citron, un calepin, une savonnette.

Comme moi, Margie a tout de suite compris qui avait dérobé la couverture de la crèche.

J - 8.

15 DÉCEMBRE

Mes pauvres doigts ! J'ai passé toute la journée d'hier à rédiger mes invitations. Ma liste comprend tous ceux que j'ai nommés dans cette lettre sans fin. Si tous viennent, la tente n'y suffira pas. Mais ça ne se produira pas. Pourquoi ai-je fabriqué autant de badges ?

Voici ce que dit l'invitation :

Venez célébrer le
SOLSTICE D'HIVER !
Au croisement de la nationale 113
et de Rapps Dam Road
Le 21 décembre
Avant le lever du soleil !!!

J'ai décidé de ne pas l'appeler Solstar, finalement. Tant pis pour la suggestion de Perry. Qui suis-je pour me permettre de rebaptiser un événement aussi solennel ?

J - 6.

17 DÉCEMBRE

J'ai consacré l'essentiel de ces deux derniers jours à porter mes invitations. Avec l'aide d'Alvina et de Dootsie. Et de mon père, sur sa tournée.

Quand j'ai tendu la sienne à Charlie, au cimetière, il l'a lue et me l'a rendue.

– Je dois rester ici, m'a-t-il dit.

J'ai fourré le papier dans sa poche. Puis je l'ai embrassé sur la joue. Attrapant son sonotone, je le lui ai installé dans l'oreille.

– Elle ne sera pas ici, ce jour-là, ai-je chuchoté. Elle sera là-bas.

Sur ce, je m'en suis allée rapidement.

La nuit était presque tombée quand j'ai livré mon dernier carton. J'ai grimpé sur la falaise qui surplombe la vieille aciérie, à l'endroit où la légende raconte que la vierge Lenape s'est suicidée. Tout en murmurant une excuse à Perry parce que j'enfreignais mes propres règles écologiques, j'ai déposé le papier sur le sol et suis rentrée chez moi.

J - 4.

18 DÉCEMBRE

Je n'ai pas bougé de la journée. Au fur et à mesure que la date se rapproche, j'éprouve le besoin de m'isoler, de me préparer. J'ai composé une chanson que je chanterai en m'accompagnant à l'ukulélé. Juste en pinçant une corde par-ci par-là. Je réfléchis à une chorégraphie. J'ai tressé une couronne de douces-amères aux baies rouges et orangées qui encadrera le trou destiné au soleil. J'ai préparé un petit laïus.

J'ai cependant l'impression qu'il manque quelque chose, que j'oublie quelque chose.

L'unique personne que je suis tentée de voir est Betty Lou. Je meurs d'envie d'apprendre si elle assistera à la fête du solstice, si elle réussira à quitter sa maison pour la première fois depuis neuf ans. Mais je ne veux pas lui mettre la pression. Sa décision, quelle qu'elle soit, doit relever de sa seule volonté.

Je m'efforce de ne pas penser à la neige qui tombe sur Chicago.

J - 3.

19 DÉCEMBRE

J'ai peur que personne ne vienne. Enfin, pas exactement personne, car je sais que Dootsie et Alvina seront là. De même que mes parents, Margie, Cannelle. Mais pour les autres, c'est la grande inconnue.

J'ai répété ma chanson.

Ma danse.

Mon discours.

Il neige à Pittsburgh.

J - 2.

20 DÉCEMBRE

À part installer la tente, je m'attendais à ce qu'aujourd'hui soit essentiellement consacré à l'isolement et à la méditation, à une préparation sereine de mon âme avant le grand événement.

Ça ne s'est pas du tout passé ainsi.

Parce que nous sommes jeudi, ma mère a titubé jusqu'au rez-de-chaussée en marmonnant :

– Plus qu'une fois... la dernière...

Donc, pour la dernière fois, elle s'est installée dans son rocking-chair dans la véranda et m'a regardée longer les porches glacés de Rapps Dam Road.

Seule ma lampe éclairait le champ en cette fin de nuit sans lune et nuageuse. Pour la dernière fois aussi, j'ai ôté la corde de son piquet et planté l'ultime marqueur. Un jour lugubre et gris s'est levé. La lumière du soleil avait parcouru cent cinquante millions de kilomètres jusqu'à la planète Terre et se retrouvait bloquée par les nuages qui plombaient le ciel au-dessus de la Colline calendaire. Du coup, ma dernière spatule, la plus importante de toutes, n'est pas parfaitement en place. J'ai dû me contenter d'observer l'arc de cercle qui s'étend de juin à décembre pour deviner à peu près où la ficher.

Je n'aime pas du tout dépendre d'une devinette. Si j'ai mal situé le marqueur, tout mon travail sera réduit à néant. L'idée est que l'ensemble fonctionne comme ces sténoscopes qui permettent de regarder indirectement une éclipse. La lumière du soleil – pourvu qu'il y en ait demain ! – frappera la façade de la tente, s'engouffrera dans le trou et inondera l'intérieur de l'abri d'un rayon doré. Elle formera un cercle parfait – l'apogée du Solstice – sur le fond noir du matériau et, si tout se passe bien, en plein centre de la couronne de douces-amères. Mais si mon alignement n'est pas bon, le rayon de soleil passera à côté du marqueur, du trou dans la tente et tout le bataclan, et nous nous retrouverons devant un mur noir et vide.

Je me suis assise par terre, yeux fermés. Malheureusement, je n'ai pas réussi à oublier mes soucis quant à la météo et à l'adéquation de mon arc de cercle. Mon lavage d'esprit a fait un flop. Quand j'ai fini par renoncer et que j'ai rouvert les paupières, mes paumes orientées vers le ciel étaient humides à cause des flocons de neige. Je me suis tournée vers l'ouest pour t'envoyer mon ultime message hebdomadaire. J'étais si perturbée cependant que j'ai peur que ma question ne te soit parvenue toute brouillée.

Et voilà pour ma contemplation !

Mon père a expédié sa tournée, aujourd'hui, si bien que, en début d'après-midi, je suis retournée sur la Colline calendaire pour l'aider à monter la tente. La neige nous arrivait déjà aux chevilles. À la lisière du champ, les ruines noircies de la maison des Van Buren blanchissaient à vue d'œil.

Nous avons balayé la neige et avons enfoncé quatre piquets. Mon père s'est servi d'un tournevis et d'un maillet pour creuser le sol gelé. Nous avons ôté le piquet de criquet, là où s'élèvera le fond de la tente.

Il y avait cinq lais de matériau – quatre murs et un toit – lourds et totalement hermétiques à la lumière. Ma mère en avait cousu les ourlets afin qu'ils soient plus résistants ; elle avait également équipé les trous pour les piquets et les sardines de cercles métalliques. Je me demande encore comment sa machine a réussi à percer ce coton épais.

Étant à peine capable de me confectionner un sandwich, je te laisse imaginer mes talents pour monter une tente. Je me suis donc bornée à jouer les arpettes et à obéir aux ordres de mon père. J'ai aussi dû me retenir de fondre en larmes devant les éléments déchaînés, cette neige qui tombait dru.

– C'est une tempête qui se déplace rapidement, a dit mon père. Il fera beau demain.

Je ne l'ai pas cru.

Dans le mur exposé à l'est, juste dans la ligne de la spatule plantée ce matin, j'ai tracé un cercle dans le matériau à l'aide d'un feutre jaune et d'une forme en carton que j'avais préparée à la maison. Le tout était de la taille d'une balle de golf. Mon père l'a ensuite découpé, avant de coller du gros ruban adhésif sur les bords pour qu'il ne s'effrange pas. Plus net sera le cercle, plus net le rayon de soleil.

À la fin, j'ai retiré tous les marqueurs. Ils avaient terminé leur boulot. Ils nous avaient menés au bon endroit.

Le crépuscule tombait quand nous sommes remontés dans le camion pour regagner la maison. Dans l'allée, mon père m'a dit :

– File à l'intérieur. Moi, je vais déneiger.

Ça m'a paru bizarre, car il s'était moqué de notre voisin, M. Cantello, qui avait eu la bêtise de sortir sa pelle avant que la tempête soit passée. Mais n'étant pas d'humeur à discuter, j'ai obtempéré.

À l'instant où j'ai poussé la porte, j'ai senti l'odeur que je reconnaîtrais partout, celle du tabac parfumé à la cerise.

– Archie ! ai-je hurlé avant de me ruer dans la cuisine allumée.

Il était bien là, installé avec ma mère. Tous deux arboraient un immense sourire. Je l'ai serré dans mes bras jusqu'à ce qu'il crie grâce. Mes émotions refoulées sur le lendemain ont resurgi sous la forme de larmes de joie. J'ai enfoui mon nez dans sa barbe blanche, sa barbe, nouvelle pour moi mais qui, pour toi, est déjà de l'histoire ancienne, sans doute.

Archie m'a raconté qu'il avait depuis longtemps pris la décision d'assister à ma fête du solstice. Mes parents et lui avaient conspiré pour garder la surprise. La première chose qu'il a remarquée, c'est que je n'avais plus mon collier des Chevaliers du Fossile. Je lui ai expliqué que je m'étais résolue à m'en séparer lors d'un poisson d'avril bonne action.

– Je t'en enverrai un autre, a-t-il promis en serrant mes doigts. Señor Saguaro te transmet ses salutations.

Du coup, le malaise lié à mes rêves sur le vénérable cactus s'est volatilisé.

Nous sommes restés dans la cuisine toute la soirée. Au bout d'un moment, mes parents sont allés se coucher. Après avoir vagabondé sur la table et fourré son nez dans la blague à tabac, Cannelle a fini par s'endormir sur un set.

Archie a adoré l'absence d'horloge sur les murs de la pièce.

– Une maison comme je les apprécie, a-t-il commenté. De toute façon, je suis encore coincé à l'époque du carbonifère.

Sur ce, il a jeté sa montre à la poubelle.

Il m'a mise au courant des derniers événements ayant eu lieu à Mica. Il m'a parlé du bal de l'Ocotillo du printemps dernier.

– Ils ont refait ta farandole, des courts de tennis à l'obscurité du terrain de golf. Mais sans toi, ce n'était pas la même chose, m'a-t-on dit. Tu es en train de devenir une légende, là-bas.

– Ooohh ! ai-je grogné avec ma voix de fantôme et en agitant mes doigts. La mystérieuse visiteuse qui est repartie aussitôt que venue.

– Ne te surestime pas, a-t-il rigolé. Ce job me revient.

Je suis entrée dans son jeu, répondant sur un ton mélodramatique :

– Quand vous leur parlerez de moi, Professeur, dites-leur que je n'étais qu'une fille aux manières et au mode de pensée complètement dépassés.

– Plus que tu ne le crois, ma chère, a-t-il acquiescé en souriant et en me prenant la main.

Il m'a semblé qu'il m'ouvrait une porte, là, mais je n'étais pas encore prête à la franchir.

Nous avons parlé, parlé, parlé. Au bout d'un moment, je me suis rendu compte que la conversation s'était arrêtée, et qu'Archie me contemplait, l'œil éclairé d'une lueur malicieuse.

– Quoi ? ai-je demandé.

Il a bourré sa pipe, a mis le feu à une nouvelle brassée de cerises.

– Voilà qui ne te ressemble pas.

– Quoi donc ?

– La malhonnêteté.

Comme aurait dit Betty Lou, j'étais complètement décontenancée.

– Pardon ?

– D'après tes standards, du moins, a-t-il poursuivi en caressant du doigt un Cannelle endormi. Tu n'es pas du genre à penser ou à ressentir quelque chose aussi longtemps sans l'exprimer.

Houps !

Je l'ai regardé durant cinq ou six éternités. Puis, d'une voix geignarde :

– J'ai la trouille.

– Inutile, a-t-il riposté dans un nuage de fumée grise.

J'ai pris une profonde aspiration.

– D'accord, j'y vais. Qu'en est-il de Léo ?

Il a eu un sourire qui a gommé toutes mes craintes.

– Léo (comme j'ai aimé l'entendre prononcer ton prénom !) va bien. Il parle de toi... plus que des fossiles. (Nous avons ri.) Tu lui manques. Il vieillit. Il commence à montrer des signes de maturité. À laisser entendre que, un jour, il risque même d'être digne de toi.

Il m'a raconté ce que Dori Dilson m'avait déjà appris, à savoir que tu avais accompagné cette dernière au bal de l'Ocotillo, pas en couple, mais en tant qu'« amis de Stargirl ». Toi et elle envisageriez de vous rendre à Phoenix un jour de l'été prochain afin de manger à la première camionnette de vente ambulante argentée que vous croiserez là-bas.

Archie m'a dit que tu étais rentré pour les vacances de Noël. Que tu songes à te spécialiser en arts graphiques. Que, certains jours, tu ne peux pas aller en cours sans la cravate à porc-épic que je t'ai offerte.

Avide d'informations, j'ai pressé Archie comme un citron. C'est là qu'il a levé la main et décrété :

– Assez sur ce garçon. Parlons plutôt de demain.

Je lui ai montré ma liste d'invités.

– Wouah ! a-t-il lâché. Il y a quelqu'un que tu n'as pas invité ?

– J'ai mis là le nom de tous ceux que je connais. Et d'autres que je ne connais pas.

– Dootsie... ta jeune amie.

– Ma meilleure amie. Elle a six ans.

Il a hoché la tête, guère surpris. J'ai évoqué Dootsie, Alvina et Betty Lou, Charlie et Arnold. J'ai failli le mettre au courant des derniers développements entre Perry et moi, mais j'ai eu peur au dernier moment et me suis abstenue.

– Je crains que personne ne vienne, ai-je cependant avoué. La moitié parce qu'ils s'en fichent, l'autre moitié parce que la tempête de neige les empêchera d'accéder au champ. Le soleil compris. Et même si le soleil se lève, j'ai la frousse qu'il rate sa cible, parce que je n'ai pas été très exacte avec l'emplacement du dernier marqueur.

Il m'a observée un long moment, puis :

– Tu as terminé ?

J'ai opiné. Il a secoué la tête en rigolant doucement.

– Merci pour le soutien, ai-je ronchonné en me levant.

– Où vas-tu ?

– Dans la véranda. Vérifier où en est la neige.

– N'y va pas.

Vu son ton, je me suis rassise. Il m'a contemplée depuis sa chaise.

– Les vaines inquiétudes ne servent à rien. T'ai-je déjà parlé de mon irritation concernant les animaux domestiques ?

– Non.

– À cause de ces gens qui déguisent leurs animaux pour qu'ils ressemblent au petit Lord Fauntleroy, à des cow-boys, des clowns, des ballerines. Comme s'ils ne se suffisaient pas à eux-mêmes en tant que chien, chat ou tortue. La nature costumée. Bushwah !

– Pardon ?

– Profanation. Origine inconnue.

Ses yeux se sont fixés sur les miens, une manière comme une autre de me faire comprendre sa pensée. J'ai beau être assez idiote, parfois, j'ai tout de même commencé à piger. Lorsque je suis montée me coucher, j'étais sereine. Archie a toujours eu cet effet sur moi. Rien que l'entendre parler de toi avait été presque aussi bon que t'avoir assis à cette table de cuisine. Peut-être mieux, même. Pour l'instant. Mon anxiété quant aux conditions climatiques du 21 s'était envolée. J'étais également parvenue à une décision au sujet de cette fameuse journée.

J - 1.

23 DÉCEMBRE

C'est fini.

Ça ne sera jamais fini.

Deux matins se sont déjà écoulés depuis. Ils ne cessent de revenir, n'est-ce pas ?

Archie nous a accompagnés, Cannelle et moi, jusqu'à la colline, à la lueur des étoiles du solstice – eh oui ! Le ciel était dégagé ! La neige recouvrait le sol comme du clair de lune amoncelé. Mes parents étaient déjà là-haut. Ma mère s'affairait à ôter la neige du toit de la tente à l'aide d'un balai – (« Tu comprends, il menaçait de s'effondrer. ») –, et mon père tranchait un des pans latéraux à l'aide d'un cutter.

– Mais qu'est-ce que tu fais ? me suis-je écriée.

– J'ai vu ta liste d'invités sur la table de la cuisine, a-t-il répondu. Autant de gens n'arriveront jamais à entrer là-dedans.

Bref, il avait décidé de retirer les deux côtés de la tente. Ainsi, il n'y aurait plus d'intérieur, et pas de laissés-pour-compte non plus. J'ai failli objecter que nous pourrions nous estimer heureux si nous remplissions la moitié de l'abri, mais je me suis retenue.

La pipe d'Archie a rougeoyé, luciole sur fond de clair de lune neigeux.

– On arriverait à lire sans lampe, a-t-il déclaré.

– Si la nuit n'est pas sombre, comment allons-nous avoir un beau lever de soleil ? me suis-je plainte.

– Tu t'inquiètes encore inutilement, m'a-t-il grondée.

– Excusez-moi.

Je me suis donné une tape sur la main.

Mon père terminait de retirer les côtés de la tente quand une voix a crié :

– Stargirl !

Je n'ai pas eu besoin de me retourner.

– Voici Dootsie, ai-je annoncé à Archie.

Au loin, des silhouettes traversaient la neige. Deux d'entre elles, de taille adulte, marchaient, l'une tirant une luge. Sur celle-ci, un tas qui devait être la fillette. Sauf qu'il était trop volumineux pour n'être qu'elle. Soudain, la forme s'est divisée en deux, et Dootsie a couru dans la neige. Alors, j'ai respiré un grand coup, et des larmes me sont montées aux yeux. J'avais deviné qui était le monceau de vêtements resté sur la luge. J'ai couru à la rencontre de Dootsie, l'ai prise dans mes bras, ai continué jusqu'au couple Pringle. Quelque part au milieu des couvertures, deux prunelles éclairées par la lune ont scruté les alentours.

– Est-ce bien vous, Betty Lou ? ai-je demandé.

– Oui, a répondu une petite voix tremblante, accompagnée d'une bouffée d'haleine chaude.

– Dootsie aurait-elle débarqué chez vous ce matin pour vous tirer du lit ?

– Oui.

– Oui, oui ! a renchéri l'intéressée, aux anges.

– Vous regrettez d'avoir quitté la maison ?

– Oui.

– Vous vous sentez mal ?

– Oui.

Dootsie a fourré son visage dans le tas de vêtements et de couvertures.

– T'inquiète pas, Betty Lou, a-t-elle marmonné, il t'arrivera rien. On le permettra pas.

– Conduisez-la là-bas, ai-je dit aux Pringle en désignant la tente. Donnez-lui la meilleure place.

Ils s'éloignaient quand de nouvelles silhouettes sont apparues à la lisière du champ, pataugeant dans la neige. Alvina et son petit frère Thomas, ainsi que leurs parents. Arnold, Tom et la mère d'Arnold, Rita. Tom était dans la veste du manteau de son maître. J'ai sorti Cannelle de ma poche afin de les présenter l'un à l'autre. La seconde d'après, Cannelle rejoignait Tom dans le manteau d'Arnold. Comme ce dernier était enchanté, j'ai laissé faire.

Ike, le réparateur de motos et de tondeuses à gazon.

Mes voisins allumeurs de porches de Rapps Dam Road.

La journaliste du *Morning Lenape*

Une bande de garçons, les tourmenteurs d'Alvina, y compris le blondinet qu'elle avait battu au festival du Cornouiller et dont la photo était scotchée sur la porte de sa chambre.

Les Abeilles.

Margie.

Charlie.

Puis un couple, dont l'apparition m'a sciée. Même d'aussi loin, il était évident qu'ils étaient âgés. Ils s'accrochaient l'un à l'autre en avançant lentement sur la neige. Lorsque j'ai distingué leurs visages, je me suis souvenue de les avoir déjà vus quelque part. Puis j'ai compris. Les Huffelmeyer de la tournée du vendredi : un litre de babeurre, un litre de lait chocolaté. Ils étaient beaucoup plus jeunes sur la plupart des photos de leur salle à manger. On aurait dit qu'ils étaient sortis d'un album de famille. En m'apercevant, ils sont venus à moi.

– Est-ce ton idée ? m'a demandé M. Huffelmeyer.

– Oui. Je suis la fille du solstice. Je suis également la fille du laitier. Le vendredi au 214, White Horse Road. Un litre de babeurre, un litre de lait chocolaté.

– Oh mon dieu ! a soufflé Mme Huffelmeyer.

– Puis-je vous poser une question ? me suis-je enquise. Cela fait des mois que je m'interroge.

– Vas-y, a répondu M. Huffelmeyer.

– Pour qui le babeurre, pour qui le lait chocolaté ?

Ils ont ri. Ils se sont tordus de rire, même. J'aurais cru que des personnes aussi âgées se seraient brisées en mille morceaux, à force de s'esclaffer avec tant d'entrain.

– Nous mélangeons, a fini par dire Mme Huffelmeyer. C'est notre régal à nous.

– Merci à vous et à votre père pour votre travail, a lancé son époux.

– Non, c'est moi qui vous remercie. De nous laisser entrer chez vous. D'avoir confiance.

J'ai tendu la main pour qu'ils la serrent. Ils n'ont rien voulu entendre, m'ont gratifiée de longues embrassades. Je les ai conduits près de Betty Lou.

Je ne cessais de guetter Perry. Pourquoi ne se montrait-il pas ? Nous étions de plus en plus nombreux. Mon père avait eu raison, les participants débordaient déjà des dimensions initiales de la tente. Avais-je eu des paroles offensantes pour Perry, la semaine précédente, quand je l'avais croisé dans la rue ? Avait-il été vexé par ma réaction face au tatouage de Dootsie ? Abandonnait-il les filles qui refusaient de devenir des Abeilles ?

Le ciel virait au gris perle du côté de l'orient quand j'ai aperçu les gyrophares de la voiture de patrouille. Je suis allée à la rencontre du policier.

– C'est toi la responsable de ce cirque ?

– Je crois, oui.

Derrière moi, il a regardé la foule.

– Que se passe-t-il, ici ?

– Le solstice d'hiver. Nous nous sommes rassemblés pour assister au lever du soleil.

Il m'a dévisagée.

– Salut, Mike ! a lancé la voix de Margie dans mon dos.

L'homme l'a saluée d'un hochement de tête.

– Un souci ? a demandé Margie.

– Rassemblement public. Vous avez une autorisation ?

– Il ne s'agit pas d'une manifestation, s'est esclaffée Margie. Personne ne compte mettre le bazar. Nous sommes venus voir un rayon de soleil, Mike. Un rayon de soleil !

Le prenant par le bras, elle l'a entraîné vers sa voiture.

– Allons éteindre ton gyrophare. Ainsi, tu pourras te joindre à nous.

C'est comme ça qu'a été réglé le problème des autorités.

Puis j'ai distingué Perry. Perry et, dans ses bras, la minuscule Clarissa emmitouflée dans sa couverture bleue. Leur mère, Neva, les accompagnait. Je me suis tournée vers l'est. Une brume de soleil voletait au-dessus de la cime des arbres.

– Vite ! leur ai-je crié. Vous êtes presque en retard !

Je les ai quasiment tirés jusqu'à la tente, les ai installés au premier rang, à côté des Huffelmeyer.

D'autres personnes continuaient à arriver, dont beaucoup que je n'ai pas identifiées. Pendant ce temps, Dootsie et Alvina tendaient les badges-soleils. Le nombre de présents dépassait de loin celui de ma liste. Et celui des soleils que je leur avais demandé de fabriquer. Pourtant, ils apparaissaient comme par magie. Ça m'a fait penser à la multiplication des pains. Plus tard, j'ai découvert qu'Alvina avait racheté du polystyrène jaune et des épingles pour en fabriquer d'autres.

– Ce que t'es bête ! m'a-t-elle dit. Je savais qu'il y aurait foule, moi.

C'était l'heure. Traversant la neige piétinée, je suis allée me poster à l'entrée de la tente. Tous les regards étaient braqués sur moi, sur le trou dans la toile et, au-delà, sur le ciel, à l'est. J'ai avancé en direction du fond de la tente, et l'assistance s'est scindée devant moi. J'étais surprise par la quantité de gens ayant fait le déplacement. Mes invitations n'avaient comporté aucune explication. J'avais cru que, mis à part Perry, Archie et quelques autres, la plupart ne sauraient pas grand-chose sinon rien des réalités astronomiques qui étaient à l'origine de notre présence en ces lieux et à cette heure. Et pourtant, ils étaient venus. Ainsi que d'autres, Léo : la vierge Lenape et le jeune homme pour lequel elle s'était tuée, Grace, la Grace de Charlie, et tant d'autres encore, bien, bien plus que ce qu'une caméra verrait. Tant, dont je n'aurais su dire pourquoi ils étaient venus.

Je me suis placée devant le panneau du fond. Certains spectateurs étaient encore tournés vers l'est.

– Regardez par ici, leur ai-je dit. Le trou va concentrer les premières lueurs de l'hiver en un rayon de lumière qui atterrira ici.

Croisant les doigts, j'ai reculé. Et c'est tout. La veille, après avoir discuté avec Archie, j'avais décidé qu'il n'y aurait pas de spectacle, pas de cérémonie. Je ne porterais pas de vêtements particuliers, je ne chanterais pas, je ne danserais pas. J'avais déchiré mon poème, laissé la couronne de douces-amères et l'ukulélé à la maison. Je n'habillerais pas le chien, ne costumerais pas la nature, mais la laisserais s'exprimer seule.

Quand j'y repense, je ne suis pas certaine de ce qui a été le meilleur à mes yeux – le lever du soleil ou les moments qui l'ont précédé. J'étais en retrait, près d'Archie, derrière la luge de Betty Lou. Je n'aurais jamais imaginé que tant de personnes pouvaient être aussi silencieuses. C'était plus que l'absence de bruit. C'était une présence. Une attente. De la révérence. Nous tous, regards fixés sur le fond noir de la tente, rideau noir qui n'allait pas se lever sur la neige mais allait être le spectacle lui-même ; nous tous, concentrés, attendant d'une attente pure comme je n'en avais jamais rencontré. Je n'ai rien senti arriver. Simplement, ce n'était pas là, puis, l'instant d'après, ça a été là : une longue tige de lumière pas plus large que le poignet de Dootsie, un fin cadeau doré que nous offrait le soleil à cent cinquante millions de kilomètres d'ici afin de dessiner un cercle d'or parfait sur un matériau sombre. Derrière moi, j'ai perçu des exclamations étouffées. Le cercle s'est flouté parce que je pleurais. Une personne a éclaté en sanglots.

– Oh mon dieu ! a soufflé quelqu'un. Ce que c'est beau !

Nombreux sont ceux qui, parmi nous, auraient pu tendre le bras pour toucher le rameau d'or. Personne ne l'a fait.

On a tiré sur ma manche. C'était Betty Lou, qui m'attirait à elle.

– Merci, m'a-t-elle chuchoté.

Archie tenait ma main.

De l'autre côté du faisceau de soleil, quelqu'un a bougé. Perry. Il s'est rapproché d'un pas et a levé sa petite sœur vers l'avant jusqu'à ce que la couverture bleue transperce la lumière et intercepte le rayon. Il l'a positionnée de telle façon que le badge-soleil qui ornait la couverture soit dans l'alignement du cercle. Parfaitement proportionnés, ils se sont emboîtés l'un dans l'autre. Le bébé, yeux grands ouverts, a paru comprendre qu'il vivait un moment unique. Perry l'a ainsi tenu quelques secondes, m'a regardée, m'a souri, puis, sur un hochement du menton, s'est reculé avec Clarissa.

Le faisceau a alors commencé à se dissiper, parce que, à l'horizon, le soleil montait, inondant le monde de sa lumière. Les gens n'ont pas bougé, continuant de contempler le cercle doré qui se délitait peu à peu et disparaissait sur la toile noire. Ça m'a rappelé un film, si bon que les spectateurs restent assis durant tout le générique de fin, longtemps après qu'on a rallumé la salle. Tout à coup, les simples mots « un autre jour » avaient pris une signification nouvelle.

Puis les personnes présentes se sont mises à bouger pour retourner à leurs voitures ou à leurs vélos. Il y a eu quelques chuchotements, mais peu. Beaucoup s'essuyaient les yeux. Mme Huffelmeyer m'a serrée contre elle. Charlie aussi, ainsi que d'autres. Alvina et Dootsie se sont disputé les derniers badges. J'ai aperçu ensuite Alvina qui marchait derrière le blondinet. Elle a tendu le bras, j'ai retenu mon souffle... puis j'ai souri. Au lieu de le frapper, elle a seulement effleuré son épaule avant de s'enfuir. Elle pratiquait le *counting coup*. Le garçon s'est retourné, mais je n'ai pas réussi à distinguer son expression.

– Regarde, Stargirl ! a crié Dootsie.

Elle tenait Clarissa dans ses bras. Perry semblait un peu nerveux, mais Neva souriait, accrochée au bras d'Ike. Puis la fillette a hurlé : « À ton tour ! » et s'est mise à courir vers moi.

– Ne bouge pas ! ai-je lancé.

Perry a bondi, mais je suis arrivée la première et j'ai récupéré le bébé. Je n'ai jamais vu un visage trahissant autant de gratitude que celui de Perry en cet instant. J'ai bavardé quelques minutes avec Clarissa, nous avons fait connaissance et sommes convenues de nous revoir très vite. Puis Perry et les siens sont partis, Rita est venue me rendre Cannelle et, lorsque je me suis retournée, tout le monde avait disparu, sauf Archie, mes parents et Dootsie.

Il n'y a rien de plus triste, de plus inutile qu'un calendrier qui a expiré. Mon père arrachait les piquets de la tente. Ma mère s'est approchée de moi, bras en avant.

– Je suis tellement fière de toi, m'a-t-elle dit.

Elle m'a prise contre elle, et j'ai craqué. J'ai éclaté en sanglots. Ça m'a étonnée. Je ne l'avais pas senti venir. Et je n'arrivais pas à m'arrêter. Curieusement d'ailleurs, personne n'a essayé de me consoler. Je suis partie seule dans le champ enneigé, pleurant encore. Peu après, une petite main s'est glissée dans la mienne. Je suis certaine que Dootsie est trop jeune pour avoir saisi ce qui se passait – bon sang ! j'étais trop jeune moi-même ! –, et pourtant, je sais qu'elle et moi avons partagé quelque chose. Elle n'a pas dit un mot, m'a juste accompagnée d'un pas lent dans la neige, vers l'ouest, vers l'horizon, là où, plus tard, le soleil mettrait un terme à cette journée. Quand nous nous sommes arrêtées pour revenir, les pans de tissu étaient par terre, et les derniers piquets tombaient.

24 DÉCEMBRE

Archie est reparti chez lui aujourd'hui. Il ne voulait pas laisser Señor Saguaro seul pour Noël.

Hier, nous avons parlé jusqu'à point d'heure. Il en était à sa troisième pipe quand il a dit :

– Sais-tu pourquoi tu as pleuré, l'autre jour ?
– Oui et non.
– Tu as des tas de raisons, hein ?
– Oui.
– Difficile de toutes les nommer.
– Oui.
– Mais l'une d'elles...

– Oui.

– ... a un nom.

– Oui.

Je l'ai regardé. Il a tiré une petite enveloppe de la poche de sa chemise.

– Il m'a demandé de te transmettre ceci, a-t-il repris. Il était au courant du solstice par ton amie Dori Dilson. Il m'a prié de te donner ça après la cérémonie. Il ne voulait pas que tu aies la tête ailleurs. C'était peut-être une erreur, mais j'ai obéi à ses ordres.

J'ai failli déchirer l'enveloppe, toutefois, de peur de déchirer son contenu également, j'ai pris un couteau à viande dans le tiroir. Je ne me faisais pas confiance. J'ai tendu le tout à Archie.

– Ouvrez-la, s'il vous plaît. Attention.

Il a fendu l'enveloppe, me l'a retournée. Mes mains tremblaient. Il n'y avait qu'une petite feuille de papier blanc pliée dans le sens de la longueur, un peu comme les enfants plient une lettre. Je l'ai ouverte lentement. Là, un unique mot, tracé au feutre, un feutre d'un bleu audacieux, en lettres capitales :

OUI

Mon cœur s'est mis à battre la chamade. Tu m'as entendue, n'est-ce pas, cher, très cher Léo ?

Tous ces matins, tous ces levers de soleil où, assise sur la Colline calendaire, yeux fermés, face à l'ouest, je t'ai envoyé mon message, ma question :

« Nous reverrons-nous un jour ? »

Et tu l'as reçue. Je savais que tu la recevrais. Je le savais. Je le savais. Et voilà que tu m'as répondu.

– Ah non ! a protesté Charlie. Ça ne va pas recommencer !

Mais il plaisantait, car il avait compris que mes larmes étaient de joie, cette fois. En riant, je lui ai tout raconté, pendant que Cannelle grignotait les contours du OUI.

2 JANVIER

Je n'ai pas vu passer Noël et le jour de l'an, cette année. Je me demande bien pourquoi.

Je rêvasse pas mal, ces jours-ci, pendant de longues promenades à pied ou à vélo. Je suis retournée une dernière fois sur la Colline calendaire. Elle semble tellement banale, à présent, rien qu'un champ sur un monticule. Je me suis postée en son milieu, là où j'avais planté le piquet de croquet. J'ai tenté de ranimer la magie de ce matin-là, en vain. J'ai cependant senti autre chose, une présence qui s'attardait, celle de ceux qui avaient assisté au spectacle. J'ai été submergée d'une vague d'affection à leur égard. Je les vois arborer leur soleil en ville. Margie en a fabriqué d'autres et les offre à tout client commandant plus de dix beignets.

Rien n'a vraiment changé et, pourtant, tout a changé, d'une manière difficile à expliquer. Dootsie me supplie cinq fois par jour de l'autoriser à me scier en deux – elle a eu une boîte de magie pour Noël. Alvina a eu douze ans. Je lui ai donné une poupée pour son anniversaire. Ma mère lui avait cousu deux tenues : une robe du soir et un kimono de karatéka. Arnold continue ses errances quotidiennes, attendant qu'on le trouve. Assis sur son fauteuil pliant, en écharpe rouge et jaune, Charlie parle à Grace.

La semaine qui a suivi le solstice, Betty Lou ne sortait de chez elle que si quelqu'un la tirait sur une luge ou dans un chariot. Le soir du nouvel an, Dootsie et moi l'avons prise par la main et entraînée dans le quartier. Ce matin, elle m'a téléphoné, complètement excitée.

– Je suis allée jusqu'à ma boîte aux lettres ! Toute seule !

Perry promène sa petite sœur en ville. Parfois, je le remplace derrière le landau. Je suis devenue baby-sitter en chef, et on s'adresse à moi en m'appelant tatie Stargirl. La boutique de Margie est désormais la deuxième maison de

Clarissa ; Neva y reprendra le travail la semaine prochaine.

Ah oui ! Cannelle. Rita, la mère d'Arnold, m'a appelée. Il semble que Tom, en dépit de son nom, soit enceinte. La poche d'Arnold est fertile, apparemment. Cannelle va être papa !

Mon chariot du bonheur reste stable, à dix-sept galets.

Ainsi s'écoulent les jours, douze depuis que le soleil a entamé son voyage de retour vers l'été. Des jours ordinaires, des êtres ordinaires. Une vie ordinaire, banale, quotidienne. Et pourtant, tout me paraît si spécial, à présent. Le plus commun des gestes est enduit de paillettes, à croire qu'une étincelle du faisceau d'or s'est accrochée à toute personne qui était présente sur la Colline calendaire ce jour-là.

Tandis que j'étais là-haut pour la dernière fois, j'ai décidé que, oui, j'allais t'envoyer cette Lettre La Plus Longue Du Monde. Je sais maintenant que tu étais là toi aussi, ce matin du 21 décembre, aussi sûrement que la vierge Lenape et la Grace de Charlie. Ta réponse a été mon nouveau soleil levant. Mon solstice personnel, l'aube d'une saison durant laquelle, comme dirait Betty Lou, j'habiterai chaque jour au jour le jour. Je voguerai vers le futur sur les ailes du mystère, sans me retourner. Certes, j'adore Arnold, mais je lui ai trop ressemblé, cela suffit. Chez nous autres, les Arnold, le cœur aspire au passé. Nous souhaitons être trouvés, nous espérons que ceux qui nous cherchent n'auront pas abandonné pour rentrer chez eux. Mais je ne souhaite plus être trouvée, Léo. Ne me suis pas ! Contentons-nous d'être fabuleusement où et qui nous sommes. Sois toi et je serai moi, aujourd'hui, aujourd'hui, aujourd'hui, et faisons confiance au futur pour demain. Laissons les étoiles garder une trace de nous. Chevauchons nos orbites personnelles et espérons qu'elles se croiseront. Que notre réunion ne soit pas des retrouvailles mais une délicieuse collision de destinées !

Je t'aime, je t'aime et je t'aime encore

Signé Stargirl.

Cet ouvrage a été imprimé par la
SOCIÉTÉ NOUVELLE FIRMIN-DIDOT
Mesnil-sur-l'Estrée
pour le compte des Éditions Flammarion
en février 2008

Dépôt légal : mars 2008
N° d'édition : L.01EJEN000212.N001 - N° d'impression : 88777
Imprimé en France
Loi n° 49-956 du 16 juillet 1949
sur les publications destinées à la jeunesse